主 **张克中** 江苏省中小学教研室语文教研员 特级教师
编 **段承校** 江苏省中小学教研室语文教研员 文学博士

统编教材
名家人文经典
丛书

孙晋诺 导读
苏州市语文特级教师

茅盾 著

茅盾经典

江苏凤凰文艺出版社

图书在版编目（CIP）数据

茅盾经典 / 茅盾著. — 南京：江苏凤凰文艺出版社，2018.4
（统编教材名家人文经典）
ISBN 978-7-5594-1753-4

Ⅰ.①茅… Ⅱ.①茅… Ⅲ.①散文集－中国－现代②中篇小说－小说集－中国－现代③短篇小说－小说集－中国－现代 Ⅳ.①I216.2

中国版本图书馆 CIP 数据核字(2018)第 049142 号

书　　名	茅盾经典
著　　者	茅　盾
主　　编	张克中　段承校
导　　读	孙晋诺
责任编辑	张　黎　万馥蕾
出版发行	江苏凤凰文艺出版社
出版社地址	南京市中央路 165 号，邮编：210009
出版社网址	http://www.jswenyi.com
印　　刷	江苏圣师印刷有限公司
开　　本	652×960 毫米　1/16
印　　张	15.75
字　　数	195 千字
版　　次	2018 年 5 月第 1 版　2018 年 5 月第 1 次印刷
标准书号	ISBN 978-7-5594-1753-4
定　　价	26.00 元

（江苏文艺版图书凡印刷、装订错误可随时向承印厂调换）

目 录

立向瑞峰以俯瞰，辉映大地是文章　　001

散文篇

20 年代
五月三十日的下午　　003
严霜下的梦　　008
雾　　014
卖豆腐的哨子　　017
虹　　020
红叶　　023

30 年代
故乡杂记·一封信　　026
冥屋　　033
乡村杂景　　036
雷雨前　　041
黄昏　　046
沙滩上的脚迹　　049

40 年代

风景谈 053

白杨礼赞 061

大地山河 066

秦岭之夜 070

森林中的绅士 075

忆冼星海 080

世界文学名著讲话

莎士比亚的《哈姆莱特》 086

弥尔顿的《失乐园》 090

笛福的《鲁滨孙漂流记》 094

歌德的《浮士德》 098

大仲马的《三个火枪手》 103

狄更斯的《大卫·科波菲尔》 110

屠格涅夫的《父与子》 114

福楼拜的《波华荔夫人传》 120

托尔斯泰的《复活》 125

小说篇

春蚕 133

秋收 156

残冬 184

林家铺子 204

附录 阅读回望 243

立向瑞峰以俯瞰，辉映大地是文章

新的课程标准明确提出要读整本书，比阅读整本书要求更高的则是完整地阅读一个作家。茅盾先生是我国现代文学史上的高峰巨擘，"鲁、郭、茅、巴、老、曹"八大家之一。要读好茅盾，需找到恰当的门径。

茅盾先生是一位一生与政治紧密相连的作家，他早在1920年就接触了中国共产党，亲手翻译了包括《美国共产党党纲》在内的近十篇共产党纲领性文件。1921年共产党一成立，他就加入了党组织。在任《小说月报》主编期间，他还是党中央的联络员，为党做了大量工作。因此，茅盾先生的创作始终坚持"文学是表现时代，解释时代，而且是推动时代的武器"这一原则，自觉地承担起文学创作的革命性任务。

茅盾先生对创作有个基本的要求，他在《我们所必须创造的文学作品》中说，"立在时代阵头的作家应该负荷起时代放在他们肩头的使命"。茅盾先生作品的主旨是显豁的，那就是揭社会黑暗本质，赞扬进步力量，拯救民生疾苦。从某种意义上说，茅盾先生是研究社会的作家，通过创作完成了对中国社会状况的分析，诊断了旧中国千疮百孔的病因。其创作内容主要包括两个部分：农村生活和城市生活。城市生活以长篇小说《子夜》为代表，反映了民族资本家吴荪甫在帝国主义军事侵略和经济侵略的背景下，在与金融资本家赵伯韬的斗争中惨遭失败的故事；吴荪甫作为一个民族资本家，敌视工人罢工斗争，反对革命运动，小说揭示了当时民族资本家的悲剧命运。这部作品应是阅读茅盾的重要内容。农村生活以"农村三部曲"和一部分写乡村见闻的散文为代表，"农村三部曲"即本书中所选《春蚕》《秋收》《残冬》三篇小说。这三篇小说是中国现代文学史上反映我国三十年代农村生活的巅峰之作。在中国现代文学史上，反映农村生活的作品并不少，可是能从政治、经济角度深入探讨旧中国农民悲惨命运根源的并不多见。茅盾先生的"农村三部曲"，从"一·二八"事变后苏杭一带太湖流域蚕桑农民的大量生活事实中提炼出了深刻主题，即帝国主义的军事侵略、经济侵略，国内蚕丝经营商们互相勾结压价，导致贫苦的农民处于破产状态。同时，茅盾先生的"农村三部曲"与鲁迅先生的《故乡》相比，他看到了新一代农民的斗争精神，看到了农村未来的一线希望。阅读茅盾先生的作品，应注意思考其社会背景与思想价值。

　　茅盾先生写作的最大特点是站在一个制高点上俯视社会，条分缕析社会形态，把握了整个社会的各种关系，弄清楚了社会现象背后的成因，相当于给社会拍了张 X 光片，枝枝节节，了然于胸，这才落笔成文。因此，茅盾先生文章的第一个特点就是气象宏大，论锋精准。阅读茅盾先生的文章，几乎无须背景介绍，从文中就能读出时代背景的信息，而读者则要注意从这些信息中读到作品的特殊社会背景及创作的主旨倾向。《春蚕》中的小火轮，《秋收》中的洋蚕种、抽水机，《残冬》中的三甲联合队，《林家铺子》中的日本洋货问题、党部行为、债主等等，这些信息巧妙地展现了广阔的社会状况。小说所写故事的主旨全指向时代的核心问题，如丰收成灾的问题、中小商业资本家倒闭的问题等，这些问题都是当时社会矛盾的集中点。即使散文，也很少写闲情逸致，而是尺幅之内尽显宏观景象。比如《风景谈》，文中不断闪现的那句话"自然是伟大的，人类是伟大的，然而充满了崇高精神的人类的活动，乃是伟大中之尤其伟大者"，像一首歌的主旋律，盘旋萦绕，唱出了民族精神的实质。读茅盾先生的文章，我们须从大处着眼，作宏观俯瞰，领悟其立于云端俯视社会的胸怀气象，从而得其文气熏陶，长我精神，宽我胸怀，启我智慧。

　　茅盾先生视野宽阔、立意高远，落实在作品上，则又从最微小最底层最现实的生活小镜头、小风景中表达这些宏观阔大的主旨。可以从一缕云雾中反映时代的灰暗，也可以从雷雨前的闷热中表达出紧张激烈的社会矛盾冲突，也可以在一声卖豆腐的哨子中抒发对劳苦大众的同情与尊重。所选四篇小说所写内容全是社会底层的现实生活，那些宏大的主旨都是从平常的人、事、物上体现出来的。他自己也说："真正有力的文艺作品应该是上口温醇的酒，题材只有平易的故事，然而蕴含着充实的内容，是从不知不觉中去感动了人，去教训了人。"老通宝的传统守旧，多多头的觉醒奋斗，全是融汇在农民的生活细节之中。因此，在阅读茅盾先生作品的时候，应时时保有灵敏的阅读嗅觉，要能从平凡的日常生活中读出茅盾先生赋予它们的特殊寓意。"还种什么田！白辛苦了一阵子，还欠债！"四大娘这个农村妇女发疯似的反复念叨的这句话，深刻地揭露了三十年代农民悲苦的命运和悲剧实质。不论是散文，还是小说，都要从细处体察，注意茅盾先生细微处见精神的表达特征。

　　鉴于二十世纪三十年代前后特殊的时代背景，茅盾先生的散文大多使用了象征这一表现手法。所谓象征，就是借助一具体事物与另一具体事物或道理的连接关系，达到言此而说彼的艺术效果。依据三个不同的历史阶段，茅盾先生的象征类散文大约也可分为三种类型。一类就是写上世纪二十年代末至三十年代初社会生活的作品。这一时期因为政治形势骤然变化，茅盾与党组织于 1927 年的 7、8 月份失去联系后，东渡日本避难。他对"四一二"大屠杀有太多的困惑苦恼，《严霜下的梦》《卖豆腐的哨子》《虹》《雾》等都是写于这一时期。借"雾"的阴晦朦胧，"虹"的易逝短暂来表达内心的阴郁愁苦。其中的象征意义含蓄丰富，不可拘泥于确定的唯一答案。再一类就是象征意义鲜明显豁，感情基调激越而蓬勃的作品，表明自己已从阴暗愁闷的心境中走了出来，面对黑暗的现实，坚定了斗志，预示着革命斗争的必然胜利。这方面的代表作品有《雷雨前》《黄昏》《沙滩上的脚迹》等。茅盾先生在这些作品中使用的象征手法已经非常成熟，本体与象征体水乳交融，自然浑成。第三类就是写北方军民生活的作品，主要代表作有《白杨礼赞》《风景谈》《大地山河》等。这类作品的象征手法在象征的指向上更加清晰，比如《白杨礼赞》，作者在文中直接指出了它的象征意义，《风景谈》也是这样。象征，其最大的特点是含而不露，但象征义又异常清晰，在文中直接指出其象征义，反而降低了象征的艺术效果。

  运用象征手法，本体叙写不仅不能模糊反而要更加清晰准确，写实与象征的完美结合才是象征手法的奥秘所在，茅盾先生的散文在这方面尤其出色。这可能源于茅盾先生的写作理念。1941年在谈到《见闻杂记》作品时，茅盾先生说："说来简单，就是七零八落的杂记。也许描几笔花草鸟兽，也许画个把人脸……不过，我自信，闻时既未重听，见时也没有戴眼镜，形诸笔墨，意在存真。"(《如是我见我闻·弁言》，《茅盾选集》第十二卷)只有有了"真"，象征手法才有了坚实的基础，仔细体会《雷雨前》，当能更好地明白这一点。

  另外，茅盾先生的创作当作整体观。即，其很多散文内容，实质就是小说内容的素描版或者说是素材版；本集所选的几篇名著讲话，其实也流露了他自己创作的理念和体会。这些作品都应互为融通，彼此参透。像茅盾先生观察社会一样，我们也要站在茅盾先生的作品之外作整体观照，才有可能真正领会茅盾先生作品伟大而丰富的思想内涵！

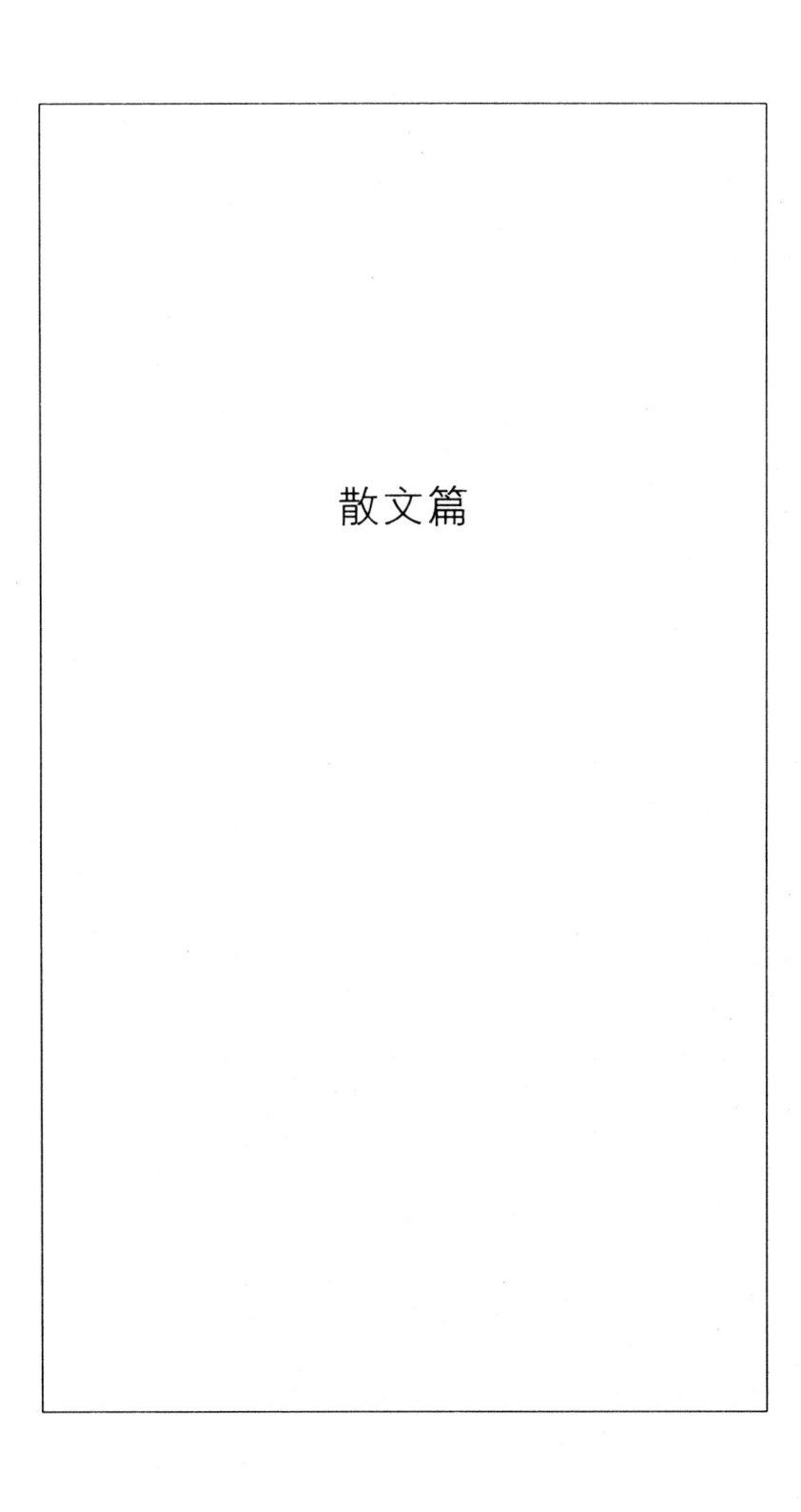

散文篇

20年代

五月三十日的下午[①]

这是一个闷热的下午,这是一个暴风雨的先驱的闷热的下午!我看见穿着艳冶夏装的太太们,晃着满意的红喷喷大面孔的绅士们;我看见"太太们的乐园"依旧大开着门欢迎它的主顾;我只看见街角上有不多几个短衣人在那里切切议论。

一切都很自然,很满意,很平静,——除了那边切切议论的几个短衣人。

谁肯相信半小时前就在这高耸云霄的"太太们的乐园"旁曾演过空前的悲壮热烈的活剧?有万千"争自由"的旗帜飞舞,有万千"打倒帝国主义"的呼声震荡,有多少勇敢的青年洒他们的热血要把这块灰色的土地染红!谁还记得在这里竟曾向密集的群众开放排枪!谁还记得先进的文明人曾卸下了假面具露一露他们的狠毒丑恶的本相!忘了,一切都忘了;可爱的驯良的大量的市民们绅士们体面商人们早把一切都忘了!

那边路旁不知是什么商铺的门槛旁,斜躺着几块碎玻璃片带着枪

[①] 本篇最初发表于一九二五年六月十四《文学周报》第一七七期。曾收入《茅盾散文速写集》。

伤。我看见一个纤腰长裙金黄头发的妇人踹着那碎玻璃,珊珊地走过,嘴角上还浮出一个浅笑。我又看见一个鬓戴粉红绢花的少女倚在大肚子绅士的臂膊上也踹着那些碎玻璃走过,两人交换一个了解的微笑。

呵!可怜的碎玻璃片呀!可敬的枪弹的牺牲品呀!我敬礼你!你是今天争自由而死的战士以外唯一的被牺牲者么?争自由的战士呀!你们为了他们而牺牲的,也许只受到他们微微的一笑和这些碎玻璃片一样罢?微笑!恶意的微笑!卑怯的微笑!永不能忘却的微笑!我觉得我是站在荒凉的沙漠里,只有这放大的微笑在我眼前晃;我惘惘然拾取了一片碎玻璃,我吻它,迸出了一句话道:"既已一切医院都拒绝我去敬礼受伤的死的战士,我对于你——和死者伤者同命运的你,致敬礼罢!"我捧着这碎片狂吻。

忽地有极漂亮的声音在我耳边响道:"他们简直疯了!他们想拼着头颅撞开地狱的铁门么?"我斗的转过身去,我看见一位翘着八字须的先生(许是什么博士罢)正斜着眼睛看我。他,好生面熟,我努力要记起他的姓名来。他又冲着我的面孔说道:"我不是说地狱门不应该打开,我是觉得犯不着撞碎头颅去打开——而况即使拼了头颅未必打得开。难道我们没有别的和平的方法么?而况这很有过激化的嫌疑么?我们是爱和平的民族,总该用文明手段呀。实在最好是祈祷上苍,转移人心于冥冥之中。再不然,我们有的是东方精神文明,区区肉体上的屈辱何必计较——哈,你想不起我是谁么?"

实在抱歉,我听了这一番话,更想不起他是谁了,我只有向他鞠躬,便离开了他。

然而他那番话,还在我耳旁作怪地嗡嗡地响;我又恍惚觉得他的身体放大了,很顽强地站在我面前,挡住我的去路;又看见他幻化为数千百,在人丛里乱钻;终于我看见街上熙熙攘攘往来的,都是他的化身了,而张牙舞爪的吃人的怪兽却高踞在他们头上狞笑!突然幻象全消,现出一片真景来:那边站满"华人"的水泥行人道上,跳上一骑马,驮了一个黄发碧眼的武装的人,提着木棍不分皂白乱打。棍子碰着皮肉的回音使我听去好像是"难道我们没有别的和平的方法么?……我们有的是东方精神文明,区区肉体上的屈辱何必计较!"和平方法呀!这未尝不是一个好名词。可惜对于无条件被人打被人杀的人们不配!挨打挨杀的人们嘴里的和平方法有什么意义?人家不来同你和平,你有什么办法呢?和平方法是势力相等的办交涉时的漂亮话,出之于被打被杀者的嘴里是何等卑怯无耻呀!人家何尝把你当作平等的人。爱谈和平方法的先生们呀,你们脸是黄的,发是黑的,鼻梁是平的,人家看来你总是一个劣等民族,只有人家高兴给你和平,没有你开口要求的份儿哩!"以眼还眼,以牙还牙!"信奉这条教义的穆罕默德的子孙们现在终于又挺起身子了!这才有开口向人家讲和平办法的资格呵!像我们现在呢,也只有一个办法:"以眼还眼,以牙还牙!"不甘心少,也不要多!

"以眼还眼,以牙还牙",这两句话不断地在我脑海里回旋;我在人丛里忿怒地推挤,我想找几个人来讨论我的新信仰。忽然疏疏落落的下起雨来了,暮色已经围抱着这都市,街上行人也渐渐稀少了。我转入一条小街,雨下得更密了。路灯在雨中放着安静的冷光。这还是一个闷热的黄昏,这使我满载着郁怒的心更加烦躁。风挟着细雨吹到我脸上,稍感着些凉快;但是随风送来的一种特别声浪忽地又使我的热血在颞颥部血管里乱跳;这是一阵歌吹声,竹牌声,哗笑声!他们离流血的地点不过百步,距流血的时间不过一小时,竟然歌吹作乐呵!我的心抖了,我开始诅咒这都市,这污秽无耻的都市,这虎狼在上而豕鹿在下的都市!我祈求热血来洗刷这一切的强横暴虐,同时也洗刷这卑贱无耻呀!

雨点更粗更密了,风力也似乎劲了些:这许就是闷热后必然有的暴风雨的先遣队罢?

【导读】

沉痛此丈夫,惊呼彼穹苍

1925年5月14日,上海日本纱厂工人为抗议无理开除工人而罢工,日方开枪打死工人代表顾正红。5月30日上午,上海两千多名学生在租界内游行示威,以声援工人罢工活动,并强烈要求收回租界,被英巡捕逮捕一百余人。下午一万多群众聚集在巡捕房门口,要求释放被捕人员,英巡捕开枪打死13人,伤几十人,逮捕150余人。这就是著名的五卅惨案。

茅盾先生此散文即写于此时。

茅盾先生的愤怒即为此而发。

茅盾先生的愤怒首先指向了那些庸俗无聊的麻木者。用漫画方式,三两笔勾其形绘其神。"艳冶"之中的妖媚与那些为生存而愁苦的形容,"红喷喷大面孔"之下的麻木、痴呆与为民族大义而献身的英雄形成了强烈的反差与对比,尤其是那些太太们的"艳"与绅士们的"红"鲜明地映照着刚刚被英巡捕枪杀的民族英雄身上流出的鲜血,冷酷与无情溢于言表,愤怒与批判出于纸外。作者再次把笔触落在几片碎玻璃上,因为这些碎玻璃"带着枪伤"。以物写人,以远写近,以小写大,通过那些形形色色的人在碎玻璃上的表现来折射各种麻木的灵魂,更加让人悲愤。对着带有枪伤的碎玻璃"敬礼""吻它",把人物形象隐于碎玻璃之后,连真正的悲哀也无法直面传达,则倍增愁苦哀恸的情感,这就是侧面着笔之妙!

茅盾先生的愤怒随即指向了那些披着中庸外衣的奴才们。这些奴才们要么"翘着八字须",要么戴着博士帽,以文化名士自居,以持中庸之理为由,对为这个民族流血牺牲的英雄指手划脚,振振有词,表露的是胆小如鼠的自私与保守;条条是道,显示的是丢失民族自尊与甘愿做奴才的卑鄙人格。然而这样的人格却在"街上熙熙攘攘",揭示出贫弱受欺之根由。这种奴才心理与"不分皂白乱打"构成了必然的因果逻辑关系，奴才只能挨打！

鲁迅先生曾感慨自己不是振臂一呼而应者云集的人物，茅盾先生也有着同样的命运和认识，"我想找几个人来讨论我的新信仰"，结果是"街上的行人也渐渐稀少了"，冷酷的结果，冷峻的现实，让人不能喘息！以此揭示出旧中国衰败的原因。

在这深沉的悲哀之中，茅盾先生并没有沉抑，文章开篇便用一个递加重复的句子来描绘这个特定的社会状态。"这是一个闷热的下午，这是一个暴风雨先驱的闷热的下午"，闷热只不过预示着暴风雨会来得更猛烈。文章的结尾，"雨下得更密了"，"雨点更粗更密了"，这既是自然界中的风雨，也是这个社会上空飘下的急雨，在反复推进的雨的意象中，我们感受到扫荡这个世界的暴风雨马上就要到来了。这就是茅盾先生在文中不断发出的呼喊，在这喊声中人们看到了希望的黎明！

严霜下的梦[1]

七八岁以至十一二,大概是最会做梦最多梦的时代罢?梦中得了久慕而不得的玩具;梦中居然离开了大人们的注意的眼光,畅畅快快地弄水弄火;梦中到了民间传说里的神仙之居,满攫了好玩的好吃的。当母亲铺好了温暖的被窝,我们孩子勇敢地钻进了以后,嗅着那股奇特的旧绸的气味,刚合上了眼皮,一些红的、绿的、紫的、橙黄的、金碧的、银灰的,圆体和三角体,各自不歇地在颤动,在扩大,在收小,在漂浮的,便争先恐后地挤进我们孩子的闭合的眼睑;这大概就是梦的接引使者罢?从这些活动的虹桥,我们孩子便进了梦境;于是便真实地享受了梦国的自由的乐趣。

大人们可就不能这么常有便宜的梦了。在大人们,夜是白天勤劳后的休息;当四肢发酸,神经麻木,软倒在枕头上以后,总是无端的便失了知觉,直到七八小时以后,苏生的精力再机械地唤醒他,方才揉了揉睡眼,再奔赴生活的前程。大人们是没有梦的!即使有了梦,那也不过是白天忧劳苦闷的利息,徒增醒后的惊悸,像一篇好的悲剧,夸大地描出了悲哀的组织,使你更能意识到而已。即使有了可乐意的好

---

[1] 本篇最初发表于一九二八年二月五日《文学周报》第六卷第二期。曾收入《茅盾散文速写集》。

梦,那又还不是睡谷的恶意的孩子们来嘲笑你的现实生活里的失意?来给你一个强烈的对比,使你更能意识到生活的愁苦?

能够真心地如实地享乐梦中的快活的,恐怕只有七八岁以至十一二的孩子罢?在大人们,谁也没有这等廉价的享乐罢?说是尹氏的役夫(伊氏的役夫:典出《列子·周穆王第三》。岗豪尹氏的役夫日间服役劳苦不堪,夜梦自己是国君极享其乐,故苟安于现状;尹氏日极享乐,梦中却服苦役。后来尹氏在友人劝诫下减轻了其役夫的劳役。)曾经真心地如实地享受过梦的快乐来,大概只不过是伪《列子》杂收的一段古人的寓言罢哩。在我尖锐的理性,总不肯让我跌进了玄之又玄的国境,让幻想的抚摸来安慰了现实的伤痕。我总觉得,梦,不是来挖深我的创痛,就是来嘲笑我的失意,所以我是梦的仇人,我不愿意晚上再由梦来打搅我的可怜的休息。

但是惯会揶揄人们的顽固的梦,终于光顾了;我连得了几个梦。

——步哨放的多么远!可爱的步哨呵:我们似曾相识。你们和风雨操场周围的荷枪守卫者,许就是亲兄弟?是的,你们是。再看呀!那穿了整齐的制服,紧捏着长木棍子的小英雄,够多么可爱!我看见许多认识的和不认识的面孔,男的和女的,穿便衣的和穿军装的,短衣的和长褂的:脸上都耀着十分的喜气,像许多小太阳。我听见许多方言的急口的说话,我不尽懂得,可是我明白——真的,我从心底里明白他们的意义。

——可不是?我又听得悲壮的歌声,激昂的军乐,狂欢的呼喊,春雷似的鼓掌,沉痛的演说。

——我看见了庄严,看见了美妙,看见了热烈;而且,该是一切好梦里应有的事罢,我看见未来的憧憬凝结而成为现实。

——我的陶醉的心,猛击着我的胸膈。呀!这不客气的小东西,竟跳出了咽喉关,即使我的两排白灿灿的牙齿是那么壁垒森严,也阻不住这猩红的一团!它飞出去了,挂在空间。而且,这分明是荒唐的梦了,我看见许多心都从各人的嘴唇边飞出来,都挂在空间,连结成为红的热的动的一片；而且，我又见这一片上显出字迹来。

——我空着腔子，努力想看明白这些字迹；头是最先看见："中国民族革命的发展。"尾巴也映进了我的眼帘："世界革命的三大柱石。"可是中段，却很模糊了；我继续努力辨识，忽然，轰！屋梁凭空掉下来。好像我也大叫了一声；可是，以后，什么都不知道，什么都已消灭！

我的脸，像受人批了一掌；意识回到我身上；我听得了扑扑的翅膀声，我知道又是那不名誉的蝙蝠把它的灰色的似是而非的翼子搧了我的脸。

"呔！"我不自觉的喊出来。然后，静寂又回复了统治；我只听得那小东西的翅膀在凝冻的空气中无目的地乱扑。窗缝中透进了寒光，我知道这是肃杀的严霜的光，我翻了个身，又沉沉地负气似的睡着了。

——好血腥呀，天在下雨血！这不是宋王皮囊里的牛羊狗血，是真正老牌的人血。是男子颈间的血，女人的割破的乳房的血，小孩子心肝的血。血，血！天开了窟窿似的在下血！青绿的原野，染成了绛赤。我撩起了衣裾急走，我想逃避这还是温热的血。

——然后，我又看见了火。这不是 Nero（Nero：英语。即尼禄[Nero Claudius Caesar, 37—68]，古罗马皇帝。以暴虐、放荡闻名。公元六四年罗马城大火，传说他有唆使纵火的嫌疑。）烧罗马引起他的诗兴的火，这是地狱的火；这是 Surtr（Surtr：英语。即北欧神话中的火焰巨人苏尔体尔。冰雪是北欧人的大敌。传说苏尔体尔有一发亮的大刀，常给北方来的冰山以致命的刺击。北欧神话中还说陆、海、冥三界分别为神奥定[Odin]、费利[Vili]和凡[Ve]所主宰。）烧毁了空陆冥三界的火！轰轰的火柱卷上天空，太阳骇成了淡黄脸，苍穹涨红着无可奈何似的在那里挺捱。高高的山岩，熔成了半固定质，像饧糖似的软摊开来，填平了地面上的一切坎坷。而我，我也被胶结在这坦荡荡的硬壳下。

"呔！"

冷空气中震颤着我这一声喊。寒光从窗缝中透进来，我知道这还是别人家瓦上的严霜的光亮,这不是天明的曙光;我不管事似的又翻了个身,又沉沉的负气似的睡着了。

——玫瑰色的灯光,射在雪白的臂膊上;轻纱下面,颤动着温软的乳房,嫩红的乳头像两粒诱人馋吻的樱桃。细白米一样的齿缝间淌出 Sirens(Sirens:英语。古希腊传说中半身是人半身是鸟的海妖,常以美妙的歌声诱杀过路的海员。)的迷魂的音乐。可爱的 Valkyrie(Valkyrie:英语。北欧神话中神的十二个侍女之一,其职责是飞临战场上空,选择那些应阵亡者和引导他们的英灵赴奥定神的殿堂宴饮。),刚从血泊里回来的 Valkyrie,依旧是那样美妙!三四辈少年,围坐着谈论些什么;他们的眼睛闪出坚决的牺牲的光。像一个旁观者,我完全迷乱了。我猜不透他们是准备赴结婚的礼堂呢,抑是赴坟墓?可是他们都高兴地谈着我所不大明白的话。

——"到明天……"

——"到明天,我们不是死,就是跳舞了!"

——我突然明白了;同时,我的心房也突然缩紧了;死不是我的事,跳舞有我的份儿么?像小孩子牵住了母亲的衣裾要求带赴一个宴会似的,我攀住了一只臂膊。我祈求,我自讼。我哭泣了!但是,没有了热的活的臂膊,却是焦黑的发散着烂肉臭味的什么了——我该说是一条从烈火里掣出来的断腿罢?我觉得有一股铅浪,从我的心里滚到脑壳。我听见女子的歇斯底里的喊叫,我仿佛看见许多狼,张开了利锯样的尖嘴,在撕碎美丽的身体。我听得愤怒的呻吟。我听得饱足了兽欲的灰色东西的狂笑。

我惊悸地抱着被窝一跳;又是什么都没有了。

呵,还是梦!恶意的揶揄人的梦呵!寒光更强烈的从窗缝里探进头来,嘲笑似的落在我脸上;霜华一定是更浓重了,但是什么时候天才亮呀?什么时候,Aurora(古罗马神话中的曙光女神)的可爱的手指来赶走凶残的噩梦的统治呀?

【导读】

却畏浮云遮望眼，只因身在迷惘中

1927 年中国历史上的大革命失败后，茅盾避难日本，这让茅盾真正陷入了矛盾之中，他对当下混乱动荡的社会局势感到困惑迷惘。在这个背景下写了具有象征意味的《严霜下的梦》。

孩子的梦是美妙自由而愉悦的，可是，这种自由愉悦只能保留在孩子的梦里，一到成人，梦便成了"白天忧劳苦闷的利息"，成了人生艰辛的真实回放。出自《列子》的尹氏的役夫的故事是这样的：周朝有个姓尹的人，大力置办家产，于是使他家的役夫不停劳作。这个役夫白天辛苦劳作，夜晚疲惫昏睡，可是在睡梦中，他却做了国君，享尽荣华富贵。有人安慰这个辛苦奴仆，他却说："我虽然白天辛苦，但夜里快乐，时间各占一半，无所怨恨。"而尹氏一心置办家业，苦心经营，夜晚梦中被人使作奴仆，一夜不得安宁。他向朋友诉苦，朋友说，你的财富、地位超过他人，荣耀显身，可你想夜里也如此快乐幸福，怎么可能呢。于是，尹氏大悟，从此减轻了役夫的劳役，也不再苦心于家业。茅盾先生用这个寓言的用意非常鲜明，人常常处在无价值的奔波之中，而且他又清醒地意识到现实生活无法像尹氏那样轻易地得到解脱。

于是，那些"梦"便不断地来打搅他。

步哨之梦、悲壮的歌声、激昂的军乐……那些激动人心的场面是对过去火热的战斗生活的回忆。茅盾于 1920 年 10 月加入上海共产党小组，1921 年 7 月建党后，茅盾即成为第一批共产党员。1923 年，他辞去了《小说月报》主编的工作，成了职业革命家，先后担任了多种党内职务。此时的国民革命热潮风起云涌，使每一个参与者热情万丈，信心百倍。甚至连我的心也"竟跳出了咽喉关"，"连结成为红的热的动的一片"。这些文字生动地描述了当时革命者内心的世界和外在的表现，人们把自己的生命投之于革命斗争，带有浓烈的浪漫主义色彩。这段美好的梦境则是大革命失败前的美好记忆。

但是梦境往往不连贯,交错混乱,作者抓住梦的这种特点,巧妙地表达了现实的处境。"中国革命的发展",指的是大革命失败前的状况,"世界革命的三大柱石"是对未来的憧憬,可是"中段,却模糊了",其寓意极为鲜明:当下处在一片迷惘朦胧之中。

这迷惘来源于那些"血腥","我撩起了衣裾急走,我想逃避这还是温热的血",准确地反映了茅盾在大革命失败后的内心世界。大革命失败后,茅盾感到了幻灭的悲哀,他退出了共产党组织。在这种迷惘中他被"胶结在这坦荡荡的硬壳下"动弹不得。

明天会怎样?

"我们不是死,就是跳舞了",可是"死不是我的事,跳舞有我的份么",向左走不得,向右走不得。此时的茅盾就在这样的噩梦中等待着天亮。

雾[1]

雾遮没了正对着后窗的一带山峰。

我还不知道这些山峰叫什么名儿。我来此的第一夜就看见那最高的一座山的顶巅像钻石装成的宝冕似的灯火。那时我的房里还没有电灯，每晚上在暗中默坐，凝望这半空的一片光明，使我记起了儿时所读的童话。实在的呢，这排列得很整齐的依稀分为三层的火球，衬着黑魆魆的山峰的背景，无论如何，是会引起非人间的缥缈的思想的。

但在白天看来，却就平凡得很，并排的五六个山峰，差不多高低，就只最西的一峰戴着一簇房子，其余的仅只有树；中间最大的一峰竟还有濯濯地一大块，像是癞子头上的疮疤。

现在那照例的晨雾把什么都遮没了；就是稍远的电线杆也躲得毫无影踪。

渐渐地太阳光从浓雾中钻出来了。那也是可怜的太阳呢！光是那样的淡弱。随后它也躲开，让白茫茫的浓雾吞噬了一切，包围了大地。

我诅咒这抹煞一切的雾！

---

[1] 本篇最初发表于一九二九年二月十日《小说月报》第二十卷第二号，署名M. D.。曾收入《宿莽》。

我自然也讨厌寒风和冰雪。但和雾比较起来,我是宁愿后者呵!寒风和冰雪的天气能够杀人,但也刺激人们活动起来奋斗。雾,雾呀,只使你苦闷;使你颓唐阑珊,像陷在烂泥淖中,满心想挣扎,可是无从着力呢!

旁午的时候,雾变成了牛毛雨,像帘子似的老是挂在窗前。两三丈以外,便只见一片烟云——依然遮抹一切,只不是雾样的罢了。没有风。门前池中的残荷梗时时忽然急剧地动摇起来,接着便有红鲤鱼的活泼泼地跳跃划破了死一样平静的水面。

我不知道红鲤鱼的轨外行动是不是为了不堪沉闷的压迫?在我呢,既然没有呆呆的太阳,便宁愿有疾风大雨,很不耐这愁雾的后身的牛毛雨老是像帘子一样挂在窗前。

【导读】

恨雾遮眼只愿寒

一切景语皆情语,此雾亦非自然事。

"雾遮没了正对着后窗的一带山峰",开篇第一句话便把整个世界压抑在昏暗的调子中,让人无法远望,难于喘息,形成强大的心理阴影。

"抹煞一切"的雾让人们看不见童话般的山景,看不到近在咫尺的树,看不到远处的房子,它让人成了被这个世界遗弃的孤独者。

"渐渐地太阳光从浓雾中钻出来了",一个"钻"字让太阳也成了雾的俘虏,奈何不得。

雾不仅如此强大,它还粘缠不休,由雾而雨,由雨而烟而云,如魔似魔,死死地遮没人的视界与心灵。

作者用象征笔法借雾写出1927年大革命失败后白色恐怖对人们

的打击,从而形成的悲哀低沉的社会氛围。

在这种背景下,茅盾先生发出了"宁愿"要"寒风与冰雪"的呼声,并且用文末红鲤鱼划破死一样平静的水面的跳跃暗示了总有打破这种死寂的可能与必然。为全文悲抑的氛围染上了一抹亮色。

卖豆腐的哨子[①]

早上醒来的时候,听得卖豆腐的哨子在窗外呜呜地吹。

每次这哨子声引起了我不少的怅惘。

并不是它那低叹暗泣似的声调在诱发我的漂泊者的乡愁;不是呢,像我这样的 outcast(英语,意指无家可归的人或漂流的人。),没有了故乡,也没有了祖国,所谓"乡愁"之类的优雅的情绪,轻易不会兜上我的心头。

也不是它那类乎军笳然而已颇小规模的悲壮的颤音,使我联想到另一方面的烟云似的过去;也不是呢,过去的,只留下淡淡的一道痕,早已为现实的严肃和未来的闪光所掩煞所销毁。

所以我这怅惘是难言的。然而每次我听到这呜呜的声音,我总抑不住胸间那股回荡起伏的怅惘的滋味。

昨夜我在夜市上,也感到了同样酸辣的滋味。

每次我到夜市,看见那些用一张席片挡住了潮湿的泥土,就这么着货物和人一同挤在上面,冒着寒风在嚷嚷然叫卖的衣衫褴褛的小贩子,我总是感得了说不出的怅惘的心情。说是在怜悯他们么?我知道

[①] 本篇最初发表于一九二九年二月十日《小说月报》第二十卷第二号,署名 M. D.。曾收入《宿莽》。

怜悯是亵渎的。那么,说是在同情于他们罢?我又觉得太轻。我心底里钦佩他们那种求生存的忠实的手段和态度,然而,亦未始不以为那是太拙笨。我从他们那雄辩似的"夸卖"声中感得了他们的心的哀诉。我仿佛看见他们呼出的热气在天空中凝集为一片灰色的云。

可是他们没有呜呜的哨子。没有这像是闷在瓮中,像是透过了重压而挣扎出来的地下的声音,作为他们的生活的象征。

呜呜的声音震破了冻凝的空气在我窗前过去了。我倾耳静听,我似乎已经从这单调的呜呜中读出了无数文字。

我猛然推开樟子,遥望屋后的天空。我看见了些什么呢?我只看见满天白茫茫的愁雾。

【导读】

疑是民间疾苦声

心灵之门,永远都不是一道,而是一重又一重,一折又一弯。阅读的乐趣在于寻找,探索,左一转、右一弯,猛然遇上了作者的心,原来你在这里,我终于找到你了,这种痛快淋漓的幸福就是阅读的幸福!

茅盾先生从"这单调的呜呜中读出了无数文字",这无数的文字是茅盾先生的内在世界,他不直说,但我们须找到。到哪儿找呢?

从一句一句的文字中找。

第一段告诉我们,这声音引起了先生的"怅惘",而且是"不少"的,说明其中的内涵绝不只是一点。

第二段告诉我们这怅惘不是乡愁,也不是对过去革命生活的感慨。为什么呢,因为"没有了故乡,没有了祖国","为现实的严肃和未来的闪光所掩煞",理由说得一清二楚,但越是如此,越是让我们怀疑,失去故乡、祖国之痛又怎能淡忘,显然是欲盖弥彰之法,让我们更加觉得先生内心充满漂泊在外的愁苦,姑且不论这愁苦是不是"怅惘"之内涵。

第三、四段,告诉我们原来这"怅惘"可以用那"小贩子"来注解。"怜悯是亵渎",怜悯有居高临下之势,是对小贩的不敬,因此说"亵渎",说"同情"又有些轻,意思是对小贩有着无比的尊重。由此看来,这怅惘,即是对小贩生存状态的同情,命运的关怀和人格的敬重,同时,又为毫无办法改变他们的命运而无奈悲伤,这也许就是"凝集为一片灰色的云"的含义吧!

依照文字指引的路,我们总能听到茅盾先生的怅惘正像郑板桥的诗中所说:衙斋卧听萧萧竹,疑是民间疾苦声!

虹[①]

不知在什么时候金红色的太阳光已经铺满了北面的一带山峰。但我的窗前依然洒着绵绵的细雨。

早先已经听人说过这里的天气不很好。敢情就是指这样的一边耀着阳光,一边却落着泥人的细雨?光景是多少像故乡的黄梅时节呀!出太阳,又下雨。

但前晚是有过浓霜的了。气温是华氏表四十度。

无论如何,太阳光是受欢迎的。我坐在南窗下看 N. Evréinoff(尼·叶夫列伊诺夫[H. Евреинов, 1879—1953],俄国剧作家、戏剧理论家和史学家。)的剧本。看这本书,已经是第三次了!可是对于那个象征了顾问和援助者,并且另有五个人物代表他的多方面的人格的剧中主人公 Paraclete,我还是不知道应该憎呢或是爱?

这不是也很像今天这又出太阳又下雨的天气么?

我放下书,凝眸遥瞩东面的披着斜阳的金衣的山峰,我的思想跑得远远的。我觉得这山顶的几簇白房屋就仿佛是中古时代的堡垒;那里面的主人应该是全身裹着铁片的骑士和轻盈婀娜的美人。

欧洲的骑士样的武士,岂不是曾在这里横行过一世?百余年前,

[①] 本篇最初发表于一九二九年三月十日《小说月报》第二十卷第三号。署名 M. D.。曾收入《宿莽》、《茅盾文集》第九卷和《茅盾散文速写集》。

这群山环抱的故都,岂不是曾有些挥着十八贯的铁棒的壮士？岂不是余风流沫尚像地下泉似的激荡着这个近代化的散文的都市？

低下头去,我浸入于缥缈的沉思中了。

当我再抬头时,咄！分明的一道彩虹划破了蔚蓝的晚空。什么时候它出来,我不知道;但现在它像一座长桥,宛宛地从东面山顶的白房屋后面,跨到北面的一个较高的青翠的山峰。呵,你虹！古代希腊人说你是渡了麦丘立到冥国内索回春之女神（春之女神：指希腊神话中春之女神普洛色宾纳。她被冥王普路同抢去藏在地下的冥国。其母[地母]得墨忒耳忧愁地躲了起来,于是禾稼焦枯、百草凋落。麦丘立[另一神名]驾了长虹到冥国救出了春之女神。但冥王骗普洛色宾纳吃了六颗[一说四颗]石榴子,因此她每年有六个月[一说四个月]回到冥国,地母也要躲在家里哀悼她的女儿。这则神话反映了古希腊人对冬天和春天交替出现所做的解释。）,你是美丽的希望的象征！

但虹一样的希望也太使人伤心。

于是我又恍惚看见穿了锁子铠,戴着铁面具的骑士涌现在这半空的彩桥上；他是要找他曾经发过誓矢忠不二的"贵夫人"呢？还是要扫除人间的不平？抑或他就是狐假虎威的"鹰骑士"？

天色渐渐黑下来了,书桌上的电灯突然放光,我从幻想中抽身。

像中世纪骑士那样站在虹的桥上,高揭着什么怪好听的旗号,而实在只是出风头,或竟是待价而沽,这样的新式的骑士,在"新黑暗时代"的今日,大概是不会少有的罢？

【导读】

于无声处听惊雷

这篇短文依然采用了象征手法,但寓意非常微妙,稍不注意,就会错误地理解茅盾先生的本意。

021

文章起笔于两种难以断定爱还是憎的情感,老天把太阳与雨共处于同一个时间地点,让这本来不相容的两件事物凑在一起;读了三遍的剧本,最终也弄不清楚对这个主人公是该爱还是该憎。作者给读者闲聊这些究竟是为了什么目的,我们读到这儿应该打一个大大的问号。

先生放下书,忽然又想到了中世纪时的堡垒、骑士。其中有一句话,要引起我们的注意:百余年前,岂不是一定有"挥着十八贯的铁棒的壮士"。这与太阳、雨、主人公有何关系?难道散文之散可以胡乱堆砌吗?

在这万般迷惑中,我们终于见到了"虹"。虹原来有那么多的神话传说,是"美丽的希望的象征",就在这个时候,笔锋一转,"但是",千万注意,"但是"太重要了,因为,"但是"后面往往才是作者所要真正强调的内容。

"但是"什么呢?

这样的"希望也太使人伤心"。

为何"伤心"?

这些骑士踏着彩虹要去兑现自己的承诺,这非常好啊!

要去扫除人间的不平,这很伟大啊!

或者仅仅是装装样子而已。

三个问句,因为第三句的出现,意义完全逆转,原来茅盾先生是在批评揶揄这些"骑士"们。更为鲜明的是,当作者从幻想中抽身来到现实中的时候,下了明确的定论:"而实在只是出风头,或竟是待价而沽"。

这些"骑士"指什么人?原来,1927年大革命失败,茅盾先生始终认为,失败与革命阵营里的"左倾空谈主义者"不无相关,那些思想激烈、行为莽撞的革命分子使革命遭受了重大损失,茅盾先生对他们的批评,实则是对大革命失败的深沉反思。

现在看全文,我们就会明白,开篇的茫然不过提供了一个处于疑惑状态的背景,而中世纪的骑士则为下文批评激进分子找了一个替身而已。

红　叶[①]

朋友们说起看红叶,都很高兴。

红叶只是红了的枫叶,原来极平凡,但此间人当作珍奇,所以秋天看红叶竟成为时髦的胜事。如果说春季是樱花的,那么,秋季便该是红叶的了。你不到郊外,只在热闹的马路上走,也随处可以见到这"幸运儿"的红叶:十月中,咖啡馆里早已装饰着人工的枫树,女侍者的粉颊正和蜡纸的透明的假红叶掩映成趣;点心店的大玻璃窗橱中也总有一枝两枝的人造红叶横卧在鹅黄色或是翠绿色的糕饼上;那边如果有一家"秋季大卖出"的商铺,那么,耀眼的红光更会使你的眼睛发花。"幸运儿"的红叶呵,你简直是秋季的时令神。

在微雨的一天,我们十分高兴地到郊外的一处名胜去看红叶。

并不是怎样出奇的山,也不见得有多少高。青翠中点缀着一簇一簇的红光,便是吸引游人的全部风景。山径颇陡峻,幸而有石级;一边是谷,缓缓地流过一道浅涧;到了山顶俯视,这浅涧便像银带子一般晶明。

山顶是一片平场。出奇的是并没有一棵枫树,却只有个卖假红叶

[①] 本篇最初发表于一九二九年三月十日《小说月报》第二十卷第三号。署名M.D.。曾收入《宿莽》、《茅盾文集》第九卷和《茅盾散文速写集》。

的小摊子。一排芦席棚分隔成二十多小间，便是某酒馆的"雅座"，这时差不多快满座了。我们也占据了一间，并没有红叶看，光瞧着对面的绿丛丛的高山峰。

两个喝得满脸通红的游客，挽着臂在泥地上婆娑跳舞，另一个吹口琴，呜呜地连着听去是"悲哀"的调子。忽而他们都哈哈笑起来；是这样的响，在我们这边也觉得震耳。

芦席棚边有人摆着小摊子卖白泥烧的小圆片，形状很像二寸径的碟子；游客们买来用力掷向天空。这白色的小圆片在青翠色的背景前飞了起来，到不能再高时，便如白燕子似的斜掠下来（这是因为受了风），有时成为波纹，成为弧形，似乎还是簌簌地颤动着，约莫有半分钟，然后失落在谷内的丰草中；也有坠在浅涧里的，那就见银光一闪——你不妨说这便是水的欢迎。

早就下着的雨，现在是渐渐大了。游客们不知在什么时候已经减少了许多。山顶的广场（那就是游览的中心）便显得很寂静，芦棚下的"雅座"里只有猩红的毡子很整齐地躺着，时间大概是午后三时左右。

我们下山时雨已经很大；路旁成堆的落叶此时经了雨濯，便洗出绛红的颜色来，似乎要与那些尚留在枝头的同伴们比一比谁是更"赤"。

"到山顶吃饭喝酒，掷白泥的小圆片，然后回去：这便叫做看红叶。谁曾在都市的大街上看见人造红叶的盛况的，总不会料到看红叶原来只是如此这般一回事！"

我在路旁拾起几片红叶的时候，忍不住这样想。

【导读】

矮人看戏何曾见，都是随人说短长

秋季赏红叶成为一种社会风尚，可见影响之大，可是茅盾先生却独独看到了不同凡俗的红叶。

"朋友们说起看红叶，都很高兴。"茅盾先生的文章开篇喜欢独句段，把一个鲜明的情景孤零零地放在那儿，让我们好好地想一会儿。当然，这样的句子，用汪曾祺先生的话说，是"苦心经营后的随便"。

接着便是一大段，写大街上的种种假红叶的情景，先生不惜笔墨，一再渲染新奇热闹的节日气氛。

当高兴地来到山顶准备好好欣赏红叶时，才发现并没有什么红叶，有的是借红叶来喝酒的游客，来玩耍的闲人。

人们口中所说，街上所见，与真实的情景形成了强烈的碰撞。人人都说红叶美，原来都不是亲身感受的结果。正如赵翼在《论诗五绝》中所说："矮人看戏何曾见，都是随人说短长。"茅盾先生借红叶这一微小的事物，揭示出了一个宏大的社会主题：大众大多是盲从者，不值得依赖！

30年代

故乡杂记·一封信①

年青的朋友：

这算是我第一次写信给你。写几千字的长信，在我是例外之例外；我从来没有写过一千字以上的长信，但此刻提起了笔，我就觉得手下这封信大概要很长，要打破了向来的记录。原因是我今天忽然有了写一封长信的兴趣和时间。

朋友！你大概能够猜想到这封信是在怎样的环境下写起来的罢？是在我的故乡的老屋，更深人静以后，一灯如豆之下！故乡！这是五六万人口的镇，繁华不下于一个中等的县城；这又是一个"历史"的镇，据《镇志》，则宋朝时"汉奸"秦桧的妻王氏是这镇的土著，镇中有某寺乃梁昭明太子萧统偶居读书的地点，镇东某处是清朝那位校刊《知不足斋丛书》的鲍廷博（鲍廷博［1728—1814］：安徽歙县人，清代藏书家。《知不足斋丛书》共三十集，内容包括经史改订、算书、金石、地理、书画、诗文集、书目等。）的故居。现在，这老镇颇形衰落了，农村经济破产的黑影沉重地压在这个镇的市廛。

---

① 本篇最初连载十一九三二年六、七、八月《现代》第一卷第二、三、四期。曾收入《茅盾散文集》、《茅盾文集》第九卷和《茅盾散文速写集》。

可是现在我不想对你说到老镇的一切，我先写此次旅途的所见。

朋友，我劝你千万莫要死钉住在上海那样的大都市，成天价只把几条理论几张统计表或是一套"政治江湖十八诀"在脑子里倒去颠来。到各处跑跑，看看经济中心或政治中心的大都市以外的人生，也颇有益，而且对于你那样的年青人，或者竟是必要的。我向来喜欢旅行，但近年来因为目疾胃病轮流不断地作怪，离不开几位熟习了的医生，也使我不得不钉住在上海了。所以此次虽然是一些不相干的事，我倒很愿意回故乡走一遭。

朋友，你猜想来我是带了一本什么书在火车中消遣？"金圣叹手批《中国预言七种》"！

这是十九路军退出上海区域前后数日内，上海各马路转角的小报摊所陈列，或是小瘪三们钉在人背后发狂地叫卖的流行品之一！我曾经在小报摊上买了好几种版式的《推背图》（《推背图》：旧时流行于民间的一种妄诞迷信的图册。《宋史·艺文志》列为五行家的著作，不题撰人。现存传本一卷共六十图，前五十九图为预测以后历代兴亡变乱，末图为袁天罡欲李淳风停止预测而推李背的动作，故名《推背图》，又被认作袁、李合撰〔南宋岳珂《史》作唐代相士李淳风撰。〕）和《烧饼歌》（《烧饼歌》：旧时民间流行的迷信读物。相传为明代刘伯温所作。），但此部《中国预言七种》却是离开上海的前夕到棋盘街某书局买来，实花大洋八角。朋友，也许你觉得诧异罢？我带了这惟一的书作为整整一天的由火车而小轮船而民船的旅途中的消遣！

我们见过西洋某大预言家对于一九三二年的预言。路透社曾使这个预言传遍了全世界。这个"预言"宣称一九三二年将有大战争爆发，地球上一个强国将要覆灭，一种制度（使得全世界感到不安，有若芒刺在背的一种制度），将在战争的炮火下被扫除。路透社郑重声明这位预言家曾经"预言"了一九一四年的世界大战，所以是"权威"的预言家。不妨说就是西洋的刘伯温（刘伯温〔1311—1375〕，名基，浙江青田人，元末进士。著有《诚意伯文集》。因他通晓天文，故后世借托其为《烧饼歌》作者。)或袁天罡,李淳风罢(袁天罡,唐代相士。李淳风[602—670],唐代天文历算家,曾任太史令。后世均借托袁、李为《推背图》作者。)？然而资本主义国家的"预言家"毕竟和封建中国的刘伯温等等有点不同。资本主义国家预言家的"使命"是神秘地暗示了帝国主义者将有的动作,而且预先给这将有的动作准备意识,——换言之,就是宣传,就是鼓动。因此,它的作用是积极的。封建中国的"传统的"预言家如刘伯温等等及其《烧饼歌》,《推背图》,却完全是消极作用。取例不远,即在此次上海的战事。二月二十左右,日本援军大至,中国却是"后援不继",正所谓"胜负之数,无待蓍龟"的当儿,大批的《烧饼歌》和《推背图》就出现于上海各马路上了。《烧饼歌》和《推背图》原是老东西,可是有"新"的注解,为悲愤的民众心理找一个"定命论"的发泄和慰安。闸北的毁于炮火既是"天意",那就不必归咎于谁何,而且一切既系"天意",那就更不必深痛于目前的失败,大可安心睡觉,——或者是安心等死了：这是消极的解除了民众的革命精神,和缓了反帝国主义的高潮。这是一种麻醉的艺术品,特种的封建式的麻醉艺术品！

朋友！我发了太多的议论,也许你不耐烦罢？好,我回到我的正文：我在三等客车中翻阅那本《中国预言七种》。突然有一个声音在我耳边叫道：

"喂,看见么？'将军头上一棵草'！真不含糊！"

我转过头去看了一眼,原来是坐在我旁边的一位商人；单看他那两手捏成拳头,端端正正放在大腿上,挺直了腰板正襟危坐的那种姿势,就可以断定他是北方人。朋友,你知道,我对于"官话",虽说程度太差,可是还能听得懂,但眼前这位北方人的一句话,我简直没有全懂；"将军——什么？"我心里这样猜度,眼珠翻了一翻,就微微一笑。朋友,我有时很能够——并且很喜欢微笑；我又常常赞美人家的"适逢其会"的微笑。但是那时我的微微一笑大概时机不对,因为那位北方人忽然生气了；他的眉毛一挺,大声说：

"他妈的！将军头上一棵草！真怪！"

我听明白了。我虽不是金圣叹，也立刻悟到所谓"将军头上一棵草"是指的什么，我又忍不住微笑了。我立刻断定这是《推背图》或《烧饼歌》上的一句。我再看手里的《预言》。

"不错。万事难逃一个'数'。东洋兵杀到上海，火烧闸北——蔡廷锴，蒋光鼐（蔡廷锴[1892—1968]，字贤初，广东罗定人，曾任国民党第十九路军副总指挥。蒋光鼐[1888—1967]，字憬然，广东东莞人，曾任国民党第十九路军总指挥。），《烧饼歌》里都有呢！——上年的水灾，也应着《烧饼歌》里一句话……"

在我左边，又一个人很热心地说。这是一位南方人了，看去是介于绅而商中间的场面上人；他一面说，一面使劲地摇肩膀。我的眼睛再回到手里的书页上。

忽然一只焦黄而枯瘦的手伸到我面前来了；五个手指上的爪甲足有半寸长，都填满了垢污，乌黑黑地发光；同时，有一条痰喉咙发出的枯燥的声音：

"对勿住。借来看一看。"

我正要抬头来看是什么人，猛又听得一声长咳，扑的一口黄痰落在地板上，随即又看见一只穿了"国货"橡皮套鞋的脚踏在那堆痰上抹了一下。不知道为什么，我最怕这种随地吐痰而又用脚抹掉。我赶快抬起头来，恰好我手里的那本《中国预言七种》也被那只乌黑爪甲的枯黄手"抢"——容我说是抢罢——了去，此时这才看明白原来是坐在我对面的一位老先生，玳瑁边其眼镜西瓜皮其帽。他架起了腿，咿咿唔唔念着书中的词句；曾经抹过那堆黄痰的一只橡皮套鞋微微摆动，鞋底下粘着的黄痰挂长为面条似的东西，很有弹性的跳着。

朋友，我把这些琐屑的情形描写出来，你不觉得讨厌么？也许你是。然而朋友，请你试从这些小事上去理解"高等华人"用怎样特殊的他们自己的方式接受了西洋的"文化"。他们用鞋底的随便一抹就接受了"请勿随地吐痰"的西洋"文化"。这种"中国化"的方法，你在上海电车里也许偶尔看到,但在内地则随时随地可以看到。他们觉得这样"调和"中西的方法很妥当。至于为什么不要随地吐痰的本意,他们无心去过问,也永远不打算花心力去了解。

可是我再回到这位老先生罢。他把那本《预言》翻来翻去看了一会儿,就从那玳瑁边的眼镜框下泛起了眼珠对我说:

"人定不能胜天。你看十九路军到底退了!然而,同人先笑而后号咷,东洋人倒灶也快了呀!"

"哦——"我又微笑,只能用这一个声音来回答。

"不过,中原人大难当头,今年这一年能过得去就好!今年有五个'初一'是'火日'呀!今年八月里——咳,《烧饼歌》上有一句——咳,记不明白了,你去查考罢。总而言之,人心思乱。民国以来,年年打仗。前两年就有一只童谣:'宣统三年,民国二十年,共产五年,皇帝万万岁!'要有皇帝,才能太平!"

"可不是宣统皇帝已经坐了龙庭!"

我右边坐的那位北方人插进来说。

但是那老先生从玳瑁眼镜的框边望了那北方人一眼,很不以为然地哼了一声。又过一会儿,他方才轻声说:

"宣统!大清气数已尽,宣统将来要有杀身之祸。另是一个真命天子,还在田里找羊草!"

于是前后左右的旅客都热心地加进来谈论了。他们转述了许许多多某地有"真命天子"出世的传说。他们所述的"未来真命天子"足有一打,都是些七八岁以至十三四岁的孩子,很穷苦的孩子。

朋友,在这里就有了中国的封建小市民的政治哲学:一治一乱,循环反复,乱极乃有治;然而拨乱反正,却又不是现在的当局,而是草野蹶起的真命天子。《推背图》和《烧饼歌》就根据了此种封建小市民的政治哲学而造作。中国每一次的改朝换代,小市民都不是主角,所以此种"政治哲学"就带了极浓厚的定命论色彩。在现今,他们虽然已经感到了巨大的变动就在目前,然而不了解这变动的经济的原因,他们只知道这变动是无可避免,他们在畏惧,他们又在盼望;为什么盼望?因为乱极了乃有太平可享!

十一点三十分,到了K站,我就下车了。

【导读】

不惮其丑,唯恨其恶

茅盾先生始终把拯救国民灵魂放在自己的肩头,正如鲁迅先生所说:无穷的远方和无数的人们都与我有关。封建迷信思想成为旧中国积贫积弱的病根,揭露封建迷信的丑陋与罪恶也就成了茅盾先生写作的重要内容。

从上海大都市到颇有文化传统的故乡,人们都在狂热地相信《推背图》《烧饼歌》,作者用空间上的跨度折射出旧中国整个社会的病态——封建小市民的政治哲学:治乱循环,命在天子。

为此,作者选择了这样几个场景。

上海街头。

抵抗日军的十九路军退出上海,人们不为战败沦陷痛苦战斗,却在《推背图》《烧饼歌》里找一点"发泄和慰安"。先生用归谬法剥除这些封建毒素的面皮:"闸北的毁于炮火既是'天意',那就不必归咎于谁何,而且一切既系'天意',那就更不必沉痛于目前的失败,大可安心睡觉——或者安心等死了。"进而指出其本质是"这是消极地解除了民众的革命精神,和缓了反帝国主义的高潮。这是一种麻醉的艺术品,特种的封建式的麻醉艺术品!"

火车上。

先生用简笔画的方式勾描出封建迷信者的嘴脸。一个"端端正正"的北方人,一个绅商中间的场面人,一位老先生。三者表现各具特色,北方人以极粗犷的方式从"端正"中放出与其端正的外表一样粗犷的封建奴仆味道;绅商则用自命不凡的先知式的方式从肩膀上"摇"出封建奴仆的味道;老先生则以极肮脏的手与极肮脏的嘴用"抢"的方式表达出封建奴仆的味道。

尤其是对老先生的描写,作者不斥其秽,三言两语把老先生的脏、蛮、横、鄙绘在了纸上。

最让人不能忍受的是"吐痰"这个细节。茅盾先生何以不惮其又秽又丑,把其行为劣态着于笔端呢?因为,它是整个中华民族文明特征的代表,这"一口痰"不是吐在了车厢里,而是吐在了五千年的文化史上。正是这一点,让我们与西方文明有着巨大的差距。茅盾先生明察秋毫,进而用一句"用鞋底的随便一抹就接受了'请勿随地吐痰'的西洋'文化'"揭开了国人接受文明的虚假姿态。用鲁迅先生的话讲,只能"恨其不争"!

冥　屋[1]

小时候在家乡，常常喜欢看东邻的纸扎店糊"阴屋"以及"船、桥、库"一类的东西。那纸扎店的老板戴了阔铜边的老花眼镜，一面工作一面和那些靠在他柜台前捧着水烟袋的闲人谈天说地，那态度是非常潇洒。他用他那熟练的手指头折一根篾，捞一朵浆糊，或是裁一张纸，都是那样从容不迫，很有艺术家的风度。

两天或三天，他糊成一座"阴屋"。那不过三尺见方，两尺高。但是有正厅，有边厢，有楼，有庭园；庭园有花坛，有树木。一切都很精致，很完备。厅里的字画，他都请教了镇上的画师和书家。这实在算得一件"艺术品"了。手工业生产制度下的"艺术品"！

它的代价是一块几毛钱。

去年十月间，有一家亲戚的老太太"还寿经"。我去"拜揖"，盘桓了差不多一整天。我于是看见了大都市上海的纸扎店用了怎样的方法糊"阴屋"以及"船、桥、库"了！亲戚家所定的这些"冥器"，共值洋四百余元；"那是多么繁重的工作！"——我心里这么想。可是这么大的工程还得当天现做，当天现烧。并且离烧化前四小时，工程方才开始。女眷们惊讶那纸扎店怎么赶得及，然而事实上恰恰赶及那预定的烧化

---

[1] 本篇最初发表于一九三二年十二月六日《东方杂志》第二十九卷第八号。

时间。纸扎店老板的精密估计很可以佩服。

我是看着这工程开始，看着它完成；用了和儿时同样的兴味看着。

这仍然是手工业，是手艺，毫不假用机械；可是那工程的进行，在组织上，方法上，都是道地的现代工业化！结果，这是商品；四百余元的代价！

工程就在做佛事的那个大寺的院子里开始。动员了大小十来个人，作战似的三小时的紧张！"船"是和我们镇上河里的船一样大，"桥"也和镇上的小桥差不多，"阴屋"简直是上海式的三楼三底，不过没有那么高。这样的大工程，从扎架到装潢，一气呵成，三小时的紧张！什么都是当场现做，除了"阴屋"里的纸糊家具和摆设。十来个人的总动员有精密的分工，紧张连系的动作，比起我在儿时所见那故乡的纸扎店老板捞一朵浆糊，谈一句闲天，那种悠游从容的态度来，当真有天壤之差！"艺术制作"的兴趣，当然没有了；这十几位上海式的"阴屋"工程师只是机械地制作着。一忽儿以后，所有这些船，桥，库，阴屋，都烧化了；而曾以三小时的作战精神制成了它们的"工程师"仍旧用了同样的作战的紧张帮忙着烧化。

和这些同时烧化的，据说还有半张冥土的房契（留下的半张要到将来那时候再烧）。

时代的印痕也烙在这些封建的迷信的仪式上。

【导读】

在灰暗的背景上再绣一朵恶之花

茅盾先生常常执着针砭时弊的如椽之笔，批评两千多年来的封建迷信思想，以引起疗救者的注意。他说："表现社会生活的文学是真文学，是与人类有关系的文学。"冥屋，有千年历史，流传甚广，当属典型的封建之物。茅盾先生选取这一常见、普遍，人人习以为常，甚至奉为真理的微小之物，反映整个社会的愚昧落后，"一粒沙里见世界"，可谓是以小见大的典范笔法。

家乡的冥屋做成了"艺术品"，"一切都很精致，很完备"，人们把阴间视同人世，甚至在人世没有能力享用的，要在阴间里满足他的需要。不论是莽夫，还是愚汉，都要给他们配上楼台亭院，甚至还要有副对联以显其雅致。平平淡淡的叙写，让人们发现了愚昧的可笑！

而上海的冥屋，则突出其大。"船和我们镇上河里的船一样大"，一切皆如阳间。人贪婪的虚妄，直到阴间也是如此强烈。更为可笑的是，拼命地建设冥屋，拼命地很快地烧掉，这简直是自我嘲弄。

茅盾先生并没有仅仅停留在借冥屋批判封建思想上，而是在揭露封建思想愚昧可笑的基础上，又向前挺进，抓住当下最新出现的丑陋再讽刺。

把家乡扎冥屋的情形与上海扎冥屋的情形放在一起对比，让人们分明感受到，封建思想在现代化工程管理操作的技术支撑之下，与时俱进，似乎活得更好！人们运用先进的管理经验和精密的工序流程把扎冥屋变成了"机械地制作着"，人成了制造封建思想的机器。

茅盾先生可谓视角独特，眼光犀利，他所描述的这一现象，今天不是依然生机勃勃地存在着吗？因此，这朵恶之花确实具有典型性！

乡村杂景[①]

人到了乡下便像压紧的弹簧骤然放松了似的。

从矮小的窗洞望出去,天是好像大了许多,松喷喷的白云在深蓝色的天幕上轻轻飘着;大地伸展着无边的"夏绿",好像更加平坦;远处有一簇树,矮矮地蹲在绿野中,却并不显得孤独;反射着太阳光的小河,靠着那些树旁边弯弯地去了。有一座小石桥,桥下泊着一条"赤膊船"。

在乡下,人就觉得"大自然"像老朋友似的嘻开着笑嘴老在你门外徘徊——不,老实是"排闼直入",蹲在你案头了。

住在都市的时候到公园里去走走,你也可以看见蓝天,白云,绿树,你也会暂时觉得这天,这云,这树,比起三层楼窗洞里所见的天的一角,云的一抹,树的尖顶确实是更近于"自然";那时候,你也会暂时感到"大自然"张开了两臂在拥抱你了。但不知怎地,总也时时会感得这都市公园内所见的"大自然"不过是"大自然"的一部分,而且好像是"人工的",——比方说,就像《红楼梦》大观园里"稻香村"的田园风光是"人工的"一般。

生长在农村,但在都市里长大,并且在都市里饱尝了"人间味",我

[①] 本篇最初发表于一九三三年八月十五日《申报月刊》第二卷第八期。

自信我染着若干都市人的气质;我每每感到都市人的气质是一个弱点,总想摆脱,却怎地也摆脱不下;然而到了乡村住下,静思默念,我又觉得自己的血液里原来还保留着乡村的"泥土气息"。

可以说有点爱乡村罢?

不错,有一点。并不是把乡村当作不动不变的"世外桃源"所以我爱。也不是因为都市"丑恶"。都市美和机械美我都赞美的。我爱的,是乡村的浓郁的"泥土气息"。不像都市那样歇斯底列,神经衰弱,乡村是沉着的,执拗的,起步虽慢可是坚定的,——而这,我称之为"泥土气息"。

让我们再回到农村的风景罢——

这里,绿油油的田野中间又有发亮的铁轨,从东方天边来,笔直的向西去,远得很,远得很;就好像是巨灵神在绿野里划的一条墨线。每天早晚两次,机关车拖着一长列的车厢,像爬虫似的在这里走过。说像爬虫,可一点也不过分冤枉了这家伙。你在大都市车站的月台上,听得"喈"——的一声歇斯底列的口笛,立刻满月台的人像鬼迷了似的乱推乱撞,而于是,在隆隆的震响中,"这家伙"喘着大气冲来了,那时你觉得它快得很,又莽撞得很,可不是?然而在寥阔的田野中,凭着短窗远远地看去,它就像爬虫,怪妩媚地爬着,爬着,直到天边看不见,混失在绿野中。

晚间,这家伙按着钟点经过时,在夏夜的薄光下,就像是一条身上有磷光的黑虫,爬得更慢了,你会代替它心焦。

还有那天空的"铁鸟",一天也有一次飞过。像一个尖嘴姑娘似的,还没见她的身影儿就听得她那吵闹的骚音,飞的不很高,翅膀和尾巴看去都很分明。它来的时候总在上午,乡下人的平屋顶刚刚袅起了白色的炊烟。戴着大箬笠穿了铁甲似的"蒲包衣"(乡下人夏天落田,都穿这特别的蒲包衣,犹之雨天穿蓑衣或棕衣。——作者原注。),在田里工作的乡下人偶然也翘头望一会儿,一点表情都没有。他们当然不会领受那"铁鸟"的好处,而且他们现在也还没吃过这"铁鸟"的亏。

他们对于它淡漠得很，正像他们对于那"爬虫"。

他们憎恨的，倒是那小河里的实在可怜相的小火轮。这应该说是一"伙"了，因为有烧煤的小火轮，也有柴油轮，——乡下人叫做"洋油轮船"，每天经过这小河，相隔二三小时就听得那小石桥边有吱吱的汽管叫声。这小火轮的一家门（一家门：上海话。一家子的意思。），放在大都市的码头上，谁也看它们不起。可是在乡下，它们就是恶霸。它们轧轧地经过那条小河的时候总要卷起两道浪头，泼刺刺地冲打那两岸的泥土。这所谓"浪头"，自然么小可怜，不过半尺许高而已，可是它们一天几次冲打那泥岸，已经够使岸那边的稻田感受威胁。大水的年头儿，河水快与岸平，小火轮一过，河水就会灌进田里。就在这一点，乡下人和小火轮及其堂兄弟柴油轮成了对头。

小石桥迤西的河道更加窄些，轮船到石桥口就要叫一声，仿佛官府喝道似的。而且你站在那石桥上就会看见小轮屁股后那两道白浪泛到齐岸半寸。要是那小轮是烧煤的，那它沿路还要撒下许多黑屎，把河床一点一点填高淤塞，逢到大水大旱年成就要了这一带的乡下人的命。乡下人憎恨小火轮不是盲目的没有理由的。

沿着铁轨来的"爬虫"怎样像蚊子的尖针似的嘴巴吮吸了农村的血，乡下人是理解不到；天空的"铁鸟"目前和乡村是无害亦无利；剩下来，只有小火轮一家门直接害了乡下人，就好比横行乡里的土豪劣绅。他们也知道对付那水里的"土劣"的方法是开浚河道，但开河要抽捐，纳捐是老百姓的本分，河的开不开却是官府的事。

刚才我不是说小石桥西首的河身特别窄么？在内地，往往隔开一个山头或是一条河就是另一个世界。这里的河身那么一窄，情形也就不同了。那边出产"土强盗"。这也是非常可怜相的"土强盗"，没有枪，只有锄头和菜刀。可是他们却有一个"军师"。这"军师"又不是活人，而是一尊小小的泥菩萨。

这些"土强盗"不过十来人一帮。他们每逢要"开市"，大家就围住了这位泥菩萨军师磕头膜拜，嘴里念着他们的"经"，有时还敲"法器"，跟和尚的"法器"一样。末了,"土强盗"伙里的一位,——他是那泥菩萨军师的"代言人",——就宣言"今晚上到东南方有利",于是大家就到东南方。"代言人"负了那泥菩萨到一家乡下人的门前,说"是了",他的同伴们就动手。这份被光顾的人家照例是什么值钱的东西也不会有的,"土强盗"自然也知道;他们的目的是绑票。住在都市里的人一听说"绑票"就会想到那是一辆汽车,车里跳下四五人,都有手枪,疾风似的攫住了目的物就闪电似的走了。可是我们这里所讲的乡下"土"绑票却完全不同。他们从容得很。他们还有"仪式"。他们一进了"泥菩萨军师"所指定的人家,那位负着泥菩萨的"代言人"就站在门角里,脸对着墙,立刻把菩萨解下来供在墙角,一面念佛,一面拜,不敢有半分钟的停顿。直到同伴们已经绑得了人,然后他再把泥菩萨负在背上,仍然一路念佛跟着回去。

第二天,假使被绑的人家筹得了两块钱,就可以把肉票赎回。

据说这一宗派的"土"绑匪发源于温台（此处所谓"温台",指浙江省旧温州府和台州府的辖区。）,可是现在似乎别处也有了。而他们也有他们的"哲学"。他们说,偷一条牛还不如绑一个人便当。牛使牛性的时候,怎地鞭打也不肯走,人却不会那么顽强抵抗。

真是多么可怜相,然而妩媚的绑匪呵?

【导读】

屈平岂要江山助,却是江山遇屈平

乡村,茅盾深深地爱着。

乡村让人轻松,被都市压紧了的身体与神经,在乡村得到了放松;乡村让人富有安全感,即使是广大绿野之中只有一棵树,也不孤独;乡村让人闲适,就如那条泊在桥头的船,无忧无虑。城里的自然是假自然,乡村的自然才是真自然,真自然才会有"沉着""坚定"的"泥土气息"。

可是,这一切,都在悄悄地发生着变化,敏锐的茅盾先生,早已嗅出了这真自然的乡村风光马上要遭受一场劫难。

茅盾先生用白描的方式描写着乡村的变化。当然,白描,并不是绝对客观地照相,高明的作家在客观性的描写中,会让读者感受到,认识到现象背后的真实意味。茅盾先生说:"真正有力的文艺作品应该是上口温醇的酒,题材只有平易的故事,然而蕴含着充实的内容。是从不知不觉中去感动了人,去教训了人。"

在茅盾先生笔下的乡村杂景中我们看到了什么?

首先是那"远得很,远得很"的铁轨,在铁轨上缓慢地爬行的"爬虫"、"有磷光的黑虫"。"爬虫"、"有磷光的黑虫",这个比喻非常逼真地再现了原野上火车的样子,但这个比喻也同时暗含着揶揄的语调,显露出作者对它的不屑与嘲讽。

再看"铁鸟",像一个尖嘴姑娘似的,还没有见她的身影就听得她"那吵闹的骚音",字里行间无不透着厌烦的情绪。尤其是"他们现在还没有吃过'铁鸟'的亏",告诉我们这"铁鸟"预示着莫名的恐怖与危险。

茅盾先生着重写了乡村田野里的小火轮。小火轮在乡村田野里虽然掀不起多大的浪,但已显出"就是恶霸"的凶相了,尤其可恨的是,它沿路还要"撒下许多黑屎"。秉笔直书,情意自现。

这"爬虫""铁鸟""小火轮",是来吮吸农民的血汗,抢夺农民的财产的。茅盾先生仅仅选取这三样东西就把三十年代帝国主义对我国实行经济侵略的社会现实揭示了出来,微言大义,寓意深远。正如宋代李觏《遣兴》一诗所说:"屈平岂要江山助,却是江山遇屈平。"这片原野及其之上的乡民因茅盾先生的文笔而得以存留在文学史之上,可以说是他们的大幸!

雷雨前[1]

清早起来,就走到那座小石桥上。摸一摸桥石,竟像还带点热。昨天整天里没有一丝儿风。晚快边响了一阵子干雷,也没风,这一夜就闷得比白天还厉害。天快亮的时候,这桥上还有两三个人躺着,也许就是他们把这些石头又困得热烘烘的。

满天里张着个灰色的幔。看不见太阳。然而太阳的势力好像透过了那灰色的幔,直逼着你头顶。

河里连一滴水也没有了,河中心的泥土也裂成乌龟壳似的。田里呢,早就像开了无数的小沟,——有两尺多阔的,你能说不像沟么?那些苍白色的泥土,干硬得就跟水门汀差不多。好像它们过了一夜工夫还不曾把白天吸下去的热气吐完,这时它们那些扁长的嘴巴里似乎有白烟一样的东西往上冒。

站在桥上的人就同浑身的毛孔全都闭住,心口泛淘淘,像要呕出什么来。

这一天上午,天空老张着那灰色的幔,没有一点点漏洞,也没有动一动。也许幔外边有的是风,但我们罩在这幔里的,把鸡毛从桥头抛

---

[1] 本篇最初发表于一九三四年九月二十日《漫画生活》第一期。曾收入《速写与随笔》、《茅盾文集》第九卷和《茅盾散文速写集》。

下去,也没见它飘飘扬扬踱方步。就跟住在抽出了空气的大筒里似的,人张开两臂用力行一次深呼吸,可是吸进来只是热辣辣的一股闷气。

汗呢,只管钻出来,钻出来,可是胶水一样,胶得你浑身不爽快,像结了一层壳。

午后三点钟光景,人像快要干死的鱼,张开了一张嘴,忽然天空那灰色的幔裂了一条缝!不折不扣一条缝!像明晃晃的刀口在这幔上划过。然而划过了,幔又合拢跟没有划过的时候一样,透不进一丝儿风。一会儿,长空一闪,又是那灰色的幔裂了一次缝。然而有什么用?

像有一只巨人的手拿着明晃晃的大刀在外边想挑破那灰色的幔,像是这巨人已在咆哮发怒;越来越紧了,一闪一闪满天空瞥过那大刀的光亮,隆隆隆,幔外边来了巨人的愤怒的吼声。

猛可地闪光和吼声都没有了,还是一张密不通风的灰色的幔!

空气比以前加倍闷!那幔比以前加倍厚!天加倍黑!

你会猜想这时那幔外边的巨人在揩着汗,歇一口气;你断得定他还要进攻。你焦躁地等着,等着那挑破灰色幔的大刀的一闪电光,那隆隆隆的怒吼声。

可是你等着,等着,却等来了苍蝇。它们从龌龊的地方飞出来,嗡嗡的,绕住你,钉你的涂一层胶似的皮肤。戴红顶子像个大员模样的金苍蝇刚从粪坑里吃饱了来,专拣你的鼻子尖上蹲。

也等来了蚊子。哼哼哼地,像老和尚念经,或者老秀才读古文。苍蝇给你传染病,蚊子却老实要喝你的血呢!

你跳起来拿着蒲扇乱扑,可是赶走了这一边的,那一边又是一大群乘隙进攻。你大声叫喊,它们只回答你个哼哼哼,嗡嗡嗡!

外边树梢头的蝉儿却在那里唱高调:"要死哟!要死哟!"

你汗也流尽了,嘴里干得像烧,你手脚也软了,你会觉得世界末日也不会比这再坏!

然而猛可地电光一闪,照得屋角里都雪亮。幔外边的巨人一下子把那灰色的幔扯得粉碎了!轰隆隆,轰隆隆,他胜利地叫着。胡——胡——挡在幔外边整整两天的风开足了超高速度扑来了!蝉儿噤声,苍蝇逃走,蚊子躲起来,人身上像剥落了一层壳那么一爽。霍!霍!霍!巨人的刀光在长空飞舞。轰隆隆,轰隆隆,再急些,再响些吧!

让大雷雨冲洗出个干净清凉的世界!

【导读】

带着枷锁的跳舞

本文写于一个特殊的时期,茅盾先生在《茅盾散文集·自序》中说:"太尖锐,当然通不过;太含浑,就未免胡聊;太严肃,就要流于呆板;而太幽默呢,又恐怕读者以为当真是一桩笑话。"

因此,茅盾先生三十年代的许多文章只能用象征手法来曲折达意,本文是这方面的代表作之一。我们既要能从不太含混的文字中读出其本来的尖锐,又要从貌似幽默的语言中发现其严肃的本义。

象征的因素有二,一是本体,一是象征体;象征的艺术性在于,本体即真。读不懂象征体亦能享受阅读之趣;读懂象征体,则愈得其妙。因此,读这类文本,应先求其本,再悟其相。没有对"本"的深透把握,则难以尽晓象征的意味。

雷雨前,写了哪些内容?

写了两个世界,天内与天外。

天内的情景是:热、闷、灰、干、粘、黑、赖、逃;

天外的情景是:划、挑、吼、扯、叫、扑、冲、净。

首先说其本体的"真"。经过了一夜,石桥还是带点热,极写温度之高;河里开了无数的小沟,极写热得时间之长。"昨天整天里没有一丝儿风","整天"与"一丝儿"的对比,让人愈加绝望;可是傍晚有了雷声,给人带来了希望,竟然是干雷,希望破灭;最后"也没有风",让人彻底绝望。简短的两句话,内中含着跌宕的叙述节奏,把干热的情景写得极其痛苦无奈。

再如,"河里连一滴水也没有了"一段。先从河里的整体状况写起,连一滴水也没有;然后集中到河中心,"也裂成乌龟壳似的",视觉上更集中,程度上更强烈;由河中心转到田里,则是"开了无数的沟",较之于河,则更为严酷;还不止于此,这些沟里还冒着白烟。就这样,章法井然有序,一步一步,把干旱的程度推向极致,这就是叙述的力量。

再从整篇来看。先从连续两天的闷热写起,然后写到午后三点钟光景,天空裂了一条缝,开始了闪电与灰幔的搏斗。整个过程极具戏剧色彩。天外的巨人由刚上来的划开一条缝,再划一条缝,到咆哮发怒,再到蓄积力量的沉默,到最后火山爆发式的扯破灰幔;而灰幔内的世界则是顽固地抵抗,当发觉这灰幔被划破一条缝的时候,比以前加倍的厚,加倍的黑;而且,让苍蝇蚊子来助阵,运用无赖手段;最后,幔破逃散,落了个清亮世界。整个过程由慢而快,由轻而重,逼真地再现了雷雨前的情景。可谓是穷形尽相,灵动自然。

其次,来看其象征的内涵。1933年10月,在军事上,国民党发动了第五次反革命军事"围剿";在文化上,唆使特务、打手捣毁进步的文化艺术团体;1934年2月又明令查禁一百四十九种文艺书籍,其中包括鲁迅、茅盾等革命作家的绝大部分著作。雷雨前的黑暗闷热,也即指国民党越来越残酷的白色恐怖。

具体来说,这灰色的幔象征着国民党政府对进步文化力量的野蛮控制,这种控制让人窒息。那些从"龌龊的地方飞来"的苍蝇,特别是戴红顶子的金苍蝇,象征着官员政客,它们肮脏不堪,传染疾病;那些像老和尚念经似的蚊子,象征着一些特务打手,它们像无赖一样缠着你,喝你的血;那些在树梢头唱高调的蝉,象征着一些悲观主义者,一些御用文人,向社会传达着哀伤的调子。它们合在一起控制着这个黑暗闷热的灰幔社会。

灰幔外的巨人，代表着革命力量，以无坚不摧的勇猛与这灰幔世界展开了英勇的搏斗。从最初的划开一条缝，到最后扯碎这灰幔，吓跑苍蝇蚊子蝉儿。革命力量取得了决定性的胜利，建立了清亮的世界。借此，茅盾先生表达了国民党反革命必然失败的结果和革命胜利必将到来的坚定信念。

从本体到象征体，妙结无痕，浑然天成，确实是象征手法的典范之作。

黄　昏[①]

海是深绿色的，说不上光滑；排了队的小浪开正步走，数不清有多少，喊着口令"一，二———一"似的，朝喇叭口的海塘来了。挤到沙滩边，啵澌！——队伍解散，喷着忿怒的白沫。然而后一排又赶着扑上来了。

三只五只的白鸥轻轻地掠过，翅膀扑着波浪，———一点一点躁怒起来的波浪。

风在掌号。冲锋号！小波浪跳跃着，每一个像个大眼睛，闪射着金光。满海全是金眼睛，全在跳跃。海塘下空隆空隆地腾起了喊杀。

而这些海的跳跃着的金眼睛重重叠叠一排接一排，一排怒似一排，一排比一排浓溢着血色的赤，连到天边，成为绀金色的一抹。这上头，半轮火红的夕阳！

半边天烧红了，重甸甸地压在夕阳的光头上。

愤怒地挣扎的夕阳似乎在说：

——哦，哦！我已经尽了今天的历史的使命，我已经走完了今天

[①] 本篇连同以下的《沙滩上的脚迹》最初同发表于一九三四年十一月二十日《太白》第一卷第五期，总题作《〈黄昏〉及其他》，署名形天。曾收入《速写与随笔》、《茅盾文集》第九卷和《茅盾散文速写集》。

的路程了！现在，现在，是我的休息时间到了，是我的死期到了！哦，哦！却也是我的新生期快开始了！明天，从海的那一头，我将威武地升起来，给你们光明，给你们温暖，给你们快乐！

呼——呼——

风带着永远不会死的太阳的宣言到全世界。高的喜马拉雅山的最高峰，汪洋的太平洋，阴郁的古老的小村落，银的白光冻凝了的都市，——一切，一切，夕阳都喷上了一口血焰！

两点三点白鸥划破了渐变为赭色的天空。

风带着夕阳的宣言走了。

像忽然熔化了似的，海的无数跳跃着的金眼睛摊平为暗绿的大面孔。

远处有悲壮的笳声。

夜的黑幕沉重地将落未落。

不知到什么地方去过一次的风，忽然又回来了；这回是打着鼓似的：勃仑仑，勃仑仑！不，不单是风，有雷！风挟着雷声！

海又动荡，波浪跳起来，轰！轰！

在夜的海上，大风雨来了！

【导读】

黄昏中冉冉升起希望的太阳

这是一段激情燃烧的岁月！

排了队的小浪，迈着整齐的步子，而且是"正步走"，用拟人的笔法，既写出傍晚大海里波浪的整齐，又渲染出作者内心的欢快，这种欢快加在大海的波浪之上，就形成了"正步走"的姿态，一切景语皆是赋予了作者内在情感之后的艺术表现。

白鸥轻轻地掠过,悠然而潇洒,是波浪的战友。波浪的情绪在不断地高涨,越来越"躁怒起来"。它在蓄积着力量,在蓄积着情感,在为一波新的战斗准备着。

这时,波浪的战友海风,吹起了冲锋的号角,"小波浪"由走正步,变成了"跳跃"着,充满了激情斗志。尤其是"金眼睛"的比喻,波浪成了眼放金光勇斗妖魔的大圣,嘘一口气,幻化成千百万个大圣,"满海全是金眼睛,全在跳跃",活泼溢于纸面,神性扑于面前,从里到外洋溢着欢快的战斗精神。

"一排接一排""一排怒似一排""一排比一排",数量的累积,形成广阔、壮大、富有力量和朝气的表达效果。

夕阳,是个重要的意象。夕阳虽然即将逝去,但"已经尽了今天的历史的使命",太阳具有强烈的使命感,面对"死期",仍然迸发出满腔的激情。从"喜马拉雅的最高峰,汪洋的太平洋,阴郁的小村落,银的白光冻凝了的都市"全给喷上了"血焰",这是怎样的热烈与壮观,这是怎样的豪迈与激情。空间的广阔性延展了太阳奉献的伟大力量!

更让人敬畏的是,太阳向死而生的精神,面对"死期",丝毫没有悲观的情绪,因为,它知道今天的死期,即预示着明天新生的到来。这既是源源不息的生命哲学观,更是英勇无畏的人们对生命最高的礼赞。我们在许许多多的电影镜头里看到过这种场景:江姐、刘胡兰、董存瑞、雷锋、焦裕禄等等。这是生命意志的信仰!

虽然,大海在黑夜到来时会暗下来,可是这时候的风、雷则来得更加猛烈,预示着革命的风暴即将席卷整个世界。

透过这段文字,我们分明可以感受到作者昂扬乐观的精神风貌。火热的革命激情把海浪、太阳、风、雷全给点燃了,赋予了它们鲜明的人格精神,让我们在这个"黄昏"里看到了冉冉升起的希望的太阳!

沙滩上的脚迹

他,独自一个,在这黄昏的沙滩上彳亍。

什么都看不分明了,仅可辨认,那白茫茫的知道是沙滩,那黑魆魆的是酝酿着暴风雨的海。

远处有一点光明,知道是灯塔。

他,用心火来照亮了路,可也不能远,只这么三二尺地面,他小心地走着,走着。

猛可地,天空瞥过了锯齿形的闪电。他看见不远的前面有黑簇簇的一团,呵呵,这是"夜的国"么,还是妖魔的堡寨?

他又看见离身丈把路的沙上,是满满的纵横重叠的脚迹。

哈哈,有了!赶快!他狂喜地跳着,想踏上那些该是过去人的脚迹。

他浑身一使劲,迸出个更大些的心火来。

他伛着腰,辨认那纵横重叠的脚迹,用他的微弱的心火的光焰。

咄!但是他吃惊地叫了起来。

这纵横重叠的,分明是禽兽的脚迹。大的,小的,新的,旧的,延展着,延展着,不知有几多远。而他孤零零站在这兽迹的大海中间。

他惘然站着,失却了本来的勇气;心头的火光更加微弱,黄苍苍地像一个毛月亮,更不能照他一步两步远。

于是抱着头,他坐在沙上。

他坐着,他想等到天亮;他相信:这纵横重叠的鸟兽的脚迹中,一定也有一些是人的脚迹,可以引上康庄大道,达到有光明温暖的人的处所的脚迹,只要耐守到天明,就可以辨认出来。

他耐心地等着,抱着头,连远处的灯塔也不望它一眼。他相信,在恐怖的黑夜中,耐心等候是不错的。然而,然而——

隆隆隆地,他听到了叫他汗毛直竖的怪响了。这不是雷鸣,也不是海啸,他猛一抬头,他看见无数青面獠牙的夜叉从海边的黑浪里涌出来,夜叉们一手是钢刀,一手是人的黑心炼成的金元宝,慌慌张张在找觅牺牲品。

他又看见跟在夜叉背后的,是妖娆的人鱼披散了长发,高耸着一对浑圆的乳峰,坐在海滩的鹅卵石上,唱迷人的歌曲。

他闭了眼,心里这才想到等候也不是办法;他跳了起来,用最后的一分力,把心火再旺起来,打算找路走。可是——那边黑簇簇的一团这时闪闪烁烁飞出几点光来,飞出的更多了!光点儿结成球了,结成线条了,终于青闪闪地排成了四个大字:光明之路!

呵!哦!他得救地喊了一声。

这当儿,天空又撒下了锯齿形的闪电。是锯齿形!直要把这昏黑的天锯成了两半。在电光下,他看得明明白白,那边是一些七分像人的鬼怪,手里都有一根长家伙,怕就是人身上的什么骨头,尖端吐出青绿的鬼火,是这鬼火排成了好看的字。

在电光下,他又分明看到地下重重叠叠的脚迹中确也有些人样的脚迹,有的已经被踏乱,有的却还清楚,像是新的。

他的心一跳,心好像放大了一倍,从心里射出来的光也明亮得多了;他看见地下的脚迹中间还有些虽则外形颇像人类但确是什么只穿着人的靴子的妖魔的足印,而且他又看见旁边有小小的孩子们的脚印。有些天真的孩子上过当!

然而他也在重重叠叠的兽迹和冒充人类的什么妖怪的足印下,发见了被埋藏的真的人的足迹。而这些脚迹向着同一的方向,愈去愈密。

他觉得愈加有把握了,等天亮再走的念头打消得精光,靠着心火的照明,在纵横杂乱的脚迹中他小心地辨认着真的人的足印,坚定地前进!

【导读】

在虚拟中读出真实

本文依然采用的是象征手法,但与《雷雨前》《黄昏》显然不同,《雷雨前》《黄昏》是依物赋神,自然妙合;对于读者来讲,则可分可合,合读十分精妙,分读亦十分有味。但本文的象征之"象",完全出于虚构,其价值就在于象征本身。茅盾先生的象征大都指向社会与政治这一目标。

结合写作背景来读,本文的象征义是非常鲜明的。

从1927年的"四一二"大屠杀开始,整个三十年代,都陷入了白色恐怖之中。在壁垒森严,豺狼遍地的情境下,反动统治者呈现出的面目极为复杂,并不是可以那么简单地分清敌人的真面目。茅盾先生用这篇文章给前进者施以提醒并指明道路。

本文出现的第一个意象是"心火"。存在于内心深处的火,是指勇于前进者留存于心灵世界的精神支柱。在黑暗到来之时,精神支柱也倍受考验,因为,只能照亮"二三尺地面"。一方面强调黑暗势力之强大,一方面突出"心火"之羸弱。

在这种情况下,人们希望能看到前行的足迹,以引导自己。可是那些足迹却是人鸟兽的足迹,虽然其中一定有人的足迹,但在人兽混杂的情况下,要区分十分困难。这里明确暗示,当时社会环境的复杂难辨。

当前行者被眼前纷乱的情景所困惑的时候,便出了观望等待的心态。这一点很符合作者的亲身经历。"四一二"大屠杀后,茅盾先生对左倾狂热分子持怀疑态度,对革命的去向感到迷惘无奈。这种心态是当时的普遍情况。

反动势力是不容许你等待观望的,他们手里有钢刀,他们在"找觅牺牲品";不仅如此,那些幻化为人鱼的妖魔现出了妖娆的样子,来引诱欺骗你;更让人难以招架的是鬼火成了"光明大道"。这种种假象,极为危险,因为,在危急中的人很容易认为这是"得救"的办法。

当他发现那条光明之路不过是鬼火之路的时候,才又去审视眼前重重叠叠的脚迹,终于从中发现了人的足迹。同时,还发现已经有"小小的孩子们的脚印",暗示着当时许多青年学生上了反动派的当。脚印的错综复杂,展示了当时各种思想极为混乱的时代背景。

当前行者终于发现了人的足迹之后,不再犹豫彷徨,靠着精神信念,再加上小心谨慎地分辨,最终找到了真正的康庄大道。表达了革命者英勇无畏,奋勇向前,最终必能取得胜利的决心。

作者用妖魔鬼怪象征反动统治者,用妖娆的人鱼象征敌人善于利用各种骗人的花招来欺骗民众,用沙滩上混杂的足迹来暗示斗争的复杂,用灯塔代表着革命的方向。虽然魔鬼凶恶,花招迭出,但无法阻挡前行者的脚步。本文的象征都是依据作者要表达的内涵而设计出来的。

40年代

风景谈[1]

前夜看了《塞上风云》(《塞上风云》:反映汉蒙民族人民团结抗日的影片。阳翰笙根据其同名话剧改编,应云卫导演,中国电影制片厂一九四〇年至一九四一年间摄制。由于国民党反动派的阻挠,迄一九四二年二月始正式公映。)的预告片,便又回忆起猩猩峡(猩猩峡:又作星星峡。位于新疆哈密县和甘肃安西县交界处。)外的沙漠来了。那还不能被称为"戈壁",那在普通地图上,还不过是无名的小点,但是人类的肉眼已经不能望到它的边际,如果在中午阳光正射的时候,那单纯而强烈的返光会使你的眼睛不舒服;没有隆起的沙丘,也不见有半间泥房,四顾只是茫茫一片,那样的平坦,连一个"坎儿井"也找不到,那样的纯然一色,就使偶尔有些驼马的枯骨,它那微小的白光,也早溶入了周围的苍茫;又是那样的寂静,似乎只有热空气在作哄哄的火响。然而,你不能说,这里就没有"风景"。当地平线上出现了第一个黑点,当更多的黑点成为线,成为队,而且当微风把铃铛的柔声,丁当,丁当,送到你的耳鼓,而最后,当那些昂然高步的骆驼,排成整齐的方阵,安

---

[1] 本篇最初发表于一九四一年一月十日《文艺阵地》第六卷第一期。曾收入重庆良友复兴图书印刷公司出版的《时间的记录》和《茅盾文集》第十卷。

详然而坚定地愈行愈近,当骆驼队中领队驼所掌的那一杆长方形猩红大旗耀入你眼帘,而且大小丁当的谐和的合奏充满了你耳管,——这时间,也许你不出声,但是你的心里会涌上了这样的感想的:多么庄严,多么妩媚呀!这里是大自然的最单调最平板的一面,然而加上了人的活动,就完全改观。难道这不是"风景"么?自然是伟大的,然而人类更伟大!

于是我又回忆起另一个画面,这就在所谓"黄土高原"!那边的山多半是秃顶的,然而层层的梯田,将秃顶装扮成稀稀落落有些黄毛的癞头;特别是那些高杆植物颀长而整齐,等待检阅的队伍似的,在晚风中摇曳,别有一种惹人怜爱的姿态。可是更妙的是三五月明之夜,天是那样的蓝,几乎透明似的,月亮离山顶似乎不过几尺,远看山顶的小米丛密挺立,宛如人头上的怒发;这时候,忽然从山脊上长出两支牛角来,随即牛的全身也出现,捎着犁的人形也出现,并不多,只有三两个,也许还跟着个小孩,他们姗姗而下,在蓝的天,黑的山,银色的月光的背景上,成就了一幅剪影,如果给田园诗人见了,必将赞叹为绝妙的题材;可是没有完,这几位晚归的种地人,还把他们那粗朴的短歌,用愉快的旋律,从山顶上飘下来,直到他们没入了山坳,依旧只有蓝天明月黑魆魆的山,歌声可是缭绕不散。

另一个时间。另一个场面。夕阳在山,干坼的黄土正吐出它在一天内所吸收的热,河水汤汤急流,似乎能把浅浅河床中的鹅卵石都冲走了似的。这时候,沿河的山坳里有一队人,从"生产"归来,兴奋的谈话中,至少有七八种不同的方音。忽然间,他们又用同一的音调,唱起雄壮的歌曲来了,他们的爽朗的笑声,落到水上,使得河水也似在笑。看他们的手,这是惯拿调色板的,那是昨天还拉着提琴的弓子伴奏着《生产曲》的,这是经常不离木刻刀的,那又是洋洋洒洒下笔如有神的,但现在,一律都被锄锹的木柄磨起了老茧了。他们在山坡下,被另一群所迎住。这里正燃起熊熊的野火,多少曾调朱弄粉的手儿(调朱弄粉的手;作者于一九八〇年二月二日致中学语文教材编写组的信中说:"应该是指'女同志的手',但是这些做饭的女同志也同时是文艺工作者。")已经将金黄的小米饭,翠绿的油菜,准备齐全。这时候,太阳已经下山,却将它的余晖幻成了满天的彩霞,河水喧哗得更响了,跌在石上的便喷出了雪白的泡沫,人们把沾着黄土的脚伸在水里,任它冲刷,或者掬起水来,洗一把脸。在背山面水这样一个所在,静穆的自然和弥满着生命力的人,就织成了美妙的图画。

在这里,蓝天明月,秃顶的山,单调的黄土,浅濑的水,似乎都是最恰当不过的背景,无可更换。自然是伟大的,人类是伟大的,然而充满了崇高精神的人类的活动,乃是伟大中之尤其伟大者!

我们都曾见过西装革履烫发旗袍高跟鞋的一对儿,在公园的角落,绿荫下长椅上,悄悄儿说话,但是试想一想,如果在一个下雨天,你经过一边是黄褐色的浊水,一边是怪石峭壁的崖岸,马蹄很小心地探入泥浆里,有时还不免打了一下跌撞,四面是沉寂,灰色,没有一点生动鲜艳的,然而,你忽然抬头看见高高的山壁上有几个天然的石洞,三层楼的亭子间似的,一对人儿促膝而坐,只凭剪发式样的不同,你方能辨认出一个是女的,他们被雨赶到了那里,大概聊天也聊够了,现在是摊开着一本札记簿,头凑在一处,一同在看,——试想一想,这样一个场面到了你眼前时,总该和在什么公园里看见了长椅上有一对儿在偎倚低语,颇有点味儿不同罢?如果在公园时,你一眼瞥见,首先第一会是"这里有一对恋人",那么,此时此际,倒是先感到那样一个沉闷的雨天,寂寞的荒山,原始的石洞,安上这么两个人,是一个"奇迹",使大自然顿时生色!他们之是否恋人,落在问题之外。你所见的,是两个生命力旺盛的人,是两个清楚明白生活意义的人,在任何情形之下,他们不倦怠,也不会百无聊赖,更不至于从胡闹中求刺戟,他们能够在任何情况之下,拿出他们那一套来,怡然自得。但是什么能使他们这样呢?

不过仍旧回到"风景"罢;在这里,人依然是"风景"的构成者,没有了人,还有什么可以称道的?再者,如果不是内生活极其充满的人作为这里的主宰,那又有什么值得怀念?

再有一个例子：如果你同意，二三十棵桃树可以称为林，那么这里要说的，正是这样一个桃林。花时已过，现在绿叶满株，却没有一个桃子。半爿旧石磨，是最漂亮的圆桌面，几尺断碑，或是一截旧阶石，那又是难得的几案。现成的大小石块作为凳子，——而这样的石凳也还是以奢侈品的姿态出现。这些怪样的家具之所以成为必要，是因为这里有一个茶社。桃林前面，有老百姓种的荞麦，也有大麻、玉米这一类高秆植物。荞麦正当开花，远望去就像一张粉红色的地毯，大麻和玉米就像是屏风，靠着地毯的边缘。太阳光从树叶的空隙落下来，在泥地上，石家具上，一抹一抹的金黄色。偶尔也听得有草虫在叫，带住在林边树上的马儿伸长了脖子就树干搔痒，也许是乐了，便长嘶起来。"这就不坏！"你也许要这样说。可不是，这里是有一般所谓"风景"的一些条件的！然而，未必尽然。在高原的强烈阳光下，人们喜欢把这一片树荫作为户外的休息地点，因而添上了什么茶社，这是这个"风景区"成立的因缘，但如果把那二三十棵桃树，半爿磨石，几尺断碣，还有荞麦和大麻玉米，这些其实到处可遇的东西，看成了此所谓风景区的主要条件，那或者是会贻笑大方的。中国之大，比这美得多的所谓风景区，数也数不完，这个值得什么？所以应当从另一方面去看。现在请你坐下，来一杯清茶，两毛钱的枣子，也作一次桃园的茶客罢。如果你愿意先看女的，好，那边就有三四个，大概其中有一位刚接到家里寄给她的一点钱，今天来请请同伴。那边又有几位，也围着一个石桌子，但只把随身带来的书籍代替了枣子和茶了。更有两位虎头虎脑的青年，他们走过"天下最难走的路"，现在却静静地坐着，温雅得和闺女一般。男女混合的一群，有坐的，也有蹲的，争论着一个哲学上的问题，时时哗然大笑，就在他们近边，长石条上躺着一位，一本书掩住了脸。这就够了，不用再多看。总之，这里有特别的氛围，但并不古怪。人们来这里，只为恢复工作后的疲劳，随便喝点，要是袋里有钱；或不喝，随便谈谈天；在有闲的只想找一点什么来消磨时间的人们看来，这里坐的不舒服，吃的喝的也太粗糙简单，也没有什么可以供赏玩，至多来一次,第二次保管厌倦。但是不知道消磨时间为何物的人们却把这一片简陋的绿荫看得很可爱,因此,这桃林就很出名了。

因此,这里的"风景"也就值得留恋,人类的高贵精神的辐射,填补了自然界的贫乏,增添了景色,形式的和内容的。人创造了第二自然!

最后一段回忆是五月的北国。清晨,窗纸微微透白,万籁俱静,嘹亮的喇叭声,破空而来。我忽然想起了白天在一本贴照簿上所见的第一张,银白色的背景前一个淡黑的侧影,一个号兵举起了喇叭在吹,严肃,坚决,勇敢,和高度的警觉,都表现在小号兵的挺直的胸膛和高高的眉棱上边。我赞美这摄影家的艺术,我回味着,我从当前的喇叭声中也听出了严肃,坚决,勇敢,和高度的警觉来,于是我披衣出去,打算看一看。空气非常清冽,朝霞笼住了左面的山,我看见山峰上的小号兵了。霞光射住他,只觉得他的额角异常发亮,然而,使我惊叹叫出声来的,是离他不远有一位荷枪的战士,面向着东方,严肃地站在那里,犹如雕像一般。晨风吹着喇叭的红绸子,只这是动的,战士枪尖的刺刀闪着寒光,在粉红的霞色中,只这是刚性的。我看得呆了,我仿佛看见了民族的精神化身而为他们两个。

如果你也当它是"风景",那便是真的风景,是伟大中之最伟大者!

【导读】

无限风光在人间

这篇散文不是谈风景的,是谈人的,是谈人的精神的,因此,用"无限风光在人间"来作本篇导读的标题。

这不是一篇有连续情节的文章,作者先后写了六个画面。既然没有连续的情节,这六个画面可以变换顺序吗?

不可以,因为它们有内在逻辑关联。

戈壁驼铃,为什么要放在篇首?因为它为整篇文章界定了写作的视角——即人与自然之间的关系,把人放在特定的自然背景之下来写,是本文的特殊写作角度。

让我们来看看,作者是如何打开这幅画卷的。

作者先从它的广阔写起,"人类的肉眼已望不到它的边际","人类"可否用"人"来替换。不好,因为,"人类"强调作为特种的人的集合,而"人"则不严密,也可以指个体的人。作者意在强调沙漠之广大,人类之渺小。"没有……也没有……只是……"这组关联词,把沙漠的单调一层一层地呈现出来,读起来有越来越单调寂寞的感觉。"那样……连……也……那样……即使……",我们发现,这两个句子非常特别,总是先把主词呈现出来,然后再作递进转折,这种表述通过后面的递进转折,把"平坦""纯然一色"写到尽头,不留一点空地,也把读者淹在这无边无际的"平坦"和"纯然一色"之中,除了落寞、孤单甚至恐怖之外,还能有什么呢!

从以上分析可以看出,这片沙漠是那么地单调落寞,简直不可久留。作者要的就是这个效果,就是要让你读了之后感到难受,害怕。因为只有这样才能突显下文的驼队。

写驼队,是用动态生成的方法。先由小黑点写起,先成线,再形成队,再形成整齐的方阵,然后定格在那"长方形猩红大旗"上。这是一组动态的镜头,由远而近;由远而近是观察者不动,驼队在向我们走来,我们是欣赏者,在欣赏这个风景,这样,整个画面就活了。

到了这里,我们就明白作者为什么那么下力气写沙漠的广阔与单调,他们是互为表里的,没有沙漠的广阔单调,就没有驼队的动态生成效果;没有驼队的动态生成效果,也就体现不出沙漠的广大。但更主要还是要表达驼队的审美价值。不能忽略其中的两个细节,一个是那杆大旗。旗子是人类奋斗的标志,是人类精神的载体,尤其是那种鲜艳的"猩红大旗",透着热烈的生命与旺盛的精神,它把整个广漠单调的沙漠给点燃了;人的意志征服了沙漠。另一个就是丁当的铃声。铃声划破了寂静,它在向这个世界宣告:我来了。它让毫无生命感的沙漠焕发了勃勃生机。这一旗一铃,便是"庄严""妩媚"的源头。

由以上分析可知,作者借"戈壁驼铃"这幅风景,展示了一个基本的表述方式,即,自然之上的人是风景的关键因素。因此,在这部分的结尾指出:"自然是伟大的,然而人类更伟大"。

如果说沙漠中的驼队是一种不常见的景象,那么日常的生活呢?作者接着把笔触转移到现实生活中的人的描写上来。

先来看"归耕图"。

土坡上的庄稼惹人怜爱,"月亮离山顶,似乎不过几尺",这是真实的再现,也是有意的诗意化了。月亮伸手可触,超出了平常的感觉,月亮之上是仙境,似乎人间仙境相连相融了,突出了人间仙境的审美感受。

"山脊上长出两只牛角",这儿依然运用动画式的呈现方式,让人在这个美如仙境的背景里渐渐出现,紧紧地吸引了读者的眼和心,使其不自觉地发出赞叹:真美啊!还不止于此,在这静默的氛围下,忽然有粗朴的歌子"飘"了下来。这个"飘"字与整体上的宁静优雅的仙境般的感觉是完美协调一致的。

这里也有两处值得我们注意的地方,一是这个粗朴的歌。没有这歌,就只是几个晚归的农人,可是有了这歌声,人便有了精神,有了愉快,田园牧歌,即是如此;一是那个"小孩",为什么要出现这个小孩?因为,小孩子的出现使这个画面立即呈现出家的温馨。有了家的温馨,这个画面就非常完美了。

再看这里人与景的关系。庄稼人种庄稼,这里的美丽景色就是由庄稼人亲手创造的。下一个画面,风景的主体换成了革命战士,所折射的道理是统一的,因此,这两幅风景放在一起作为一个部分,揭示了"充满了崇高精神的人类的活动,乃是伟大之中尤其伟大者"的哲理。

下面的两幅风景"石洞学习"和"桃林茶会"内涵指向也是一致的。

"石洞学习",石洞周围荒凉冷落的情景为两个学习的年轻人提供了反向的环境衬托,并运用对比的方式,揭示出这两个年轻人是"清楚明白生活意义的人"。"桃林茶会"则写了一个群体,一个来自四面八方并经历了诸多人生艰难的人们聚集在这儿,干什么呢?读书,谈哲学问题。

这两幅风景在告诉我们,"人类高贵精神"可以创造第二自然,这又超越于人的活动所构成的风景了。

最后一幅风景"高原晨号"。茅盾先生选取了晨号手与哨兵两个形象来写,并赋予他们两个人以"民族的精神"的象征。这民族的精神具体指什么呢?仅仅是"严肃""坚决""果敢"吗?

我们应该注意,"号兵"所吹起的号声,是命令,是号召,是奋勇向前的精神,这个号兵寓意丰富,我们这个民族一直保持着奋勇向前的姿态,在1941年的延安,意义更加重大。同样"哨兵"的形象也耐人寻味。茅盾先生只用了一个"刚性"便凝聚出了我们这个民族百折不挠的意志和不可侵犯的威严。因此,这是"伟大之中最伟大者"。

回顾全文,我们发现,本文以"人"为主体,揭示我延安军民崇高的精神境界,主旨深远宏大,逻辑层次鲜明;而绘景显神,景神一体,斧凿痕迹虽存,但又让人感觉浑然天成,天人合一,妙合无垠。真是"文章本天成,妙手偶得之"!

白杨礼赞[1]

白杨树实在不是平凡的,我赞美白杨树!

当汽车在望不到边际的高原上奔驰,扑入你的视野的,是黄绿错综的一条大毡子。黄的,那是土,未开垦的处女土,几十万年前由伟大的自然力所堆积成功的黄土高原的外壳;绿的呢,是人类劳力战胜自然的成果,是麦田,和风吹送,翻起了一轮一轮的绿波——这时你会真心佩服昔人所造的两个字"麦浪",若不是妙手偶得,便确是经过锤炼的语言的精华。黄与绿主宰着,无边无垠,坦荡如砥,这时如果不是宛若并肩的远山的连峰提醒了你(这些山峰凭你的肉眼来判断,就知道是在你脚底下的),你会忘记了汽车是在高原上行驶,这时你涌起来的感想也许是"雄壮",也许是"伟大",诸如此类的形容词,然而同时你的眼睛也许觉得有点倦怠,你对当前的"雄壮"或"伟大"闭了眼,而另一种味儿在你心头潜滋暗长了,——"单调"!可不是,单调,有一点儿罢?

然而刹那间,要是你猛抬眼看见了前面远远地有一排,——不,或者甚至只是三五株,一二株,傲然耸立,像哨兵似的树木的话,那你的恹恹欲睡的情绪又将如何?我那时是惊奇地叫了一声的!

---

[1] 本篇最初发表于一九四一年三月十日《文艺阵地》第六卷第三期。

那就是白杨树,西北极普通的一种树,然而实在不是平凡的一种树!

那是力争上游的一种树,笔直的干,笔直的枝。它的干呢,通常是丈把高,像是加以人工似的,一丈以内,绝无旁枝;它所有的桠枝呢,一律向上,而且紧紧靠拢,也像是加以人工似的,成为一束,绝无横斜逸出;它的宽大的叶子也是片片向上,几乎没有斜生的,更不用说倒垂了;它的皮,光滑而有银色的晕圈,微微泛出淡青色。这是虽在北方的风雪的压迫下却保持着倔强挺立的一种树!那怕只有碗来粗细罢,它却努力向上发展,高到丈许,二丈,参天耸立,不折不挠,对抗着西北风。

这就是白杨树,西北极普通的一种树,然而决不是平凡的树!

它没有婆娑的姿态,没有屈曲盘旋的虬枝,也许你要说它不美丽,——如果美是专指"婆娑"或"横斜逸出"之类而言,那么白杨树算不得树中的好女子;但是它却是伟岸,正直,朴质,严肃,也不缺乏温和,更不用提它的坚强不屈与挺拔,它是树中的伟丈夫!当你在积雪初融的高原上走过,看见平坦的大地上傲然挺立这么一株或一排白杨树,难道你就只觉得树只是树,难道你就不想到它的朴质,严肃,坚强不屈,至少也象征了北方的农民;难道你竟一点儿也不联想到,在敌后的广大土地上,到处有坚强不屈,就像这白杨树一样傲然挺立的守卫他们家乡的哨兵!难道你又不更远一点想到这样枝枝叶叶靠紧团结,力求上进的白杨树,宛然象征了今天在华北平原纵横决荡(纵横决荡:作者于一九六五年九月二十四日致李西亭信中说:"'纵横'字义易明,至于'决荡',出《晋书》刘曜载记《壮士之歌》。《壮士之歌》陇上人为陈安所作,颂陈安之战绩。其词有云:'……丈八蛇矛左右盘,十荡十决无当前……'")用血写出新中国历史的那种精神和意志。

白杨不是平凡的树。它在西北极普遍,不被人重视,就跟北方农民相似;它有极强的生命力,磨折不了,压迫不倒,也跟北方的农民相似。我赞美白杨树,就因为它不但象征了北方的农民,尤其象征了今天我们民族解放斗争中所不可缺的朴质,坚强,力求上进的精神。

让那些看不起民众,贱视民众,顽固的倒退的人们去赞美那贵族化的楠木(注:作者于一九七八年六月九日致彭守恭信中说:"贵族化的楠木象征国民党反动派,我写此散文时也是这样想的。")(那也是直干秀颀的),去鄙视这极常见,极易生长的白杨罢,但是我要高声赞美白杨树!

【导读】

赤心畅吟一首抒情的歌

五四运动之后,散文出现三种类型,一种是叙生活之事抒个人之情;一类是表达闲情逸趣,讲究生活情调;一类是关注社会政治斗争,或批判或赞美。茅盾的许多散文即属于第三类,《白杨礼赞》当属典型代表。

之所以说这篇文章是一首抒情诗,是因为它有诗的特征。

它有一个贯穿始终的主旋律——白杨树是不平凡的,我赞美白杨树。开篇独立成段,立场鲜明,情感浓郁,一句畅吟为全文定下了感情及表达的基调。然后在全文中不断反复强化"实在是不平凡的树"这一主旋律,像一首激动人心的歌,让全文洋溢着热烈的赞美之情!

它的语言经过了诗意的美化,第五段整段的排比,采用反复累加,层层强化的方式,完美地塑造了白杨树的向上品格。这些诗意化的语言渲染出了浓浓的诗情画意。

这首抒情诗的特殊价值在于它是一首政治抒情诗,不是小我之个人情怀的展露,而是高扬讴歌北方军民的大旗。

政治抒情诗易流于空洞抽象,政治激情有余,感染力不足,但本文却恰恰相反,它血肉丰满,政治与抒情完美融合。

首先，展示在我们的面前的是黄土高原的雄伟。"几十万年"悠远的时间与"无边无垠"广阔的空间，给全篇铺设了一个苍茫雄伟的背景图。在这个背景图上，着意勾勒"麦浪"这一典型意象。这一意象让人产生大海的联想，在空间上向外延伸；同时，它的波动形成了鲜明的视觉形象，容易引起人们内心的激动，从而充满着欢快的激情！

在这苍茫广阔蕴含着伟大的自然力和伟大的人类劳力的背景之上，白杨树出现了！

"有一排——不，或者甚至只是三五株，一二株"，为什么要作一递减的强调？递减的目的是把白杨树的个体从群体中剥离，使其与整个苍茫广阔的背景形成更加强烈的对比，从而突出其个性鲜明的特色。

于是，我们看到了白杨树的样子。

茅盾先生紧紧抓住白杨树的核心特征"一律向上"，写其树干的直、枝桠靠拢，叶子也是"片片"向上。北方的白杨树客观上确实如此，这里绝不是客观的写实，而是对客观情景作了特殊的处理，删去了无关的信息，保留了与象征义紧密相关的特征，使象征的意蕴更加集中而鲜明。读到了这里，那笔直的树干，一律向上的桠枝，一律向上的叶子，让我们感觉到整个白杨树团结一致，奋发向上，斗志昂扬！这种精神不就是延安军民的斗争精神吗？经过两万五千里长征到达陕北的中国红军，在国民党围追堵截，经济封锁的情况下，自力更生，艰苦奋斗，一天一天地壮大起来，革命烈火照亮了整个大西北，其精神不也就是团结一致，奋发向上吗！这种精神完全融化在白杨树的形象里，因而，没有空口说教的弊病。

抒情诗当然不能仅止于形象化的象征，作者的激情无法仅仅停留在形象之上。于是在下面一段里，作者就直抒胸臆，把对白杨树的满腔赞美之情倾泻出来。

先以那些"婆娑""屈曲盘旋"的妖娆之树作衬托，再突出白杨树的"伟岸，正直，朴质，严肃，温和"。为了强调白杨树的崇高品质，作者不惜用直接质问的口气向对白杨树没有感受，没有认识，甚至是错误认识的一些人发出了提示，警醒，甚至是警告的表白！言之切切，情真意浓，让人从混沌中警醒，让人在平淡中热血奔涌！这就是政治抒情诗的特殊性！

在激情告白之后，作者的语气舒缓下来，用正面的诚恳的语气，对白杨树的品质再次做正面叙述，指出白杨树现在的处境，不被人重视；同时，用极短小的句子，一字一顿地强调"磨折不了，压迫不倒"的坚韧性。这段平缓的叙述是上一段激情过后的调整，也是在为文章结尾再次高扬蓄积力量。

文章的最后，面向这个社会，发出庄严的警告和震撼人心的呼告。"看不起""贱视""顽固倒退"，三个词语指明了三类人，活画出了当时社会上对北方军民不能以客观公正态度看待的各色人等。用"让……罢，但……"表达出与那些追随国民党反动派的政客、文人、无聊的庸众的彻底决裂和对他们的批判！

文章在这高昂的宣誓般的情感抒发中，戛然而止，余音绕梁，三日不绝！

大地山河[①]

　　住在西北高原的人们,不能想像江南太湖区域所谓"水乡"的居民的生涯;所谓"暮春三月,江南草长,杂花生树,群莺乱飞"（"暮春三月,江南草长……":语出南朝齐、梁间文人丘迟的《与陈伯之书》,见《昭明文选》卷四十三。）,也还不是江南"水乡"的风光。缺少那交错密布的水道的西北高原的居民,听说人家的后门外就是河,站在后门口（那就是水阁的门）,可以用吊桶打水,午夜梦回,可以听得橹声欸乃,飘然而过,总有点难以构成形象的罢?

　　没有到过西北——或者就是豫北陕南罢,——如果只看地图,大概总以为那些在普通地图上有名有目的河流,至少比江南"水乡"那些不见于普通地图上的"港"呀,"汊"呀,要大得多罢? 至少总以为这些河终年汤汤,可以行舟的罢? 有一个朋友曾到开封,那时正值冬季,他站在堤上,却还不知道他脚下所站的,就是有名的黄河堤岸;他向下视,只见有几股细水,在淤黄泥沙中流着,他还问:"黄河在哪里?"却不知这几股细水,就是黄河! 原来黄河在水浅季节,就是几股细水!

　　大凡在地图上有名有目的西北的河,到了冬季水浅,就是和江南

[①] 本篇最初发表于一九四一年九月一日《笔谈》第一期,曾收入《茅盾散文速写集》。

的沟渠一样的东西,摆几块石头在浅处,是可以徒涉的。

乌鲁木齐河,那也是鼎鼎大名的;然而当我看见马车涉河而过的时候,我惊讶于这就是乌鲁木齐河!学生们卷起裤管,就徒涉了延水的事,如果不是亲见,也觉得可惊,因为延水在地图上也是有名有目的呀!

但是当夏季涨水的当儿,这些河却也实在威风。延水一次上流涨水,把"女大"(女大:即延安中国女子大学。1939年成立,1941年9月并入延安大学。)用以系住浮桥的一块几万斤重的大石头冲走了十多丈路。

光是从天空飞过,你不能具体的了解所谓"西北高原"的意义。光是从地上走过,你了解得也许具体些,然而还不够"概括"(恕我借用这两个字)。

你从客机的高度仪的指针上看出你是在海拔三千多公尺以上了,然而你从玻璃窗向下看,嚇,城郭市廛,历历在目,多清楚!那时你会恍然于下边是高原了。但在你还得在地上走过,然后你这认识才能够补足。

你会不相信你不是在平地上。可不是一望平畴,麦浪起伏?可是你再极目远望,那边天际一道连山,不也是和你脚下的"平地"是并列的么?有时你还觉得它比你脚下的低呢!要是凑巧,你的车子到了这么一个"土腰",下面是万丈断崖,而这万丈断崖也还是中间阶段而已,那时你大概才切实地明白了高原之所以为高原了罢?

这也不是平空可以想像的。

谢家的哥哥以"撒盐"比拟下雪,他的妹妹说,"未若柳絮因风舞"("未若柳絮因风舞":典出《世说新语·言语篇》:"谢太傅寒雪日内集儿女讲论文义,俄而雪骤,公欣然曰:'白雪纷纷何所似?'兄子胡儿曰:'撒盐空中差可拟。'兄女曰:'未若柳絮因风舞。'"谢太傅,即东晋政治家谢安[320—385],"谢家哥哥"指其侄谢胡,"他的妹妹"指谢安的侄女、东晋女诗人谢道韫。)。自来都认为后者佳胜。自然,"柳絮因风舞",多么清灵俊逸;但这是江南的雪景。如果说北方,那么谢家哥哥的比拟实在也没有错。当然也有下大朵的时候,那也是"柳絮"了,不过,"撒盐"时居多。

积在地上,你穿了长毡靴走过,那煞煞的响声,那颇有燥感的粉末,就会完全构成了"盐"的印象。要是在大野,一望皆白,平常多坎陷与浮土的道路,此时成为砥平而坚实,单马曳的雪橇轻溜溜地滑过,那时你真觉得心境清凉,——而实在,空气也清洁得好像滤过。

我曾在戈壁中远远看见一片白,颇惊讶于五月有雪,后来才知道这是盐池!

【导读】

隐于针锋粟颗,放而成山河大地

1940年至1941年,茅盾先生受邀到新疆学院文学院、延安鲁迅艺术学院讲学,后来又去重庆,在这个过程中,他亲眼目睹了延安军民积极抗日,国民政府消极抗日的情景。其间写了许多散文表达对延安革命群众的热情赞美,本文是其中重要的一篇,不过,它与《白杨礼赞》相比,含蓄得多。

全文写了三种事物,即河、原、雪。

河。

先从江南的河写起。引用丘迟的名句,烘托江南水乡花草丰美的特点,又通过否定的形式,指出江南最大特点即是水网密布。门外就是河,梦里有桨声。

文章主要写西北之河,为何要加入这么一段江南之景呢?

在未有展现西北大河面貌之前先从江南密布的河网写起,与后文完全不同的西北大河形成鲜明的对照,其间之不同,豁然于眼前,比单纯正面描写西北大河,灵动而多姿;另外,题目是"大地山河",这江南之景亦属于大地之景的范畴。更为深层的内涵是,没有到过江南的西北人无法想像江南,而没有到过西北的江南人仅凭地图也根本不懂西北的河是什么样子。也就是说,那些凭空设想的图景都是不真实的,那些对西北抗日军民的妄加评论是不正确的。

西北的大河是什么样子呢?

作者概述了西北大河的两大特点,冬季干涸无力而夏季充盈威猛。作者选取了黄河与乌鲁木齐两条河流作代表,用叙述事实的方式,简单几笔,勾画出冬季河水之浅;抓住一个细节——把一块几万斤重的大石头冲走了十多丈——即写出夏季河水之威猛。

由此看来,这西北的大河,有时看得细弱无力;但一旦水势形成,则有千军万马不可阻挡之势。暗含于其中的意味,非常丰富!

对高原的描写,一开始便亮出观点。"从天空飞过",还必须"从地上走过",你才能了解西北高原。

从天空飞过,可以看到"城郭市廛",知道这个区域就是西北高原,但是你必须走进西北高原,才会发现:你脚下踩着远处的峰顶,而自身却处在半山腰。使用相互映衬笔法,三两笔便把山山相连无穷际,一山更比一山高的高原景象描述得清清楚楚!

而后一句"这也不是平空可以想像的",再一次强调,绝知此事须躬行,要深入其中才得真谛!

最后写西北的雪。作者并没有写眼前的雪,而是从谢家儿女比雪的典故说起,一反常人评价的结论,指出"撒盐空中差可拟"恰恰准确地反映了西北之雪的特点,让人耳目一新。

综观全文,作者善于运用对比的方式连缀成文。比如写河,先是南北对比,既而是夏冬对比;写高原,先是空中所看与实地所感对比,实地所感中远与近形成对比;写雪,又是南北对比。多种对比的使用,形成不言而自明的表达效果,并把西北军民团结一致、信念坚定、大气磅礴的革命精神巧妙地蕴含在西北大河夏冬之变,高原崇高雄伟,白雪清洁的各种意象里,含而不露,而又意见鲜明!

秦岭之夜[①]

下午三点钟出发,才开出十多公里,车就抛了锚。一个轮胎泄了气了。车上有二十三人。行李倒不多,但是装有商货(依照去年颁布的政令,凡南行的军车,必须携带货物,公家的或商家的,否则不准通行),两吨重的棉花。机器是好的,无奈载重逾额,轮胎又是旧的。

于是有组织的行动开始了。打千斤杠的,卸预备胎打气的,同时工作起来。泄气的轮胎从车上取下来了,可是要卸除那压住了橡皮外胎的钢箍可费了事了。绰号"黑人牙膏"的司机一手能举五百斤,是一条好汉,差不多二十分钟,才把那钢箍的倔强性克服下来。

车又开动了,上坡,"黑人牙膏"两只蒲扇手把得定定的,开上头挡排,汽车吱吱地苦呻,"黑人牙膏"操着不很圆润的国语说:"车太重了呀!"秦岭上还有积雪,秦岭的层岚叠嶂像永无止境似的。车吱吱地急叫,在爬。然而暝色已经从山谷中上来。忽然车停了,"黑人牙膏"跳下车去,俯首听了听,又检查机器,糟糕,另一轮胎也在泄气了,机器又有点故障。"怎么了呀?"押车副官问,也跳了下来。"黑人牙膏"摇头道:"不行呀!可是不要紧,勉强还能走,上了坡再说。""能修么?"
"能!"

[①] 本篇初收一九四三年四月桂林文光书店出版《见闻杂记》,署名茅盾。

挨到了秦岭最高处时，一轮满月，已经在头顶了。这里有两家面店，还有三五间未完工的草屋，好了，食宿都不成问题了，于是车就停下来。

第一件事是把全体的人，来一个临时部署：找宿处并加以分配，——这是一班；卸行李，——又一班；先去吃饭，——那是第三班。

未完成的草房，作为临时旅馆，说不上有门窗，幸而屋顶已经盖了草。但地下潮而且冷，秦岭最高处已近雪线。幸而有草，那大概是盖房顶余下来的。于是垫起草来，再摊开铺盖。没有风，但冷空气刺在脸上，就像风似的。月光非常晶莹，远望群山骈列，都在脚下。

二十三人中，有六个女的。车得漏夜修，需要人帮忙。车停在这样的旷野，也需得有人彻夜放哨。于是再来一个临时部署。帮忙修车，五六个人尽够了；放哨每班二人，两小时一班，全夜共四班。都派定了，中间没有女同志。但是 W 和 H 要求加入。结果，加了一班哨。先去睡觉的人，把皮大衣借给放哨的。

跟小面店里买了两块钱的木柴，烧起一个大火堆。修车的工作就在火堆的光亮下开始了。原来的各组组长又分别通知："睡觉的尽管睡觉，可不要脱衣服！"但即使不是为了预防意外，在这秦岭顶上脱了衣服过夜，而且是在那样的草房里，也不是人人能够支持的；空气使人鼻子里老是作辣，温度无疑是在零下。

躺在草房里朝外看，月光落在公路上，跟霜一般，天空是一片深蓝，眨眼的星星，亮得奇怪。修车的同志们有说有笑，夹着工作的声音，隐隐传来。可不知什么时候了，公路上还有赶着大车和牲口的老百姓断断续续经过。鸣鞭的清脆声浪，有时简直像枪响。月光下有一个人影从草房前走过，一会儿，又走回来：这是放哨的。

"呵，自有秦岭以来，曾有过这样的一群人在这里过夜否？"思绪奔凑，万感交集，眼睛有点润湿了，——也许受了冷空气的刺激，脸上是堆着微笑的。

咚咚的声音，隐约可闻；这是把轮胎打了气，用锤子敲着，从声音去辨别其有没有足够。于是眼前又显现出两位短小精悍的青年,——曾经是锦衣玉食的青年,不过一路上你看他们是那样活泼而快活!

在咚咚声中,有些人是进了睡乡了,但有些人却又起来,——放哨的在换班,天明之前的冷是彻骨的。……不知那火堆还有没有火?

朦胧中听得人声,猛睁眼,辨出草房外公路上已不是月光而是曙色的时候,便有女同志的清朗的笑声愈来愈近了。火堆旁围满了人,木柴还没有烧完。行李放上车了。司机座前的玻璃窗上,冰花结成了美丽的图案。火堆上正烧着一罐水。滚热的毛巾揩拭玻璃上的冰花,然而随揩随又冻结。"黑人牙膏"和押车副官交替着摇车,可是车不动,汽油也冻了。

呵呵!秦岭之夜竟有这么冷呢!这时候,大家方始知道昨夜是在零下几度过去的。这发现似乎很有回味,于是在热闹的笑语中弄了草来烘汽车的引擎。

〔附记〕此篇所记,乃是一九四〇年初冬,作者从延安到西安,又在西安坐了八路军的军车经过秦岭时的事实。此篇发表时也被国民党的检查官删去了一些句子,现在既无底稿,也记不清,只好就这样罢。

【导读】

从朴素的叙述中读出美丽的诗

茅盾先生在给我们讲故事,在讲一个艰难旅程的故事,他不动声色,只是在静静地说事,从这些事中,我们听到了一首美丽的诗!

"下午三点钟出发,才开出十多公里,车就抛了锚",在 1940 年那个特殊的年代里,面对这样一个状况,可能会出现怎样的情景呢?担心,抱怨,感慨,无所事事地等待,但是,这里没有出现,出现的是"有组织的行动开始了"。故事开始就在告诉我们,这不是一群普通的人,他们有着特殊的言行准则,更有不同于世人的内心世界。

　　作者把镜头聚焦在"黑人牙膏"这个司机身上。"一手能举五百斤,是一条好汉","把那钢箍的倔强性克服了",这个好汉比这钢箍更倔强,更有韧劲。这是在讲好汉的故事,倔强与韧性就是他的精神核心。

　　"汽车吱吱地苦呻""吱吱地急叫",远处是"层岚叠嶂像永无止境似的",车疲惫不堪,路途在苍茫遥远之中,这本就是一个会让人感到苦闷,无望,甚至焦虑恐怖的旅程。"忽然车停了,另一轮胎也在泄气了,机器又有点故障"。车,已经停了一次,现在又停了,在担忧的程度上再推进一把;一只轮胎漏气,另一只轮胎也漏气,这会让人产生更多的担忧,这车还行不行;而更可怕的是"机器又有点故障",这个"又"字把这个旅途的困境再加深一层。这就是叙述的魅力,作者平静地叙述着事实,而在这平静的叙述中,让我们的心随着叙述进程的推进一点一点地往上提,提到了嗓子眼上。

　　让我们感到奇怪的是,车上的乘客呢,为什么没有听到他们的声音,茅盾为什么不写他们的反应,这样状况竟被他们忽视了,对,是被他们忽视了,忽视了这些,才鲜明了他们。在他们的眼里,这算什么呢,根本不值得大惊小怪,在留白处写出了这些人的"坚韧"与"斗志"!留白,是一种叙事艺术!

　　到了秦岭最高处,茅盾先生写了一句景物"一轮满月,已经在头顶了"。这句景物描写很有意味。这是一轮"满月",可是他们正处在艰难的旅途之中,又处在车坏人乏之时,岂不更让人望月思乡,愁绪百生吗!但没有,因为,面对着"两家面店","三五间未完工的草屋",心里想的是"好了,食宿都不成问题了",视难如易,这就是坚韧,这就是刚强,这句话让"满月"成了美好诗意的背景。

　　在秦岭上于未建好的草屋里过夜,该是怎样的滋味呢?

　　"没有风,但冷空气刺在脸上,就像风似的",这里没有一个字说多么多么冷,只说了一个感受:"刺"在脸上,像风。没有在北方居住过的人恐怕很难体会这其中的滋味，明明没有风，为什么会感觉像风呢，就是温度太低，如置身冰窑，人的肌肤无法承受。茅盾先生只用这么一句话便把山上的寒冷写得入木三分。

接着又写了远望的景象"月光非常晶莹，远望群山骈列，都在脚下"，把意境扩远到无边无际的群山，而且把群山置于脚下，写出这苦寒之中高远的情怀，这是诗的境界！

在以上的大背景之下，才着重写人物的活动。

修车的修车，值班的值班。男士有君子情怀，女士自力自强，"有说有笑""活泼而快活"，前文所写的所有艰难在这"笑声"和"活泼"里，在井然有序的组织里都得到了化解：什么样的困难能阻挡得了这样的一群人呢！用茅盾先生的话说，有着高贵精神的人创造了第二自然！

因此，茅盾先生再也控制不住内心的激动感怀，在平静叙述的过程还是漏出了两句："呵，自有秦岭以来，曾有过这样的一群人在这里过夜否"，并为之流下泪来。

这些人物万难不辞、欣然前往、英勇无畏的乐观主义精神，难道不是一首值得我们流泪吟诵的优美的诗吗？

森林中的绅士①

据说北美洲的森林中有一种"得天独厚"的野兽，这就是豪猪，这是"森林中的绅士"！

这是在头部，背部，尾巴上，都长着钢针似的刺毛的四足兽，所谓"绅士相处，应如豪猪与豪猪，中间保持相当的距离"，就因为太靠近了彼此都没有好处。不过豪猪的刺还是有形的，绅士之刺则无形，有形则长短有定，要保持相当的距离总比无形者好办些，而这也是摹仿豪猪的绅士们"青出于蓝"的地方。

但豪猪的"绅士风度"之可贵，尚不在那一身的钢针似的刺毛。它是矮胖胖的，一张方正而持重的面孔，老是踱着方步，不慌不忙。它的潇洒悠闲，实在也到了殊堪钦佩的地步：可以在一些滋味不坏的灌木丛中玩上一个整天，很有教养似的边走边哼，逍遥自得，无所用心，宛然是一位乐天派。它不喜群的生活，但也并非完全孤独，由此可见它在"待人接物"上多么有分寸。

若非万不得已，它决不旅行，整年整季，它的活动范围不出三四里地。一连几星期，它只在三四棵树上爬来爬去；它躺在树枝间，从容自

---

① 本篇最初发表于一九四六年一月一日《新文学》创刊号，曾收入大地书屋版《时间的记录》和《茅盾文集》第九卷。

在地啃着树皮，啃得倦了，就打个瞌睡；要是睡中一个不小心倒栽下来，那也不要紧，它那件特别的长毛大衣会保护它的尊躯。

它也不怕跌落水里去，它全身的二万刺毛都是中空的，它好比穿了件救生衣，一到水里，自会浮起来的。

而这些空心针似的刺毛又是绝妙的自卫武器，别的野兽身上要是刺进了几十枚这样的空心针，当然会有性命之忧，因为这些空心针是角质的，刺进了温湿的肌肉，立刻就会发胀，而且针上又遍布了倒钩，倒钩也跟着胀大，倒钩的斜度会使得那针愈陷愈深。因此，遇到外来的攻击时，豪猪的战术是等在那里"挨打"，让敌人自己碰伤，知难而退。因为它那些刺毛只要轻轻一碰就会掉落，而又因其尖利非凡，故一碰之下未有不刺进皮肉的。

然而具有这样头等的自卫武器的它，却有老大的弱点：肚皮底下没刺毛，这是不设防地带，小小的老鼠只要能够设法钻到豪猪的肚皮底下，就是胜利者了。但尤其脆弱者，是豪猪的鼻子。一根棍子在这鼻尖上轻轻敲一下，就是致命的。这些弱点，豪猪自己知道得很清楚；所以遇到敌人的时候，它就把脑袋塞在一根木头下面，这样先保护好它那脆弱的鼻子，然后四脚收拢，平伏地面，掩蔽它那不设防的腹部，末了，就耸起浑身的刺毛，摆好了"挨打"的姿势。当然，它还有一根不太长然而也还强壮有力的尾巴（和它身长比较，约为五与一之比），真是一根狼牙棒，它可以左右挥动，敌人要是挨着一下，大概受不住；可是这根尾巴的挥动因为缺乏一双眼睛来指示目标，也只是守势防御而已。

敌人也许很狡猾，并不进攻，却悄悄地守在旁边静候机会，那时候，豪猪不能不改变战术了。它从掩蔽部抽出了鼻子，拼命低着头（还是为的保护鼻子），倒退着走，同时猛烈挥动尾巴，这样"背进"到了最近一棵树，它就笨拙地往上爬，爬到了相当高度，自觉已无危险，便又安安逸逸躺在那里啃起嫩枝来，好像根本没有发生过什么事情似的。

这真是典型的绅士式的"镇静"。的的确确，它的一切生活方式——连它的战术在内，都是典型的绅士式的。但正像我们的可敬的绅士们尽管"得天独厚"，优游自在，却也常常要无病呻吟一样，豪猪也喜欢这调门。好好地它会忽然发出了声音摇曳而凄凉的哀号，单听那声音，你以为这位"森林中的绅士"一定是碰到绝大的危险，性命就在顷刻间了；然而不然。它这时安安逸逸坐在树梢上，方正而持重的脸部照常一点表情也没有，可是它独自在哀啼，往往持续至一小时之久，它这样无病而呻吟是玩玩的。

据说向来盛产豪猪的安地郎达克山脉，现在也很少看见豪猪了，以至美国地方政府不得不用法令来保护它了。为什么这样"得天独厚"，具有这样巧妙自卫武器的豪猪会渐有绝种之忧呢？是不是它那种太懒散而悠闲的生活方式使之然呢？还是因为它那"得天独厚"之处存在着绝大的矛盾——几乎无敌的刺毛以及毫无抵抗力的暴露着的鼻子——所以结果仍然于它不利呢？

我不打算在这里来下结论，可是我因此更觉得豪猪的"生活方式"叫人看了寒心。

[导读]

给绅士画个像

读清晰茅盾先生笔下的绅士形象，是阅读本文的基本要求。

首先，绅士身上长着无形的刺。

豪猪的刺是用来防卫的，绅士的刺则未必仅用于防卫，还可用于保持"相当的距离"；因为其无形，所以在使用刺时就特别讲究艺术。也就是茅盾先生所说绅士们"青出于蓝"的地方。

有哪些艺术性呢？无形的刺，让对方受了伤却不让他看到刺，被刺者须有盘算和领会的本事；明明有刺而不言，把暗刺放在那里，则须有阴冷的心；但绅士，之所以称绅士，就是因为，这些伎俩都在"无形"之中，表面上一团和气，万分大度，不然怎么能称得上"绅士"呢！

其次，绅士还要有悠闲的生活姿态。

"矮胖胖的"，是生活富足的表现，小肚子要挺起来；"方正而持重的脸"，如鲁迅先生笔下的猫一样，"方正"足以显示其"公允"，"持重"则给自己挂一个老成有尊严的牌子；"踱方步"，则是极低调地炫耀一下天生的智慧；"不慌不忙"，向世人宣告他的成熟；"逍遥自得"，"无所用心"，连他自己都被自己陶醉了，认为自己真的就"德艺双馨"了。

再次，绅士确实有自救的本事。

自己栽了跟头，不要紧，有厚的皮囊。比如，犯了种种王法，当然绅士是不会杀人越货的，用那皮囊一裹，就感觉不到疼了。

一旦"落水"怎么办？豪猪的刺是空的，会把猪浮上来，不至淹死；绅士的刺是无形的，他会把刺统统收起来，自己变成副软骨架、一个皮囊，也可以慢慢浮上来。

再次，绅士也有致命的弱点。

绅士总有自身不硬的地方，总有一打就致命的"软鼻子"，因了这两个弱点，绅士便具有了非常不绅士的斗争方式：摆好挨打的姿势。虽然有无形的尖刺，但无论如何，这总是不光彩的行为。

再次，绅士还非常健忘。

刚刚与人争斗，或是被人追击，转眼就沉浸到享受"嫩枝"的口腹之欲中去了。这种健忘也是保证绅士们能够踱方步悠闲自在的重要条件。

再次，绅士还常常玩"呻吟"。

呻吟不是痛苦，而是一种娱乐方式。比如，绅士因为头衔和资格要参加许多社会活动，你会发现一会金刚怒目了，一会如丧考妣了，一会雷霆万钧了……变化多姿，其实他内心平静如水，这只是"玩玩"而已，不然，怎能叫绅士呢！

最后，绅士有个命运。

绅士的命运就是：绝种！

茅盾先生运用犀利的文笔把绅士们的遮羞布给撕了个稀巴烂。撕的方法有二：

1. 以豪猪喻绅士，本体与喻体的巨大反差构成了强烈的讽刺效果。

2. 跨界描摹，在本体与喻体间自由转换，形成了豪猪与绅士同体共生的效果。

忆冼星海[①]

那一次我所听到的《黄河大合唱》，据说还是小规模的，然而参加合唱人数已有三百左右；朋友告诉我，曾经有过五百人以上的。那次演奏的指挥是一位青年音乐家（恕我记不得他的姓名），是星海先生担任鲁艺音乐系的短短时期内训练出来的得意弟子；朋友又告诉我，要是冼星海自任指挥，这次的演奏当更精彩些。但我得老实说，尽管"这是小规模"，而且由他的高足代任指挥，可是那一次的演奏还是十分美满——不，我应当承认，这开了我的眼界，这使我感动，老觉得有什么东西在心里抓，痒痒的又舒服又难受。对于音乐，我是十足的门外汉，我不能有条有理告诉你：《黄河大合唱》的好处在哪里。可是它那伟大的气魄自然而然使人鄙吝全消，发生崇高的情感，光是这一点也就叫你听过一次就像灵魂洗过澡似的。

从那时起，我便在想像：冼星海是怎样一个人呢？我曾经想像他该是木刻家马达（凑巧他也是广东人）那样一位魁梧奇伟，沉默寡言的人物。可是朋友们又告诉我：不是，冼星海是中等身材，喜欢说笑，话匣子一开就会滔滔不绝的。

[①] 本篇最初发表于一九四六年一月二十八日《新文学》第二号，曾收入大地书屋版《时间的记录》和《茅盾文集》第十卷。

我见过马达刻的一幅木刻：一人伏案，执笔沉思，大的斗篷显得他头部特小，两眼眯紧如一线。这人就是冼星海，这幅木刻就名为《冼星海作曲图》。木刻很小，当然，面部不可能如其真人，而且木刻家的用意大概也不在"写真"，而在表达冼星海作曲时的神韵。我对于这一幅木刻也颇爱好，虽然它还不能满足我的"好奇"。而这，直到我读了冼星海的自传，这才得了部分的满足。

从冼星海的生活经验，我了解了他的作品之所以能有这样大的气魄。做过饭店堂倌，咖啡馆杂役，做过轮船上的锅炉间的火伕，浴堂的打杂，也做过乞丐——不，什么都做过的一个人，有两种可能：一是被生活所压倒，虽有抱负只成为一场梦，又一是战胜了生活，那他的抱负不但能实现，而且必将放出万丈光芒。"星海就是后一种人！"——我当时这样想，仿佛我和他已是很熟悉的了。

大约三个月以后，在西安，冼星海突然来访我。

那时我正在候车南下，而他呢，在西安已住了几个月，即将经过新疆而赴苏联。当他走进我的房间，自己通了姓名的时候，我吃了一惊，"呀，这就是冼星海么！"我心里这样说，觉得很熟识，而也感得生疏。和友人初次见面，我总是拙于言词，不知道说些什么好，而在那时，我又忙于将这坐在我对面的人和马达的木刻中的人作比较，也和我读了他的自传以后在想像中描绘出来的人作比较，我差不多连应有的寒暄也忘记了。然而星海却滔滔不绝说起来了。他说他刚出来，就知道我进去了，而在我还没到西安的时候就知道我要来了；他说起了他到苏联去的计划，问起了新疆的情形，接着就讲他的《民族交响乐》的创作。我对于音乐的常识太差，静聆他的议论（这是一边讲述他的《民族交响乐》的创作计划，一边又批评自己和人家的作品，表示他将来致力的方向），实在不能赞一词。岂但不能赞一词而已，他的话我记也记不全呢。可是，他那种气魄，却又一次使我兴奋鼓舞，和上回听到《黄河大合唱》一样。拿破仑说他的字典上没有"难"这一字，我以为冼星海的字典上也没有这一个字。他说，他以后的十年中将以全力完成他这创作计划；我深信他一定能达到。

我深信他一定能达到。因为他不但有坚强的意志和伟大的魄力，并且因为他又是那样好学深思，勇于经验生活的各种方面，勤于收集各地民歌民谣的材料。他说他已收到了他夫人托人带给他的一包陕北民歌的材料，可是他觉得还很不够，还有一部分材料（他自己收集的）却不知弄到何处去了。他说他将在新疆逗留一年半载，尽量收集各民族的歌谣，然后再去苏联。

现在我还记得的，是他这未来的《民族交响乐》的一部分的计划。他将从海陆空三方面来描写我们祖国山河的美丽，雄伟与博大。他将以"狮子舞"、"划龙船"、"放风筝"这三种民间的娱乐，作为他这伟大创作的此一部分的"象征"或"韵调"。（我记不清他当时用了怎样的字眼，我恐怕这两个字眼都被我用错了。当时他大概这样描写给我听：首先，是赞美祖国河山的壮丽，雄伟，然后，狮子舞来了，开始是和平欢乐的人民的娱乐——这里要用民间"狮子舞"的音乐，随后是狮子吼，祖国的人民奋起反抗侵略者了。）他也将从"狮子舞"、"划龙船"、"放风筝"这三种民族形式的民间娱乐，来描写祖国人民的生活、理想和要求。"你预备在旅居苏联的时候写你这作品么？"我这么问他。"不！"他回答，"我去苏联是学习，吸收他们的好东西。要写，还得回中国来。"

那天我们的长谈，是我和他的第一次见面，谁又料得到这就是最后一次呵！"要写，还得回中国来！"这句话，今天还在我耳边响，谁又料得到他不能回来了！

这也就是为什么我在写这小文的时候还觉得我是在做噩梦。

我看到报上的消息时，我半晌说不出话。

这样一个人，怎么就死了！

昨晚我忽然这样想：当在国境被阻，而不得不步行万里，且经受了生活的极端的困厄，而回到莫斯科去的时候，他大概还觉得这一段"傥来"（"傥来"：不意而得的意思。《庄子·缮性》："物之傥来，寄者也。"成玄英疏："傥者,意外忽来者耳。")的不平凡的生活经验又将使他的创作增加了绮丽的色彩和声调；要是他不死,他一定津津乐道这一番的遭遇,觉得何幸而有此罢？

现在我还是这样想：要是我再遇到他,一开头他就会讲述这一段颠沛流离的生活,而且要说,"我经过中亚细亚,步行过万里,我看见了不少不少,我得了许多题材,我作成了曲子了！"时间永远不能磨灭我们在西安的一席长谈给我的印象。

一个生龙活虎般的具有伟大气魄,抱有崇高理想的冼星海,永远坐在我对面,直到我眼不能见,耳不能听,只要我神智还没昏迷,他永远活着。

【导读】

蓄势·奔放·回旋

阅读,要从问为什么这样写做起。

为什么文章开篇不告诉读者,冼星海死了,让作者很悲伤,然后再展开回忆呢？为什么从那次《黄河大合唱》写起？这些问题思考明白了,文本的来龙去脉也就清楚了。

为什么从《黄河大合唱》写起,因为这是冼星海的代表作,写一个音乐家的最好方式是写他的音乐作品,他的音乐作品就是他的人格、精神、心魂。

巧妙的是,这次音乐会不是冼星海指挥的,而是他的弟子,用冼星海的弟子来写冼星海,是我们常说的衬托,就像那些戏曲一样,大将总要在他人打斗了一会才上场的,用他人的打斗来衬托大将的武功之强。这与写文章的道理一样,冼星海的弟子指挥的《黄河大合唱》"开了我的眼界","使人鄙吝全消,发生崇高的情感",何况冼星海呢！这样,一方面写出《黄河大合唱》具有净化灵魂的崇高境界,一方面衬托了冼星海音乐造诣之深。

写到这儿,可以让冼星海出场了吗?

没有,茅盾先生再写自己的想像,因《黄河大合唱》而思念起音乐家。茅盾先生先想象是"魁梧奇伟"人物,为什么要这样想呢?因为《黄河大合唱》,按照常理,排山倒海的气势怎能不出自一个"魁梧奇伟"的人之手呢!这里既是想象冼星海,也是在写《黄河大合唱》。可是事实与我的想象正好相反,"中等身材,喜欢说笑"。如果与作者的想象一致,茅盾先生肯定不再写这一笔了,因为,那样就没有趣味了,文章的趣味来自冲突与不一致。

写到这儿,可以让冼星海出场了吗?

不行,作者再写看到过的冼星海的木刻像。"一人伏案,执笔沉思""两眼迷紧如一线"。木刻以写其神为要旨。"伏案",写其操劳;"执笔",状其创作;"沉思",揭其成功根源;"如一线",形容其专注。两句话把《黄河大合唱》成功的原因告诉了我们,当然,也把冼星海的精神世界告诉了我们。

冼星海可以出场了吗?

还不行,作者再写到读冼星海的自传,显然,这是对冼星海生活事业的全面把握了。但内容极简单,茅盾先生只告诉我们他读到了冼星海做过各种小工,然后提出对冼星海人格的评价:战胜了生活,那他的抱负不但能实现,而且必将放出万丈光芒。

这个时候才接着写第一次与冼星海的见面。前面诸段的写作都是在为冼星海的出场拦坝蓄水,积累势能,吊起读者的胃口,形成阅读的强烈欲望。这就是蓄势的价值。

接下来写第一次与冼星海见面的故事,则属于开闸放水,形成一泻千里之势。

"星海却滔滔不绝地说起来了",由此,便是转述星海的话了。星海的话只有一个主题——音乐创作。从《民族交响乐的创作》的十年计划到他赴各地搜集音乐素材再到民族交响乐的三个方面的构想，再到"要写，还得回中国来"创作的理念，一个宏伟的音乐创作蓝图展现在我们面前，一个伟大音乐家的形象竖立在我们面前。这整个过程如黄河之水，奔流而下，势不可挡。这就是文势的奔放！

在文章的结尾，茅盾先生深情地写道："一个生龙活虎的具有伟大气魄，抱有崇高理想的冼星海，永远坐在我的对面，直到我眼不能见，耳不能听，只要我神智还没昏迷，他永远活着。"茅盾先生让冼星海永远活在自己的心里，当然，也将永远活在读者的心里，借着这文字，把精神，把心灵传向渺远的空间与永恒的时间。文止意远，言尽情长，文末形成了无穷无尽的意念，盘旋不已，挥之不去！

世界文学名著讲话

莎士比亚的《哈姆莱特》

莎士比亚(William Shakespeare)是英国伊丽莎白女王时代伟大的戏曲家，也是世界上最伟大的戏曲家之一。关于这位大诗人的身世，也有许多争论；十九世纪中叶有些喜欢做翻案文章的人以为莎士比亚是假名，而且隐在这假名背后的真人是法兰西斯·培根(Francis Bacon)，但此说未为大多数莎士比亚研究的专家所承认。照历来传说的记录，则莎士比亚生于一五六四年，中产人家，十八岁结婚，二十岁到伦敦，做过戏子，因此渐自编戏曲；到三十多岁就成为出名的诗人及戏曲家了。此时他不但有钱，且贵为宫廷供奉。四十五岁左右，退居于故乡斯忒拉福特(Stratford)的庄园，一六一六年死。

莎士比亚的时代正是欧洲的商业资产者逐渐抬头，贵族势力渐受牵掣威胁的时代。"文艺复兴"是这商业资产文化的第一页，莎士比亚却是它在英国的最伟大的作家。莎士比亚的作品正反映了旧的贵族文化和新的商业资产者文化的冲突。但是莎士比亚虽然在他前期的作品内写了商人的钱袋到底不敌贵族的势力（例如《威尼斯商人》Merchant of Venice, 1597），但在他后期的作品内又写了相反的现象，例如《雅典的泰门》(Timon of Athens, 1607?)，而且写失败的泰门狂怒到憎恨任何人了。莎士比亚虽然很忠实地写出了贵族的不得不没落，但他是属于贵族这方面的。他之所以享了不朽的盛名，皮相者每夸其诗句之美妙，及戏曲的技术之高妙，而其实则因他广泛地而且深刻地研究了这社会转型期的人的性格：嫉妒，名誉心，似是而非的信仰，忧悒性的优柔寡断，傲慢，不同年龄的恋爱，一切他都描写了。他的作品里有各种的生活，各色的人等，其丰富复杂是罕见的。

通常把莎士比亚的作品分作四期：第一期从一五八八年到一五九六年，凡九篇，重要的是《罗密欧与朱丽叶》(Romeo and Juliet, 1591)，《亨利六世》(Henry Ⅵ, 1592)等等。第二期从一五九六年到一六〇一年，凡十篇，重要的是《威尼斯商人》,《仲夏夜之梦》(Midsummer Night's Dream, 1595),《亨利五世》(Henry Ⅴ, 1599),《如愿》(As you like it, 1599),《第十二夜》(Twelfth Night, 1599)等。第三期是从一六〇二年到一六〇八年，凡十一篇，重要的是《恺撒》(Julius Caesar, 1601),《哈姆莱特》(Hamlet, 1602),《麦克白》(Macbeth, 1605—6?),《李尔王》(King Lear, 1606),《雅典的泰门》等等。第四期从一六〇八年到一六一三年，凡四篇，重要的是《暴风雨》(Tempest, 1611)及《冬天的故事》(Winter's Tales, 1611)。他的题材大概取自旧籍，如意大利的"罗曼司"，英国的编年史，普鲁塔克的《名人传》，而加以改作。

《哈姆莱特》是莎氏的重要作品之一，而且也是最被人研究得多的一篇。这是依据了传说中丹麦王子哈姆莱特的故事作的。哈姆莱特的父亲（丹麦国王）死后，王后便和王弟（哈姆莱特的叔父）结婚，而且此新的丈夫又承袭了王位。哈姆莱特对于母亲的行为不满意，对于父亲的突然而死，也起了怀疑，然而他所不满或甚至憎恨的人到底是他的母亲，因此他就不知道怎样办好，于是忧悒而且厌世。是时城中忽又传死王的鬼魂常于夜半出现。哈姆莱特于是和两个朋友亲自侦之。果然看见了鬼，哈姆莱特仗剑独自追去。追着了，那鬼果然是哈姆莱特已死的父亲的鬼；于是哈姆莱特心中的疑团打开了：他的父亲果然是被害的，凶手就是他的叔父，现在丹麦的新王。鬼又嘱咐哈姆莱特报仇并夺回王位，但无论如何不可伤害母亲。这一场见鬼，使得哈姆莱特神经错乱。他的朋友（同去找鬼的）劝他假装疯狂，以便暗中进行复仇，不料哈姆莱特一时竟有些真的疯疯癫癫了。然而这仇是非报不可的，这是理智的命令。但感情使他狐疑不决。他先借演剧来试探他从鬼那里听来的话是不是确实的。既证明是确实了，他就见他母亲，骂她，并想杀她，不料却刺死了隐在帷后的宰相，他的爱人的父亲。此后，是他被放逐出国；押解他的二人本受有丹麦新王的密令，要在到了英国时将哈姆莱特杀害的，不料事泄，又适遇海盗，哈姆莱特仍返丹麦。这时被哈姆莱特所杀的宰相的女儿（即哈姆莱特的爱人）已经疯而且投水死了，儿子却要找着哈姆莱特报仇。同时哈姆莱特的复仇心却动摇不决。厌世思想却更浓厚。终于他因与宰相之子决斗，王后饮了新王预备害死哈姆莱特的毒药酒而死，于是他仗着一时之气将新王（他的叔父）刺死。但他自己也死了。

这一篇戏曲，有田汉的译本，名《哈孟雷特》（中华版）。田君又译有《罗密欧与朱丽叶》（亦中华版）。此外，莎士比亚的作品译成中文的，尚有《威尼斯商人》（顾仲彝译本，新月版。曾广勋译本，新文化书社版）、《如愿》（张采真译，北新版）、《第十二夜》（彭兆良译，新教育社版）。又《哈姆莱特》早时尚有邵挺的文言译本，改名《天仇记》，附记于此，聊见《哈姆莱特》在中国的经历而已（邵译，商务版，在《万有文库》中）。

【导读】

居要津而指迷途

这是一篇关于世界文学名著的讲话稿。讲话稿的特殊性在于表述清晰条理，用语浅近易于听懂；讲话的关键在于有新见以解人之困或引导听众深入理解作家作品。

本稿主要讲了五个问题：莎士比亚的生平、创作价值、创作历程、代表作《哈姆雷特》、《哈姆雷特》的译本介绍。每个自然段一个问题，眉目十分清晰。这是中学生要认真学习体会的。

关于莎士比亚的生平，茅盾先生列出两种说法，但明确了自己的观点，既广博了读者的见识，又表达了自己的主见。

莎士比亚是世界最伟大的戏曲家之一，研究者众多，但茅盾先生于大众浅见之中独独发现了莎翁的特殊性——"广泛地而且深刻地研究了这社会转型期的人的性格"。简单明了的几句话，便把莎士比亚创作成就的本质特点概括出来。这是非立于莎士比亚作品全貌之上，并作细致深入地研究所不能做到的。举重若轻，正是这篇讲话稿的吸引人之处！

关于《哈姆雷特》，茅盾先生只是简单介绍了作品内容。但在介绍过程中，并不是作概括，而是梳理作品情节，让听众清晰了解全剧的剧情，在短短的几分钟的时间里，等于精读了整个剧本，这是陈述简洁明了的功劳！

乍看，本文平淡无奇，但要达到如此简洁、清晰地介绍一位世界级文学大家的水平，却不是轻而易举的事。

弥尔顿的《失乐园》

弥尔顿(John Milton)生于一六〇八年,死于一六七四年。他的一生占去了十七世纪的四分之三,他的一生又适当英国清教徒革命;他看着克伦威尔(Cromwell)率领革命的清教徒(Puritan)推翻了斯图亚特(Stuart)王朝,击破了查理一世的军队,而且俘虏了这个可怜的国王,处以死刑;他亲见共和政治的成立,他曾在这共和政府内积极服务(他做了克伦威尔的秘书,办理外交文牍),以至于积劳而双目失明;他又亲见克伦威尔死后共和政治的瓦解,斯图亚特王室复辟(查理二世);他在这复辟政变时曾经被捕。他把他剩下来的短短十年光阴专致力于文学,他完成了他的杰作《失乐园》(Paradise Lost)——这是他在一六五八年就开始写的,到一六六四年脱稿——和《复乐园》(Paradise Regained)以及《力士参孙》(Samson Agonistes)。

弥尔顿的父亲是清教徒,弥尔顿的启蒙师是一个略有名气的清教徒,所以弥尔顿的清教信仰是在幼年时代就有了根的。他在剑桥大学读书的时候就写过很优美的短诗,例如《赞耶稣圣诞的早晨》(On the Morning of Christmas Nativity)以及《快乐的人》(L'allegro)和《悲哀的人》(Il Penseros)。大学毕业后旅行了法国和意大利,再回到伦敦时,他忽然热心于政治活动和宗教论争。以后,他就没有专力于文学,直到查理二世复辟后,方因无可活动始再拾"彩毫"。然而他在政治活动的二十年间,不是没有作品的,他写了不少的论文,他是当时很重要的散文作家。他的曾经轰动一世的论文是《离婚的原则和教训》《教育论》《英国教会规程的改革》,以及拥护出版自由的"Areopagitica"。在共和政府宣布查理一世死刑以后,他又写了两篇赞助政府的文章——《为英国国民辩护》。这两篇文章使他驰名于大陆。在复辟的前夜,他还写了一篇政治论文——《建立自由的共和国之简便现成的路》。

弥尔顿这些论文就代表了清教徒的资产者对于家族、国家、教会等等的见解。清教徒资产者的革命虽因查理二世的复辟而受顿挫,但是二十年后他们又行了第二次的"不流血的"革命而完全确立了自己的支配权。

弥尔顿的《失乐园》和《复乐园》可以说是清教教义之最明白的最典型的艺术作品。资产者的清教徒憎恨贵族的骄奢淫逸。清教徒崇视禁欲生活,轻蔑世俗的利禄,不喜欢纯美学的艺术,封闭剧场。弥尔顿以为艺术(诗歌也在内)并不是美学的东西,而应当是追求道德的宗教的目的的东西,诗歌应当赞美神的伟大与全能,应当歌颂圣者及殉道者的光荣的斗争,以及凡以信仰之力与基督的敌人相抗争的正大虔敬的民族的事业和胜利。他这理论的实践,就是《失乐园》和《复乐园》;前者写善与恶的斗争,后者写殉道者的光荣及其造福于人类。

弥尔顿依清教徒的世界观和人生观,取《圣经》上寥寥数语的故事,敷陈为洋洋十二卷的庄严的"史诗"。他写上帝既将叛乱的撒旦(恶魔)及其同党驱走以后,就打算再创造一个世界以及这世界的居住者;他派天使们在六天内创造成功了,"人"就是亚当和夏娃。(这在《失乐园》中是从天使长拉飞尔的嘴里叙述出来,因为上帝知道撒旦又在捣乱,想引诱亚当和夏娃反背上帝,所以特派了天使长去警告亚当和夏娃,告以上帝和撒旦战争的经过,及世界之创造——见原书第六到第八卷。)失败后住在下界深渊中的撒旦一方面集合同党,再谋叛乱,一方面他偷到乐园去,想诱坏了夏娃;他正在夏娃梦中引诱她,不料被守护的天使所见,于是他的阴谋失败了。但是撒旦不肯罢休,他第二次偷进乐园去,那时恰值夏娃不听亚当的劝告,独自散步;撒旦幻形为一条蛇,劝诱夏娃吃那树上的禁果。夏娃当初打算不分给亚当吃,因为她想到如果独自吃了而变得更聪明时,那就可以使亚当更加爱她些。但她一转念,倘使她因此而死了,那么亚当就要去娶另外一个夏娃了,这是她所不愿的;于是她就决意分给亚当吃。亚当初时也想不吃,后来也因为要与夏娃同命运,便也吃了。这一来就违反了上帝的话,于是亚当和夏娃就被逐出乐园。

清教徒的思想就表现在亚当和夏娃的身上。亚当是勤勉的,能够节制快乐的,正跟初期的商业资产者的清教徒一样。夏娃是一个顺从而忠实的妻子,也正是清教徒理想的良妻。亚当与夏娃的性生活也正和颓废的贵族相反。在《失乐园》中,亚当和夏娃其实正是清教徒自己的祖宗的写真。

《失乐园》的末尾已经暗示了"人"仍旧可以再得乐园。而终于能再得乐园却亏了"最高德行"之化身基督的力量。这在《复乐园》里,弥尔顿用了美丽的虔敬的诗句赞颂着。

弥尔顿的"史诗"是清教徒资产阶级在英雄的革命的时代的产物。到一六八八年后,清教徒的资产阶级既已确立了政权,这种宗教的英雄的诗歌也就让位给家庭小说了。

《失乐园》有朱维祺的译本(第一出版社版)。又有傅东华译的半部,收在商务印书馆的《万有文库》中;傅译的后半部六七两卷已经在"一·二八"的大火里烧掉了,所以只剩得半部。

【导读】

文以行立，行以文传

　　本文讲弥尔顿的《失乐园》，主要以弥尔顿清教徒的思想为内核，以其生平经历为线索，以《失乐园》为研讨对象，对弥尔顿的创作进行了深入的研究。

　　开篇介绍弥尔顿的经历，视角独特，紧紧扣住"清教徒"革命这个事件来介绍弥尔顿。通过"他看着……""亲见……""被捕"不断强化，弥尔顿作为一个清教徒的革命意识和斗争精神，把弥尔顿与那个特殊的时代背景结合在一起。这是弥尔顿的立身根本，也是他创作的思想基础。

　　接着从停止文学创作的二十年间所写论文的角度再次强调弥尔顿思想深处的清教徒思想。《离婚的原则和教训》《教育论》《英国教会规程的改革》等，从这些论文题目可以看出，弥尔顿关注了人们日常生活的家庭、教育及宗教等各方面的问题。

　　他的亲身经历和他的思想为他十年间写出世界杰作《失乐园》奠定了坚实的生活基础和思想基础。在这个基础之上，茅盾先生得出了创作《失乐园》的指导思想：这就是第四段的内容——禁欲、轻利、艺术为道德服务。

　　然后，具体介绍了《失乐园》的故事情节，让我们对该作品有了较为清晰的印象。作者用一个段落专门剖析了《失乐园》的象征意义，亚当代表勤勉节制，夏娃顺从忠实，并指出了亚当、夏娃是清教徒宗教思想先祖的象征价值，探明了这部世界名著的思想意义。

　　由此看来，弥尔顿一直躬行清教徒思想，《失乐园》的文学价值不过是其清教徒思想的另一种表现形式，从《失乐园》中我们看到了弥尔顿的思想主张。

笛福的《鲁滨孙漂流记》

十八世纪的英国是散文勃兴的时代。在这以前，文学的重心是韵文；自从斯威夫特(J. Swift)的《格列佛游记》以后，散文在文坛上的势力渐有代替韵文之势。这时期的散文家除小说作家理查生(Richardson)等人而外，政论家艾迪生(J. Addison)和斯蒂尔(R. Steele)也是优美的散文作家。而《鲁滨孙漂流记》的作者笛福则是小说家而兼政论家的一人。

笛福(Daniel Defoe)大约是一六六〇年或一六六一年生于伦敦。他的父亲是屠户，又是不奉英国国教的，笛福幼年也曾在非国教的教会学校里读书。后来他投过军，做过贩卖袜子的商人，又到过西班牙、葡萄牙，做商业的投机者，甚至试过造砖的企业，然而都失败，欠了一身的债。一六八八年，他投入英王威廉三世这面，于是开始了他的政论家的生涯。他替威廉三世辩护的《嫡派英国人》(因为威廉三世生于荷兰，英人有以此攻击者)，很有名。他成为当时的"钦定文人"。他曾经坐牢，因为他对于国教问题的讥讽太尖刻。他又独立编一定期刊《评论》，每期文字完全是他一人独任；在这《评论》上，他主张过所得税和女子应受高等教育。大约是一七一五年以后，他注全力于纯文艺了。作品都是冒险生活的小说。《鲁滨孙漂流记》是其中最早亦最著名的一部。这书的第一部(正编)在一七一九年出世，他那时快将六十岁了。此后十年间，他除《鲁滨孙漂流记》的第二部（续编）而外，又曾作《辛格尔顿船长》（一七二〇年），《一个骑士的回忆》（一九二四年），《大疫年的日记》（一七二二年）等。他死于一七三一年四月二十六日，还是一个穷人，而且是无家可归。他的著作，政论小册和小说，合计有二百五十种之多。

笛福的时代正是英国的商业资产者渐取得政治支配权并且开始向海外殖民的时期。这时期的散文的文学作品正是这向上升的商业资产阶级自己的文学形式。这时期的文学都有道德的及政论的性质。笛福的作品是很明显的代表。他的冒险小说，一面是贵族的骑士的冒险小说之对立者，一面又反映了当时英国商业资产者向海外求殖民的意识；《鲁滨孙漂流记》便有了这样的社会基础。

《鲁滨孙漂流记》（Robinson Crusoe）写一个不愁衣食的中等人家（父亲是退休的商人）的第三子在童年就渴慕冒险的流浪生活，不顾家庭方面的坚决反对，竟在十八岁时逃出家庭，过航海者的生活。他的流浪生活开头就是不顺利的，但最困苦而且是全书的骨骼的部分，是他一人在荒岛上二十八年的生活；他这二十八年中，和自然奋斗，从匿居山洞的猎人的生活进而为建造小屋的农业者的生活，最后且救了一个遇难的土人（鲁滨孙给他取名礼拜五），以为他的部下，于是居然在荒岛上有了市民国家式的生活。所以这冒险小说是将人类从游牧渔猎的原始生活直到笛福那时的市民政权的生活，很巧妙地依着笛福（商业资产者）的人生观、世界观写了出来的。而且书中主人公鲁滨孙的冒险欲以及艰苦的奋斗，刚毅的意志，创造的能力，又都是那时代的商业资产者的冒险家的典型。在形式上，这部书并不写日常的社会生活，而写荒岛；没有许多人物，却只有一个人物。这也是空前的。据说笛福写此书也有模特儿；虚拟的英雄鲁滨孙是一个实在的真人亚历山大·息尔克（Alexander Selkirk）的影子。息尔克是一个水手，也因船沉而在荒岛上住过，后遇救。这故事也许就是感发了笛福写《鲁滨孙漂流记》的诱因。然而鲁滨孙比真人的息尔克伟大得多，有办法得多。

倒是这虚拟的鲁滨孙才是笛福那时英国商业资产者最好的典型。又从鲁滨孙的生活上表示出只有靠自己的力量才能在生活中胜利，这自己就是个人，不是集团；所以此书又是礼赞了资产者的个人主义和自由主义的作品。

《鲁滨孙漂流记》最早有林纾的文言译本（商务版），第一部先出，第二部以《续记》的名目稍后出版。白话译本有李嫘的（中华版）及顾均正与唐锡光的合译本（开明版），这两种译本都只译了原书的第一部。又以上三种译本都有删节；后二者因为是供儿童阅读的，故删节之处更多。

【导读】

从荒诞中看到真实

茅盾先生在介绍笛福这个人物的时候笔端始终带着离奇的色彩。

首先是当时文坛状况的奇特。十八世纪的英国散文勃兴，很多作家既是政论家，又是散文家。在这奇特的背景之下，笛福则是小说家兼政论家。政论，注重逻辑；散文与小说则注重形象，但这批作家把这两种思维完美地揉合在自己的创作中了，这似乎也透露着笛福创作的离奇性。

笛福的生平也非常奇特。笛福出身屠户，似乎带点野劲；投军、经商、出国、航海，这些经历本身都带有传奇色彩；更具有故事感的是，都以失败告终，甚至坐了牢，可以说都是伤心的悲剧。而与此构成对比的是，一人办一本杂志，提出"所得税和女子接受高等教育"等有助于社会发展和人类文明建设的重要观点，并成为"钦定文人"，这又完全是喜剧。在生命最后的十年间，他虽然创作了世界名著《鲁滨孙漂流记》等一系列优秀作品，可是，仍然"无家可归"，最终还是一个悲剧的结尾,这不能不让人感慨:创造杰作的作家自身竟然不能像杰作那样闪闪发光!茅盾先生紧紧抓住笛福人生的悲喜交集特征,传达出其传奇色彩的人生经历,为下面介绍《鲁滨孙漂流记》做足了铺垫。

茅盾先生结合时代背景和作品的具体内容指出,这部小说的特征带有"道德的及政论的性质";貌似荒诞离奇的故事,其实表达的是一个现实的情景,鲁滨孙是"那时英国商业资产者最好的典型",表达了"资产者的个人主义和自由主义"的理念。这一解读,点破了《鲁滨孙漂流记》这种冒险小说的精神实质,使那些仅仅沉醉于那些离奇情节的读者豁然开朗,从而提升阅读素养。

歌德的《浮士德》

歌德(Johann Wolfgang von Goethe)生于一七四九年，死于一八三二年，是一个少有的寿长的文学家。然而他一生的著作的数量，跟别的寿数相若的大作家（譬如说托尔斯泰罢）比较起来，却只能算是少。他在二十一岁就有诗集刊行，他的轰动一时的《少年维特的烦恼》出世时，他不过二十四岁，他的最后的杰作《威尔赫姆的浪游时代》（即长篇小说《威廉·麦斯特》第二部）完成于一八二九年，《浮士德》第二部出版于一八三一年，第二年他就死了；他的文学生活开始得不为不早，他可说是写到老死的，然而他一生著作的数量比不上享寿较少的其他作家。这是因为他一生精力都放在《浮士德》里了。

歌德出身中等社会。少年时学法律，又热衷于医学和自然科学，研究各国民歌。他初开始文学生活的时候，正是德国文学史上第一次浪漫主义运动——即所谓"狂飙运动"兴起的时期。这"狂飙运动"（或者"暴风雨和突进"）是反古典主义的；反对古典主义的合理主义而主张感情主义。在英国和法国早就产生了此种感情主义的感伤的文学作品（例如英国理查生的小说以及法国卢梭的小说《新爱洛绮丝》），现在却在德国发生了。歌德的《少年维特的烦恼》就是代表。这一文学上的新运动是刚刚开始向上走的德意志"第三阶级"（中小的资产者）的意识的反映。

但是由《少年维特的烦恼》而成名的歌德，在一七七五年(就是《维特》出版的隔年)应魏玛(Weimar)大公之招请，到魏玛大公国做官去了。他从"第三阶级"一跳跳到贵族爵爷班里去了，这于他的作品不能无影响；因此在《少年维特的烦恼》以后他写的一部巨著《威尔赫姆的修学时代》(即《威廉·麦斯特》第一部)便跟《维特》的面目不同。维特是感伤的，厌世的，终至于自杀；但威尔赫姆却是和歌德一样的"平地一声雷"上跻于贵族世界的得意人。后来歌德又写了古典的题材的剧本《伊弗格尼》和《塔索》。而在"十年从政"之后游历了一次意大利，在罗马的古迹前歌德更明显地投入于古典主义的怀抱。这时期，欧洲的文坛正也回到古典主义，倒也不是歌德一个人。不过这个十八世纪八十年代乃至十九世纪初十年间的古典主义跟从前十七世纪的古典主义到底不同；这是资产者用了贵族的艺术形式却代以新的内容来反攻贵族的，所谓新的内容，就是题材的对象是希腊、罗马的反抗专制政治的平民。

歌德也是这潮流中的一人。但是歌德之转向古典主义又有不同。这在《浮士德》中，可以看到。《浮士德》的第一部是礼赞中世纪的德意志的，《浮士德》的第二部却以浮士德和海伦(荷马的史诗所歌咏的绝代美人，希腊与特洛亚战争之导火线)结婚，来象征了歌德所憧憬的德意志精神文化与古典文化之融和。其实不但是歌德，当时德国其他的大作家(如席勒)的古典主义的作品中也都没有市民的调子；这时期的德国古典主义文学只是对于希腊文化之赞赏崇拜而已。当时在经济上落后的德意志"市民"还不能产生和法、意同样的具有市民性和革命性的古典主义文学作品。

《浮士德》第一部出版于一八〇八年，但此书之开始制作，尚在三十年以前。第二部则在歌德逝世前半年脱稿的。所以此书之创作时间几乎就是歌德文学生活的一生。歌德前后思想的变动就表现在《浮士德》中。这书的第一卷的初稿，曾经有过大大的改动。

浮士德是传说中的术士。这传说最初盛传于德意志，旋即为十六世纪英国的戏曲家马洛威(Marlowe,他是莎士比亚的前驱)改编为剧本,把主人公的浮士德下了地狱。十八世纪时,浮士德的木人戏,在德国很为流行。其后莱辛(Lessing)和"狂飙运动"中的克令格(Klinger)都用过这题材。然而把这位古代的术士完成了艺术的创造的,只有歌德而已。歌德的《浮士德》在全体上是反映了整整半世纪的资产阶级德意志的知识阶级的历史的。歌德在此书开头先来一个"舞台上的序剧"(就是开场白的意思),说明诗人非为投合一般观众的好尚而作此剧。接着就是"天上序曲",说明恶魔与神相赌,谓能把浮士德诱离真理的路。

于是正场来了。浮士德住在街道窄狭,房屋低小的小小市镇内,埋头读书,想要从此发现真理,认识自然。他研究了中世纪的一切科学,然而他的目的达不到。因此他转而向魔法书中求索,但是也没有得到什么。浮士德失望了,思欲仰药自杀,适闻复活节的钟声与歌声,乃止。然而恶魔糜非斯特却变形为卷毛小犬的形状来了。他跟进了浮士德的书斋后,又变形为游历的学者,向浮士德指出另一条路——生命的认识和生命的支配之路。于是浮士德从他的狭窄的书斋出来,到人生的广场了。但是抱负巨志的人,在锱铢必较的市民环境中,是无可展施的。糜非斯特的魔法引起了浮士德的青春之火,他诱惑了少女玛甘泪,于是产生了悲剧;浮士德受不住良心的苛责,与糜非斯特共入山中,借大自然的力量得到精神的苏生。第一部止于此。第二部的场面可阔大多了。浮士德住在王宫里,演假面剧作乐。他借糜非斯特的魔力与古希腊的绝代美人海伦结婚。(在这里,海伦是希腊文化——艺术的象征。)他又以平定强敌的功勋得国王赐以海边的一片荒土。可是永久不能安定于个人的幸福而自认满足的他,又狂热地想在此荒土上建设新的生活。他幻想着数世纪以后,这海边的荒野将有一切平等的互助的分工的人群;如果他当真能够亲眼看见了这样黄金时代的人生,他大概便要说一声"好了,够了"罢,但浮士德终于未能亲见完成而死了。糜非斯特是赌输了。因为浮士德始终不为个人的幸福而说过满足。

浮士德的经历就是歌德自己一生的写照。歌德也是从书斋的苦读者而恋爱浪漫（这是他的生活诗剧的第一部），而为大臣（魏玛公国的），而且也不过在幻想中叠起"新的人类生活"的七宝塔罢了。然而浮士德那种产业的（Industrial）大计划也是资产阶级文化的基础，也正是那时向上的市民阶级的憧憬，而由歌德给以艺术的形象化了。

《浮士德》第一部有郭沫若的译本（现代版）。又歌德其他作品已有汉译者为《少年维特的烦恼》，亦郭沫若译（现代版）；《威尔赫姆》之一部分《迷娘》，余文炳译（现代版）；又有伍蠡甫译、英汉对照的《威尔赫姆修学时代》不全本（黎明版）；又有《歌德名诗选》，张传普译；《哀格蒙特》，胡仁源译；《克拉维歌》，汤元吉译；《史推拉》，汤元吉译（皆商务版）。关于歌德的传记，有张竞生译《歌德自传》（世界版）；徐仲年著《歌德小传》（女子版）；陈淡如编《歌德论》（乐华版）；柳无忌译《少年歌德》（现代版）；陈西滢译《少年歌德之创造》（A. Maurois 原作，新月版）；宗白华及周辅成合编《歌德之认识》（南京钟山书局版）。

【导读】

不畏浮云遮望眼，只缘身在最高层

作家就是将军，写作就是指挥士兵围攻一个目标。比如，讲解歌德的《浮士德》，就要站在最高处，了解歌德的全部情况，更重要的是其本质情况。只有居高临下，才能高屋建瓴。

读第一段，应该读出茅盾先生的强调艺术。先强调歌德是一个长寿的作家，然后与其他长寿作家对比，得出其作品量少的结论。显然，茅盾先生不是来批评歌德创作低产的，原来其目的在最后一句，"这是因为他一生精力都放在《浮士德》里了",至此我们忽然明白,原来前面全都是"抑",最后才是"扬"!

在对歌德的介绍中,主要采取"先述其相、后揭其实"的方法,不断引导读者接受歌德思想的本质。在简单介绍了年轻时的歌德在"狂飙运动"的大背景下,走上了反古典主义而主张感情主义的文学创作道路并出版了《少年维特的烦恼》之后,紧紧抓住歌德思想的转变——"回到古典主义",展示出歌德创作思想的前后矛盾性;茅盾先生接着指出,现在所坚持的古典主义的实质是"用了贵族的艺术形式却代以新的内容来反攻贵族的",这样就把这时的古典主义实质揭示出来,从而明晰这一时期作品思想根源的特殊性。可是,在茅盾先生的笔锋再次转向歌德的时候,歌德与此时大众的古典主义又有不同,这其中充满了对德意志精神文化与古典文化之融合的期盼。在三层对比中既揭示了歌德创作的时代背景、文学思潮背景,又揭示了歌德个人的思想实质,由此,歌德的整个创作脉络清晰无比。读着这些文字,犹如看到茅盾先生矗立于高空,把歌德一生的生活、写作看得清清楚楚。

单纯看《浮士德》的内容介绍,我们很难体会这部巨著的魅力,因此,茅盾先生只是粗略介绍了其故事梗概,并指出阅读这部书的一个诀窍,即"浮士德的经历就是歌德自己一生的写照"。这让我们豁然开朗,直接读透艺术形式背后的思想内容。

大仲马的《三个火枪手》

司各特是从诗转到小说的，大仲马却是从戏曲转到小说。司各特让位给他同时代的浪漫派大诗人拜伦，大仲马也让位给他同时代的以戏曲《欧那尼》取得了浪漫派首领地位的雨果。

大仲马的历史剧《亨利三世及其宫廷》在一八二九年二月十一日由法兰西剧院公演，这是他第一篇成功的戏曲。这戏曲，可视为法国浪漫派戏曲的前驱。《亨利三世及其宫廷》公演后一年，雨果的《欧那尼》就把古典主义的势力完全打倒。在这新起的英雄面前，大仲马知道舞台上将没有他的份了；虽然一八三一年五月（那是在《欧那尼》公演后一年了）他的《恩托南》仍得青年们的欢迎，但他知道他不能跟雨果争短长，一八三九年起，他就专作小说了。他受了司各特的影响，也成为那时最伟大的历史小说家。

在各方面看来，大仲马也属于浪漫主义中贵族的一派。

大仲马的出身也是贵族。他的全名就是贵族式的一长串：亚历山大·仲马达维·特·拉·班来泰尔（Alexandre Dumas Davy de la Pailleterie）。拉·班来泰尔是地名，这地本是他家的产业，一七〇七年受法王路易十四封为侯爵的采地。在姓名上带着这条采地为尾巴，就表明是贵族。大仲马的祖父恩都奈·亚历山大·达维·特·拉·班来泰尔侯爵（Antoine Alexandre Davy, Marquis de la Pailleterie）曾在一七六〇年卖掉了在法国的地产，搬到隔着大西洋的汉第（Hayti）住了许多时。在那边，他娶了黑种女子玛丽亚·珊三德·仲马（Marie Cessete Dumas）为妻，一七六二年生托玛·亚历山大·仲马（Thomas Alexandre Dumas），这就是文学家大仲马的父亲。

托玛于一七七二年回法国，入骁骑兵队。大革命时，托玛是站在共和政府一面的。后升师长，又任西巴仑尼司（Pyrenees）军总司令及阿尔卑斯（Alps）拉文特（La Vende）等处军队的司令。拿破仑征埃及的时候，托玛亦随往，然因不赞成拿破仑称帝，解甲归隐于维莱尔·考忒莱（Villers Cotterets），一八〇六年逝世，身后萧条，遗产仅荒地三十余亩。

大仲马就是托玛在维莱尔·考忒莱时生的，时为一八〇二年（或谓一八〇三年）。自从父亲死后，大仲马和母亲的生活很困难。他母亲开了一爿小小的杂货铺，整天在湫隘的店铺的小窗洞下很小心地伺候一个苏（法国铜子）两个苏的主顾。因此，四五岁的仲马的幼稚教育，做母亲的就无暇留意。仲马自己教育自己。一副百兽图板（玩具）是他的宝贝；他从这里认识字，从这里知道亲爱野兽。十岁时，他在一个私塾里念书。法国复行帝制那一天，他十二岁；他把姓名上的附带品"De la Pailleterie"去掉，单叫"Alexandre Dumas"，虽则他家和奥林斯皇族有旧，然而他只做平民。

十五岁时，仲马做乡间律师的书记。但他很喜欢文学——尤其是戏曲。他第一次看了舞台上的《哈姆莱特》，就很崇拜莎士比亚。他不大喜欢本国的古典主义的戏曲家高乃依和拉辛。

那时大仲马有一个朋友阿道耳夫·特·留文（Adolphe de Leuven），本是瑞典贵族，因本国政变，亡命法国，也在穷途。这两个少年很投契，两人合作写了戏曲，但都被戏园拒绝排演。

一八二二年顷，留文先赴巴黎；次年，大仲马也到了巴黎。

他去巴黎，倒不是为了文学，实在为了面包。他那时穷得连盘缠都没有，一路上靠打些野味换几个钱，好不容易这才到了巴黎。到巴黎后，得他父亲的朋友福将军的介绍，在奥林斯公爵府里当一名书记，年俸一千二百法郎。于是他迎母亲到巴黎。他这时觉得"将来之门"已开了；他已有生活的职业，是书记；他又看得见将来事业的高台，就是戏曲。

他用功读书。先读司各特的著作，他说："浮云散了，我看见新的天空了。"后又读拜伦和考贝。他在莎士比亚的影响下写了《克列司丁》(Christine)，居然能在法兰西戏院演出，然而结果失败。他不灰心，再作《亨利三世及其宫廷》一八二九年二月十一日上演，竟得意外的成功。这上演的第一晚，他的母亲忽患疯麻症很危险；他一面要照料病床上的母亲，一面又要到戏院内照料《亨利三世及其宫廷》上演，一面还要拉奥林斯公爵到戏院给他做脸，他真忙得很。这一晚，他认识了当时文坛上的巨头——雨果和维尼。他在母亲病床边听说全剧将毕，匆匆赶到戏院里，刚好是幕落的时候，当观众请他上台见面的时候，全场一致鼓掌。

一八三〇年革命时，大仲马也参加了巴黎市街战。这一年，他没有新作。第二年，他在历史剧《拿破仑》以后忽然来了一篇现代生活剧《恩托南》，又得了意外的成功。恩托南是一个浪漫的青年，爱上了有夫之妇亚台尔；她也爱他，但又常常避他。有一次，在旅馆中，恩托南用了点强迫，破坏了亚台尔的贞操；然而他旋即自悔，又恐事泄，亚台尔的名誉将受损，于是他竟杀了亚台尔，当场自首。这戏演时，青年观众都被刺激到如疯如狂；戏完后大家围住了大仲马把他一件外褂撕得粉碎，都说要得一片去作纪念。

但这一次是大仲马在舞台上最后一次的大胜利了。一八三九年，他开始写历史小说。有名的"达特安三部曲"的第一部《三个火枪手》(Les Trois Mousquetaires)在一八四四年发表，次年，第二部《二十年以后》(Vingt ans aprs)发表，他的名声就和司各特一样大。萨克雷读《三个火枪手》，什么都丢开，赶着在一天之内一口气读完了它。从此以后，大仲马的历史小说像潮水一般来了。十年之内，他写了二百五

105

十卷,最著名的除"达特安三部曲",尚有《蒙德克利斯都》(Le Comte de Monte Cristo)和"伐洛华三部曲"。

这些历史小说给大仲马挣了许多钱。他在圣遮猛附近造了一所大房子,即名为蒙德克利斯都;他又在一八四七年办一历史戏院,专演他的历史剧。然而他的经济恐慌也跟着来了。他造房子借的债还没还清,他的开销却一天比一天大。蒙德克利斯都内男女食客——做诗的、唱曲的、击剑的、骑士、猎师、女伶,足有路易十四王宫那么热闹,都恣情代大仲马挥霍。单是他的爱犬,也要引进十三头野犬来帮着吃。大仲马还养了猴子、猫、老鹰、秃头鹫,以及其他飞的走的,简直是开着一个动物园;在这上头,也要每月花上千把法郎。一八四八年的革命,历史戏院受了损失,宣告破产。负有经济责任的大仲马只好逃到比利时去避债。一八五三年回巴黎,办日报名《火枪手》,但结果又是亏本。

于是在游了俄国,游了西西里以后,再回到巴黎时,他看见他的时代已经过去了。倒是他的儿子——小仲马,正在大出风头,在戏曲界有他老子当年的气势。这小仲马是大仲马初到巴黎时和女裁缝玛丽·加太令·拉勃(Marie Catherine Labay)所生,大仲马曾经过法律手续,正式承认是儿子的。

一八七〇年十二月,大仲马死于儿子的家里。

大仲马是少有的多产的作家。他雇用了大批书记,帮助他搜集材料,甚至代他写初稿。所以有人说他好比开了一个"小说作场"。他的书记中间最有名的是马格(Auguste Maquet)、拉克罗滑(Paul Lacroix)、鲍卡其(Paul Bocage)、麦勒菲(J.P. Mallefille)、飞阿伦帝诺(P.A. Fiarentino)等。这些书记在大仲马的作品上当然尽了很多力量,但最后的定稿是大仲马自己的工作,大概是事实。不过这样的开作场似的大量生产就使得大仲马的作品大半被现代人忘记了。

大仲马的作品又是并不一定真所谓历史。他有时只用了历史上几个人名,而事实完全是他杜撰的。有时书中的主角也不一定真有其人。例如"达特安三部曲"的达特安。但也有人给他详细考证说是真有其人。约尔甘(Jaurgain)曾费了大工夫写一部《特拉维、达特安和那三个火枪手》(Troisvilles, Dartagnan et les trois Mousquetaires)证明达特安确是历史人物。不过无论这人是真有呢或是不真，达特安却是大仲马创造的一个有血有肉的人物。而且在这人物身上，也反映着当时往上爬的市民青年的气质。和达特安相反的、蠢笨然而可爱的颇图斯，却是没落的贵族反面的影子。大仲马在"达特安三部曲"中对于英国克伦威尔革命的态度是贵族的立场，这又是很明显的。

《三个火枪手》及其续编《二十年以后》是以路易十三、十四朝的贵族与主教派的暗斗为背景的。中间也写了巴黎市民的未成功的革命(路易十四时)。《三个火枪手》就是阿托士、阿拉密和颇图斯，三个性格完全不同的人物。达特安是这三人以外的另一型。和政争交错的，又有路易十三的王后的秘密恋爱史。达特安——一个到巴黎碰运气的乡下青年(很有点像大仲马自己年轻时)，是这一切复杂动作中的一根线索。在《二十年以后》中，这达特安和他的老朋友——三个火枪手——分离了，并且几乎立在敌对地位了，但是他们又合在一处，因为达特安知道他的上官——爱钱如命的首相兼红衣大主教马萨林，不值得受他的忠心。阿托士是一个纯粹的贵族，但他是没落中的悲观的贵族的典型。阿拉密是教士的典型；他有时联合贵族，有时却也利用市民来打击贵族。市民——商人和手工业者，在书里常被写成讨厌的丑角。达特安身上虽然反映着往上爬的青年市民的气质，他虽然嘲笑颇图斯的爱学贵族排场，然而他是倾向着贵族的；他所以看不起马萨林，就因为马萨林本来是一个意大利的光棍。

然而这一部书又是二重性的。贵族在这书中，也是很可笑的丑角。路易十三的首相红衣大主教立殊理在这书中被写成了秘密党的首领那样的人，这又表示了在市民争夺政权很剧烈的时代写此书的大仲马也受着那时代的烙印。

《三个火枪手》有伍光建译本，改名《侠隐记》;《二十年以后》也有伍氏的译本，改名为《续侠隐记》，皆商务出版。两者都有删节。

又大仲马的儿子小仲马的有名的作品译为中文的，有小说《茶花女》(A. Dumas fils: Le Dame aux Camelies)，夏寿农译(知行版)，剧本《茶花女》，刘半农译(北新版)；剧本《金钱问题》(Le Demi Monde)，陆侃如译(开明版)，同书又有王了一译本，名《半上流社会》(商务版)。

【导读】

一个作家，该从何说起？

介绍一个人，我们往往要从生平说起，为什么茅盾先生在介绍大仲马时偏偏没有遵循这一条老路呢？

因为，大仲马是个作家，是个非常独特的作家，因此，茅盾先生就从作家的独特性开始说起。大仲马的独特在于创作改行，由戏曲而小说，而且小说取得了光辉的业绩，成了"那时代最伟大的历史小说家"。古人所讲文章要"凤头，猪肚，豹尾"，从最紧要特殊处着笔可能就是"凤头"意旨之一。这一点很值得借鉴！

开篇之后，茅盾先生详细介绍了大仲马的身世，从他的祖父的发家史说起，说到他父亲的整个人生历程。为什么又花费这么多口舌来介绍这些内容呢，也可以用一两句话交待一下出生年月即可。原因在于"大仲马也属于浪漫主义中贵族的一派"，句中的"也"字表明，这个贵族身份有些勉强，但确实是贵族，因此，顺着这个话头，把其家世背景一一交待清楚。

大仲马的身世虽然是贵族，可是他没能享受贵族的生活，在文意上形成了转折，这使他童年生活的艰难更加让人同情，这也是前面详细介绍其身世背景的原因之一吧。

在介绍大仲马的前期创作的过程中详细叙述了两个戏剧创作成

功的情景。一个是《亨利三世及其宫廷》演出时的情景,重点突出在向文学高峰迈进途中的大仲马紧张、奋斗、喜悦的生活场景;另一处是现代生活剧《恩托南》演出成功的场景,特别叙述了观众把大仲马的"一件外褂"撕碎的细节。其他过程一笔带过,有详有略,有效地突出了作为文学家的大仲马的人生特征。

在接下来介绍大仲马历史小说的创作情况时,茅盾先生用简洁的笔法概括为一句"十年之内,他写了二百五十卷"。这儿为什么如此简略,而对他的奢华生活却介绍得如此详细?因为从后文的介绍得知,他的这些创作是"雇用了大批书记"帮助他开发出来的,虽然,这些作品都经过了大仲马最后的"定稿",但与纯文学的创作已经有一段距离了,其必然结果是"大半被现代人忘记了",因此,茅盾先生没有再花过多口舌讲述其中的具体内容。而大仲马的奢华生活既是他人生的转折点,也是其多样性格的形象展示。大仲马的生活样貌,有助于我们理解他的作品风格。

最后,茅盾先生指出《三个火枪手》反映了贵族与商人和手工业者冲突中的二重性,贵族既是尊贵的又是丑陋的,点出了这部小说的时代性和深刻性。

狄更斯的《大卫·科波菲尔》

狄更斯(Charles John Huffam Dickens)和萨克雷是同时代人,而同是小市民层的写实主义作家。萨克雷用了厌世的冷眼写他那时代的贪欲、利己的人生,狄更斯则思以谐谑的态度来否定这种人生。萨克雷贬责富者,狄更斯赞美贫者,两人所要指摘者同为人类之不平等。

狄更斯生于一八一二年,在朴次茅斯(Portsmouth)附近。出身贫苦,没有受到正式教育。他的想以文字糊口大概在读了他父亲所藏的几本破书时起的。一八三三年,他的一个短篇小说在《月月杂志》(Monthly Magazino)上登了出来,算是他的文学生活的发轫。这篇小说是描写伦敦下层社会生活的。接着,他用同样的材料,写了好多篇,连续在《晚报》(Evening Chronicle)上发表。到一八三六年,他集为小册子,题名为"Sketch by Boz",这虽然都是短篇薄物,可是他后来的长篇巨著的优点都已见了端倪。翌年,他的《匹克威克外传》(Pickwick Papers)发表,于是他的地位确定。

他的又一部长篇巨著《奥列佛·推斯特》(Oliver Twist,林纾译本题名《贼史》)于一八三八年出世,接着是《尼古拉斯·尼克尔贝》(Nicholas Nickleby,林译名《滑稽外史》)和《老古玩店》(Old Curiosity Shop,林译名《孝女耐儿传》),都是成功的作品。从一八三八年到一八五〇年，十二年之间，他差不多平均每年有一部长篇小说——竟可说每年有一部半。一八五〇年是他的《大卫·科波菲尔》(David Copperfield，林译名《块肉余生述》)完稿的时候。这一部半自传性质的巨著，公认是他的杰作。他又写过戏曲，办过杂志，当过报馆主笔。一八七〇年六月九日死。

狄更斯幼时很贫苦，所以他的小说大都描写贫苦的生活。他用稍稍理想化的色调来赞美贫苦的人。可是他写到冷酷的唯利是图的富人时，他是很写实的。《艰难时世》(Hard Times)和《圣诞欢歌》(Christmas Carol)内的没有感情没有理想只是个聚财机器的那些富人就是很好的标本。然而狄更斯虽憎恨贫富之不平等，他却以为只要富者能够像父亲一般地对贫者慈爱，就可以达到理想的和平的社会。他这意见，在《艰难时世》中有之，在那以革命中的伦敦和巴黎为背景的《双城记》中也有之。

狄更斯是出身于渐次贫穷化的小市民阶层的，他幼年时是这世界中的一个；他明快地确实地而且很有风趣地描写了这个世界。但是除了这"世界"以外，不论是上层的大企业家、银行家、贵族地主，或是下层的农民和劳动者，他都没有理解。他是代表那时候贫穷化的小市民层意识的作家。

《大卫·科波菲尔》(David Copperfield)是半自传体的小说。主人公大卫是一个孤儿，母亲再嫁，后父性情很坏。后父的妹子也帮同虐待大卫。后来他进了小学校，那学校的校长和教员也都是坏蛋。然而大卫因为家庭中实在太黑暗，也就觉得学校生活好多了。不久，他的母亲死了；他的后父就不再让他读书，送他到伦敦的酒坊里当学徒。酒坊的主人是正在贫穷化的小商人，脾气也不大好，但不是坏人，待大卫还好。可是大卫觉得天天在酒坊里洗瓶子，总不是办法，所以他就逃到了杜法地方伯母那里。这伯母是略有财产的寡妇，也没有儿子，就收容了大卫，送他再进学校。他毕业后到了伦敦，在一个牧师处办事，和牧师的女儿恋爱。此时他的伯母破产了，大卫不能不赶紧设法自谋生活,他进了一个报馆。

这是大卫的半生的经历,是狄更斯按照他自己半生的经历写的。但这大卫的遭遇在书中只是一根线索,狄更斯用这线索把对于贫穷化的小市民层的生活的各方面描写贯连在一处,成为一大串连续的(虽则不是有机关系的)画片,和大群的人物的画像。尤其是对那些趋于破产的厄运的小市民人物,描写得异常真切生动。而这正是此书之所以被认为是狄更斯的代表作。

狄更斯的作品,很早就介绍过来了。林纾的文言译本除《块肉余生述》《孝女耐儿传》《贼史》《滑稽外史》之外,还有一部《冰雪因缘》(即《董贝父子》Dombey and Son,皆商务版)。《艰难时世》有伍光建的白话译本,《圣诞欢歌》有谢颂羔译本,改名《三灵》(皆商务版)。惟以上各译皆有删节之处,而林译文言本尤甚。

【导读】

妍媸相顾,说长言短

择其主旨,长短兼顾,是这次讲话的主要特点。

用对比的方式,开篇廓清狄更斯创作的基本特征,即用赞美贫者的方式揭示人类的不平等。在简略叙述了其创作历程后,即转入对其创作思想的评价。

评价狄更斯的创作,主要是从一个问题的两个方面对比阐述,让读者对狄更斯的认识既全面又富有辩证性,体现了茅盾先生对狄更斯认识之深刻。

比如,狄更斯写贫苦民众的理想化色彩与写富人时完全写实笔法的对比,表达出狄更斯的创作倾向;对富人写实性的批评与只要富者能对贫者给予一定的爱就可以达到"理想的和平社会"这一认识的对比,指出狄更斯具有仁慈的内心而缺乏社会认识的深刻性;狄更斯只能写"贫穷化的小市民阶层"与对小市民阶层之外的世界无所涉及的对比,让我们看到了狄更斯的局限性。

本文短小精悍,认识全面,阐释道理,辩证灵活。

屠格涅夫的《父与子》

屠格涅夫(Ivan Sergeevich Turgénev)一八一八年十月二十八日生于奥廖尔(Oriol)。他的家族是俄罗斯很老的贵族。他家有好几位家庭教师，分任各项功课，但这些教师没有一个是俄国人。屠格涅夫幼时就在这样贵族的家庭教育中度过。

这些外国教师并不教他们的小学生读俄罗斯文学。倒是屠格涅夫的母亲属下的一个农奴引导这位小少爷去注意俄国文学——凯拉斯可夫(Kherskov)的《洛雪阿特》(Rossiad)。

这就是屠格涅夫所读的第一本俄国文学。

一八三四年，他进了莫斯科大学。可是第二年就转到了彼得堡大学。他修的是哲学。他因为更求深造，出国留学。以后他住在外国的时候多。一八五二年因作文哀悼果戈理，文字中有"不检"之处，险些被放逐到西伯利亚。此后他就长住外国，居法国之时最多。一八八三年死于巴黎。

普希金、莱蒙托夫，乃至果戈理，他们的文学活动的年数都不长，但屠格涅夫的文学活动时间首尾却有三十年之多。他是在一八四五年开始著作的，他的作品横跨了四十、五十、六十年代。这三十年间正是俄国向资本主义急进的时候，从这样剧烈的社会生活的变动所引起的思想上的变动，在屠格涅夫的作品里都反映着。他创造的那时候俄国青年的典型——罗亭(小说《罗亭》中的主人公)和巴扎洛夫(小说《父与子》中的主人公)在俄国是非常有名的。

屠格涅夫最初的作品是总名为《猎人笔记》的短篇小说集。这些故事并没联系,但同是写农村,同是对于农奴制的抗议。这部书对于俄国的舆论有很大的影响,普遍一致的对于农奴制的憎恶是此书所唤起的。农奴制之终于废止,此书尽了相当的力量。这些小说是在一八四四年到一八五〇年之间发表的。

一八五五年出版的《罗亭》(Rodin,长篇小说)开始了他的长串的俄国知识分子心理的检讨。罗亭是四十年代俄国知识分子的典型:能说而不能行,空想、热情,而又意志薄弱的人物。罗亭死于一八四八年法国六月革命的巴黎巷战中,但他这死与其说是殉自由毋宁说是他因厌世而要得一死所。

隔了二年,屠格涅夫又发表了《贵族之家》。这书中的主人公是不满于罗亭式的生活态度的,他有了理想就打算实行;可是他的毛病是不能在分歧的思想中找得一条正确的路。

这时候,屠格涅夫抱着乐观的心理,他的精神是亢进的。一八六〇年发表的《前夜》便表示了他这时的心情。在《前夜》中,他把《罗亭》内的女主人公娜泰莎更推进一步而在叶琳娜的身上表现为是一个革命的女性。叶琳娜是有崇高的理想和火样的热情的,她不满意卑怯灰色的环境,她热爱一个保加利亚的革命者,抛弃了一切,同他一同到保加利亚去革命。

两年后,《父与子》出世了。典型人物巴扎洛夫就是《父与子》内的主人公。这是比《前夜》或《贵族之家》更其有深刻的现实基础的作品。小说写了父的一代(旧)与子的一代(新)的冲突,但是更其富于社会意义的,是写了巴扎洛夫那样的虚无主义的青年。虚无主义是那时候俄国很流行的青年病。

但此时,屠格涅夫所期望的改革运动失败了,俄国政局来了个反动。于是屠格涅夫消极失望了,在一八六七年发表的《烟》中,他喊出

115

了这样失望的呼声：什么都是空的，像烟一样消散了——失败的社会改革家离开了俄国时在火车中看着车头烟囱喷出滚滚的黑烟，这样无力地独自感伤。

屠格涅夫这种悲观消沉的情绪持续了许久，他在别的短篇里亦流露了这样的心情。直到七十年代"到民间去"的运动发生了，他又看见了一点新希望。他的《处女地》，在一八七七年发表的，就表示了他所见而且信仰着的新光明。但是和"到民间去"运动的实际很隔膜的他，并不能抓住这运动的中心意义以及这运动的一些观念上的错误。

屠格涅夫是一个很美丽的散文家，但不是一个很好的社会观察家。他思想上是巴枯宁主义者，而这，又指使着他的创作常常陷于观念的毛病。

《父与子》中间有两重的悲剧：一是"父"与"子"的冲突，又一是"父"的一代想要了解"子"的一代的思想而办不到。巴扎洛夫是一个乡下军医的独子，在大学毕了业，并没研究了诊人的病的医学，却满脑子是诊时代的病的"哲学"——虚无主义。这个青年到了同学阿尔加田的家里。这是个地主的家庭。阿尔加田的父亲尼古拉虽已老了，却想追随青年人的思想，要了解青年人。但是同在一家住的阿尔加田的伯父白威尔却顽固得很，要拿自己的尺度去管理青年人的思想。阿尔加田是比较柔顺的青年。所以"老年"和"青年"的冲突话剧由巴扎洛夫演了主角。于是由一幕恋爱的穿插，阿尔加田从思想转到恋爱，而巴扎洛夫也什么都忘了，把恋爱当作生活的第一意义。他先恋爱了一个女子，不成功，又碰着尼古拉的年轻管家妇（实在是尼古拉的情人）也就恋上了。但这年轻的管家妇除有正主儿的尼古拉以外，那位顽固的白威尔也是久想染指的。因此在巴扎洛夫与白威尔之间又发生了恋爱的冲突，终于决斗，白威尔受了伤。巴扎洛夫此时却又遇见了他第一个初恋的女子，立即他就忘记了那管家妇，紧追这女子。结果又是失败。这位虚无主义者回到自己家里就害病了。他这病使得医学家的他的父亲也失望。然而即使不病，巴扎洛夫也自知自己是绝望的人了,因为恋爱失败,生活的意义也完了。他病中常喊那女子的名字。果然有一天那女子像天使般地来了时,巴扎洛夫已经不能开口了。这就是"父与子"冲突中"子"的收场。自然,"父"与"子"的冲突是一个大题目,但是《父与子》最有意义的还在巴扎洛夫这个典型人物的描写。想诊时代的病的巴扎洛夫终于什么也没有做,只在热病似的单方面的恋爱中颠倒;而他倒又用虚无主义来辩护他的行为。这实在把虚无主义者的青年刻画得深刻极了。

《父与子》有耿济之的译本(商务版),又有陈西滢从英文转译的译本(商务版)。

此外,屠格涅夫的作品,已译者:《猎人日记》有耿济之的译文,曾登《小说月报》,未有单行本;《罗亭》有赵景深译本(商务版);《贵族之家》有高滔译本(商务版);又有席涤尘译本,改题《一个虔敬的姑娘》(现代版);《前夜》有沈颖译本(商务版);《烟》有樊仲云译本(商务版);又有黄药眠译本(绝版);《新时代》(即《处女地》)有郭沫若译本(商务版);《初恋》有徐冰弦译本(北新版);《春潮》有张友松译本(北新版);《浮士德》有顾绶昌译本(北新版);《畸零人日记》有樊仲云译本(开明版);《够了及其他》有效间译本(亚东版);《两朋友》(Punin and Baburin)刘大杰译(亚东版);《难忘的爱侣》(短篇集),袁家骅译(北新版);《薄命女》,张友松译(北新版);《胜利的恋歌》,李杰三译(光华版);《十五封信》,黄维荣译(开明版);《阿霞姑娘》,席涤尘译(笔耕堂版,北平);《村中之月》(剧本),耿济之译(商务版);《蠢货》(短篇集),曹靖华译(开明版);《屠格涅夫散文诗》,徐蔚南译(新文化版);又有白耒、清野译本(大东版)。

【导读】

俄国社会的啄木鸟

作品是作家思想的儿子,顺着作品的变化研究作者的思想,是从根源上作本质性的审视。

茅盾先生介绍屠格涅夫就是从屠格涅夫作品演变的视角来剖析其思想内容变化过程的。从屠格涅夫的创作来看,他就是一只俄国社会的啄木鸟。

文章先总述了屠格涅夫学习和创作的历程,指出屠格涅夫的作品反映了三十年间"俄国向资本主义急进的时候""所引起的思想上的变动",并指出屠格涅夫塑造的最成功的两个人物形象是罗亭和巴扎洛夫,勾勒出了屠格涅夫思想与作品的基本面貌。

然后依着时代发展变化的顺序,依次介绍了《猎人笔记》《罗亭》《贵族之家》《父与子》。

茅盾先生从社会价值角度评价了《猎人笔记》的重要历史作用:"农奴制之终于废止,此书尽了相当的力量"。由此,可以看出屠格涅夫早期对农奴制的批判。

以《罗亭》为代表的"研究俄国知识分子心理"的作品,反映了屠格涅夫始终把自己的思考视角放置在社会的中心。他带着诊察社会的责任感和独特视角,归纳了一代人的共同心理特征,总结出了"能说而不能行,空想、热情,而又意志薄弱"的知识分子心理特点。

《贵族之家》通过女主人公身份角色的变化,传达出屠格涅夫的革命热情。茅盾先生从小说的思想情感的变化中读出了屠格涅夫思想、心理的变化:由对空想的批评而转入了对希望的赞颂!

但这种精神状态持续不久,他就发表了《父与子》。茅盾先生围绕着《父与子》非常详细地剖析了屠格涅夫的思想世界,指出随着社会政治的变化,屠格涅夫的思想一直处在消极失望与渴盼希望的矛盾纠结中。茅盾先生细致阐释了《父与子》的故事情节,其核心内容是"勾勒描绘虚无主义者"的基本轮廓。

通过茅盾先生的分析,我们可以看到,屠格涅夫一生致力于俄国社会病症的分析诊断,在文学史和人类历史上都留下了深深的脚印。

福楼拜的《波华荔夫人传》①

法兰西的最早的写实主义作家是巴尔扎克（Balzac），他的近百部小说组成的（而且是他有计划地写成的）《人间喜剧》是法国从贵族的君主政治的终于没落，到资产者政权的终于完成而巩固——这一大社会转型期的风俗画。巴尔扎克和雨果时代相接（论生卒年月，他们是同时代的），雨果扫清了的资产者文艺的道路，由巴尔扎克以《人间喜剧》来填充了。文艺史上有计划地要把他那时代的社会全般面目描画出来的，在先文艺复兴时代有薄伽丘的《十日谈》，在后就有了巴尔扎克和左拉。

由巴尔扎克开了路的法国写实主义文学，其后不久就起来了许多的巨匠。从六十年代到八十年代是法国写实主义胜利的时期。其中最伟大的作家当推福楼拜（现在还没有巴尔扎克的长篇重要作品译过来，所以我们只好缺了他）。

福楼拜不但把写实主义的手法用在描写当代社会生活的作品，并且还输入到历史小说的领域（如《萨朗坡》）和幻想的领域（如《圣安东的诱惑》）。

福楼拜（Gustave Flaubert）一八二一年生于卢昂（Ronen）。他的

---

① 现译《包法利夫人》。

父亲是外科医生。他先到巴黎学法律,并没学成。因了神经衰弱,就回了故乡,从此以后就专心在他所喜欢的文学。他的生活是安定的、舒服的,也是少变化的,他除了因为要写历史小说《萨朗坡》(Salammbo)而到突尼斯(Tunis)考察过,此外他不大作远程的旅行,不过常常到巴黎罢了。

一八五六年,他的长篇小说《波华荔夫人传》忽然出现了,这给法国文坛一个震动。有些人说这书不道德,有些人说这书写那么平凡的事,而且琐琐细细写,所以不好。维持风化的官厅的手终于也压到这小说上。

福楼拜静静地不说什么话。到一八六二年,忽然他的第二部长篇小说出来了,这又使得大家骇了一跳。因为这第二部小说跟第一部好像是两个人写的。题材差得那么远呀!然而细细一读,知道到底不能不是一个人写的,因为细腻的写实的手法是一样的,谨严的文字也是一样。这第二部就是《萨朗坡》。

这是把哈米尔卡(Hamilcar)时代的迦太基复现了的作品。福楼拜为写这部小说,曾经参考了九十多部的古代人和近代人作的讲到迦太基历史和文化的书,他到博物院研究迦太基的遗物,还特地到突尼斯实地考察山川形势。于是他用了他的科学的写实的手腕,在最大可能的范围内,忠实地再现了古代迦太基的城市、商船、兵队、矮房子、大建筑,他给读者看突尼斯文化,泰涅(Tanit)崇拜,摩洛西(Moloch)赞美,给看交战和围城,无数的恐怖,几万人的全军饿死,以及一位利比亚(Lybia)酋长的牺牲。是这样一件用科学方法新造的古董!

将《萨朗坡》和司各特、大仲马,乃至显克微支的所谓历史小说一比,然后知道司各特他们的作品不过是小说,未尝有历史。他们的所谓历史只是主观的杜撰,不是真正的历史。

但是第三部小说《情感教育》(L'education Senti mantale)在七年后又出来了。这是要正确地再现出四十年代的巴黎的。福楼拜曾经为要知道那时候的户外生活、巷战等等的真实情形,他研究过无数的旧画、旧图样、旧地图，披阅过几千份旧报纸。真所谓"像的座儿比像的本身大了"。

一八七四年，第四部长篇小说出版了。这又使大家吃了一惊。这就是《圣安东的诱惑》(Tentation de Saint Antoine)。这书最初属稿实在《波华荔夫人传》以前，经过了二十年方才告成的。人们读了这书，方才知道福楼拜的科学的写实的手法即是写一部幻想的小说也是照样在用着，一丝不苟。

这书出版后六年，即一八八○年五月十八日，这位大作家也就去世了。

福楼拜是冷静的，客观的。他的弟子莫泊桑承继了他的《波华荔夫人传》这世态小说的衣钵。和莫泊桑同时代的都德(A. Daudet)也是。不过像《萨朗坡》和《圣安东的诱惑》这样的作品却没有了继承。

《波华荔夫人传》(Madame Bovary)有一个中心：人生的丑恶。福楼拜用了完全不动心的客观态度去写这丑恶。虽然他后来曾说："当我写到波华荔夫人吃毒药的一段，我的嘴里感到这样强烈的砒霜的滋味，以至接连有两天我不能吃东西。"他是这样全身心跑进了他自己的故事的，然而他对于人生的态度是完全不动情的客观态度。

波华荔夫人爱玛是幻想极多的感情浮动的女子。她嫁了医生波华荔时，打叠起无数美丽的空幻的梦想。然而她不久便觉得生活淡然无味。于是偶然遇见了一个青年李昂，就又在这青年身上寄托她的美丽的梦想。这梦旋即又破了，李昂也走了，爱玛无聊已极，则向珠宝商人处赊买珠宝，这也是一种刺激。可是赊账总得还的，她没有钱，又舍不得珠宝。于是两种本能上的弱点会合起来，造成了她第二次的不贞。她和一个上门来诊病的罗特尔夫又勾上了，特意到树林里去幽会。一度未足，她想常常幽会，于是罗特尔夫当她是色情狂者，也就丢开了她。这是爱玛所承受不了的。于是大病。病稍痊愈，她和丈夫去卢昂听音乐，不料又遇到了第一情人李昂。这又惹起了她的老病。她偷出家去和李昂续欢。可是不久又被弃。这当儿，珠宝账又逼得紧，她再找第二情人罗特尔夫,这可糟了,她的希望达不到,反受了侮辱。于是她只好吃砒霜了。她死后,她的丈夫知道了一切。他想想又恨,想想又爱,不久也死了。仅余的一个女儿进了工厂。

波华荔夫人是脆弱的,色情狂的,贪婪的;福楼拜是认定了这些丑恶点写的。但是在波华荔夫人那爱美的追求的呻吟中,那求觅理想的憧憬中,那顽固地忠实于恋爱的浪漫的趣味中,都有一些好的根芽,只要作者的笔锋稍稍一偏,未始不可以把这平凡、色情,叫人几乎作呕的女子弄成可爱一些,可以使人同情一时。然而福楼拜并不!所以他的态度虽然是纯客观的,但反过来看,他在客观中有主观,即他的着眼点只在丑恶。这和他早年的悲观思想(他早年得的神经衰弱病跟这有关系的)是有因果的。而从另一方面看,这也是工业资本主义的内在矛盾所造成的世纪末的心情在作家身上最早的反映。以后这样的作家在各国都有,而莫泊桑就是其中之一。

《波华荔夫人传》有李青崖的译本(商务版),又有李劼人的译本,名《马丹·波娃利》(中华版),都是从原文译的。李劼人又译了"Sahammbo"(《萨朗波》,亦中华版)。

关于都德的作品,已译者有《小物件》(即《小东西》Le Petit Chose)和《达哈士的狒狒》(Tartarin de Taratcon),皆李劼人译(中华版);《磨坊文札》(Lettérs de mon Moulin),成绍宗译(乐华版);《萨芙》(Sapho),有王实味译本(商务版)及王了一译本(开明版),后者名《沙弗》。

读了福楼拜以后,再读读都德的《小物件》等作,是很有意思的。故亦附记于此。

【导读】

人家在何许，云外一声鸡

叙事的魅力在于本是很平常的一件事，可以讲得十分动听，因此，有人说，三分故事，七分讲。茅盾先生在介绍福楼拜的创作时，常常让我们处在一波未平一波又起的紧张期待之中，他是如何运用这种叙事技巧的呢？

其实，非常简单，他只是使用了反复的手法。从《波华荔夫人传》到《萨朗披》再到《情感教育》再到《圣安东的诱惑》这四部长篇小说，茅盾先生只用了一种叙述方式：忽然，他的……出来了，使得大家骇了一阵。这种句式不断重复，形成了读者强烈的阅读期待，下面还会有怎样的"又一部"呢？

另外，每一次他都要强调时间的间隔。这些时间的间隔，让福楼拜的创作充满了神秘感，经过了这么长时间，他又创造出了怎样的作品呢？

这样一来，时间间隔与句式反复，把福楼拜的创作历程变成了情节波澜的叙述材料，让听者为之心神专注。好似行走在深山之中，云外传来的一声鸡鸣，在引导着人们不断地向大山深处前行。

还要注意的是，茅盾先生讲福楼拜的创作核心只有一个——写实手法。这就把各部小说紧紧地绾结在一个中心上，使叙述更集中，神聚形聚。

对于《波华荔夫人》的介绍，主要以福楼拜的创作内核为重点，分析其客观手法中的"主观性"特点，进而指出，福楼拜的创作思想立足于揭示社会的"丑恶"这一根本原因。抓住这一点，我们就会通悟《波华荔夫人》的精神实质，再读这部大作，不会再迷失方向了。

托尔斯泰的《复活》

托尔斯泰（Leo Nikolaevich Tolstoy）生于一八二八年，卒于一九一〇年。是贵族，大地主。他的杰作《战争与和平》中间的几个主要人物就是他的外祖父、舅父、姑母、姑父、祖父母、父母。但是托尔斯泰老早就丧了母，九岁时又丧了父，所以这些关于他家族的掌故，是他从姑母那里听来的。

他的文学事业开始于他在高加索军队里服务的时候。他的第一部作品是自叙传式的《童年》（一八五二年）。一八五四年，他以炮兵大队长的资格参加了克里米亚战役。这次的经验就是他的《塞瓦斯托波尔故事》（Sevastopol）。一八五六年战事告终，他到彼得堡，就被欢迎为文坛的巨人。这时他和屠格涅夫订交，并两度到外国去考察。一八六三年结婚。《战争与和平》大概在此时起草，易稿多次，至一八六九年方才完成。

据他自述，他本来想以十二月党人起义为题材，写一小说，但随即觉得要写十二月党人之由来，非先写十二月党人以前的俄国社会生活不可，所以他先成了伟大的《战争与和平》。这是从一八〇五年起至一八一二年拿破仑战争时期俄国社会生活的大纪念碑。这里有与拿破仑的战争，有莫斯科被焚及拿破仑退军，有恋爱，有上流社交界的生活，有乡居的贵族生活，有农民生活——真是包罗万象的巨著。《战争与和平》最后一卷附有"尾声"数章，就是托尔斯泰最初造诣的十二月党人故事的大纲的开头一部分。但是托尔斯泰到底不曾写完，就因为写好了《战争与和平》之后他的思想变了，无意于十二月党人的描写了。这就是他开始倾向于原始的基督教教义乃至最后建立了他自己的无抵抗主义。

一八七六年他发表《安娜·卡列尼娜》(Anna Karenina)，这是俄国上流社会的描写。这以后，他的作品就有浓重的原始基督教教义和无抵抗主义。他是先有了一时的思想矛盾苦闷，后来才找到了这条路的。这思想上矛盾苦闷的纪录就是他的《忏悔录》。

他的最后的杰作《复活》是一八九九年他七十岁时完成的。这书很能代表他晚年的思想。

在他思想转变了以后，他住在乡间想在农民中间推行他的主义。他又要把他的大家产分给农民，不过这并没有办到，因为他的夫人宣言家产是归在她名下了，托尔斯泰无权支配。他要实行劳动则得食。一九一〇年早春，他突然离开家庭，中途到一小车站，就死了。

托尔斯泰的生活和思想绝不是一篇短文里讲得详尽的。这里有几本书先介绍一下：《托尔斯泰论》，列宁等著，何畏、克己译，这是论他的艺术的（国际版）；《托尔斯泰印象记》，黄锦涛编（女子书店版）；《托尔斯泰生平及其学说》，郎擎宇编（大东版）；《托尔斯泰》，刘大杰著（商务版）；《托尔斯泰传》，徐懋庸译（华通版）。以上五种内，可先看第一及第五。

托尔斯泰在思想转变以后，曾著了一部《艺术论》，主张艺术必须有教训，负改良人生之责任。此书有耿济之译本（商务版）。

《复活》，据说也有托尔斯泰少年生活的影写在内。从全体上说，这是托尔斯泰精神生活历程的象征的作品。主人公聂赫留朵大年轻做武官的时候，曾在偶然过访的姑母家里诱惑了一个年轻美貌的使女卡秋莎；她原是好人家女儿，不过由于孤苦，便在老夫人那边陪伴老夫人，且是在老夫人家长大了的。少年军官的聂赫留朵夫原不过满足一时的兽欲冲动，事后他到军队里去了，把这短时间的情人忘得精打光了。但是卡秋莎却怀了孕，事发被主人逐出，就此开始堕落。她过了七年的娼妓生活，已经是没有灵魂的人，却又因被诬偷了狎客的钱，且犯有毒毙狎客的嫌疑被解到法庭。不料从前做了她堕落之根因的聂赫留朵夫恰正做了陪审官，高座堂皇，还认得这阶下囚就是从前可爱的卡秋莎（做娼妓的她已经换了名字），一时就来了良心的责备。

聂赫留朵夫为要减轻灵魂上的重荷，力主这女犯无罪。但是他的同僚不答应。他又到牢里探视卡秋莎，在她面前自白他的罪过。但是失去了灵魂的卡秋莎已经不是从前的卡秋莎了，她的感情已经麻木，她只有对任何男子献媚求利的习惯，现在她亦同样的对付着掏出良心来给她看的聂赫留朵夫。凄惨生活的折磨已使她完全忘记了从前的事，便是回忆起来也等于她无数的出卖肉体话剧中的一幕而已。这使得聂赫留朵夫非常痛苦。他明明知道从前天真纯洁的卡秋莎已经实际上不存在了，然而他决心要救这没有了灵魂的顶着玛丝洛娃名字的堕落到不可救药的女子。他要救她出牢和她结婚。

他经过了灵魂上的痛苦的挣扎，这才把自己灵魂净化，立定主意走新的生活的路。

他请了律师给卡秋莎辩护，他又预备请愿书，求皇帝特赦这卡秋莎。他用尽了他的力量，但是卡秋莎终于被判决充军到西伯利亚做苦工。聂赫留朵夫又经过了绝大的自我斗争，终于毅然不顾贵族的地位和财产，单身跟随卡秋莎一伙的囚犯同往冰天雪地的西伯利亚。

但是卡秋莎最初对于聂赫留朵夫的行为是不了解的。她以习惯的对付狎客的虚伪狡诈对待聂赫留朵夫的真情。她以恶骂回答聂赫留朵夫含着眼泪说他决定要毁家荡产弄她出牢并且正式和她结婚。她以为聂赫留朵夫是恐怕自己灵魂入地狱所以如此，所以也还是自私。不错，聂赫留朵夫相信只有卡秋莎灵魂得救然后他自己的灵魂也才得救，所以也好像还是自私，但他这自私已经成了博大的基督殉道似的精神，他是这样确信着的。

于是在赴西伯利亚的途中,卡秋莎果然又回复到了当初的纯净的卡秋莎。她不再是感情麻木没有灵魂的人了。她和同行中一个政治犯有了爱情。明白了这一点的聂赫留朵夫就抛弃了最初的想和她结婚的念头,并且把保护卡秋莎的责任托给那政治犯,他决心要再为卡秋莎以外无数受苦人的幸福把自己牺牲。他要把原始的基督教教义还原过来引导人类走上得救的幸福的路。

《复活》就是这样充满了说教的精神,社会意义自然不及《战争与和平》那么大了。

《复活》有耿济之的译本(商务版)。《战争与和平》有郭沫若的译本,共四册(文艺版)。

此外,托氏著作,已经移译的尚有:

《托尔斯泰短篇小说集》,瞿秋白、耿济之译,内有小说十篇(商务版)。《托尔斯泰小说集》二册,译者多人,小说十余篇(泰东版)。以上二书恐已绝版。又温梓川译《托尔斯泰短篇小说集》(女子版)。

剧本有《黑暗之势力》,耿济之译(商务版);《黑暗之光》,邓演存译(商务版);《活尸》,文范村译(商务版);《教育之果》,沈颖译(商务版)。

《我的一生》,陆鸿勋译(大东版)。《我的生涯》,李藻译(商务版)。《托尔斯泰夫人日记》,李金发译(华通版)。《托尔斯泰的情书》,吴曙天译(北新版)。

《高加索囚人》,刘大杰译(北新版)。《假利券》,杨明斋译(商务版)。《儿童的智慧》,张墨池译(北新版)。《伊凡之死》,杨绶昌译(北新版)。

还有从前文言的译本:《心狱》(即《复活》),马君武译(中华版);《骠骑父子》(即《哥萨克》),米东润译(商务版);《现身说法》(即《童年》等三种),林纾译(商务版);《克利米血战录》(即《塞瓦斯托波尔故事》),米世湊译(中华版);《婀娜小史》(即《安娜·卡列尼娜》),陈家麟译(中华版)。旧译短篇集尚有《恨缕情丝》,林纾译(商务版);《社会声影录》,林纾译(商务版);《罗刹因果录》,林纾译(商务版)。

【导读】

宁可枝头抱香死，何曾吹落北风中

茅盾先生讲述托尔斯泰，开篇强调了托尔斯泰贵族、大地主的身份，其他没有再作具体阐释；讲他的代表作品，选择了《复活》而不讲《战争与和平》：为什么？

这一切均决定于茅盾先生对托尔斯泰这位世界级大作家的讲述重点。

茅盾先生讲托尔斯泰的重点并不在托翁的文学艺术，而在对托尔斯泰的人格、思想的阐释，即他的基督教义和无抵抗主义。因为托尔斯泰的生活和思想不是一篇短文所能阐述透彻的，因此，提取其中最重要的思想观点作以阐释是这个讲话稿选材的基本原则。

《战争与和平》是俄国社会生活的大纪念碑，其价值虽然可能超越《复活》，可是它不如《复活》更能体现托尔斯泰的内心世界，因而，茅盾先生选择了《复活》作为主要作品来介绍。

相对于其他作家作品的介绍，茅盾先生对《复活》的讲述最为细致。

在概述小说的故事情节的基础上，依然重在揭示聂赫留朵夫的内在世界。聂赫留朵夫"决心要救这没有了灵魂的顶着玛丝洛娃名字的堕落到不可救药的女子。他要救她出牢和她结婚"，这应该是托尔斯泰基督教义的最好阐释。最后毅然陪伴卡秋莎远赴西伯利亚，这拯救灵魂使自己脱胎换骨的行为，也正是托尔斯泰内心世界的真实写照。茅盾先生指出，这就是"博大的基督殉道精神"，由此而揭示出托尔斯泰崇高的精神境界和伟大的人格。

因此，阅读本文，要明白茅盾先生在这么短的篇幅里要讲清托尔斯泰，所采取的办法：精确定位讲述角度和讲述内容。

小说篇

春　蚕

一

老通宝坐在"塘路"边的一块石头上,长旱烟管斜摆在他身边。"清明"节后的太阳已经很有力量,老通宝背脊上热烘烘的,像背着一盆火。"塘路"上拉纤的快班船上的绍兴人只穿了一件蓝布单衫,敞开了大襟,弯着身子拉,额角上黄豆大的汗粒落到地下。

看着人家那样辛苦的劳动,老通宝觉得身上更加热了;热的有点儿发痒。他还穿着那件过冬的破棉袄,他的夹袄还在当铺里,却不防才得"清明"边,天就那么热。

"真是天也变了!"

老通宝心里说,就吐一口浓厚的唾沫。在他面前那条"官河"内,水是绿油油的,来往的船也不多,镜子一样的水面这里那里起了几道皱纹或是小小的涡旋,那时候,倒影在水里的泥岸和岸边成排的桑树,都晃乱成灰暗的一片。可是不会很长久的。渐渐儿那些树影又在水面上显现,一弯一曲地蠕动,像是醉汉,再过一会儿,终于站定了,依然是很清晰的倒影。那拳头模样的桠枝顶都已经簇生着小手指儿那么大的嫩绿叶。这密密层层的桑树,沿着那"官河"一直望去,好像没有尽头。田里现在还只有干裂的泥块,这一带,现在是桑树的势力!在老通宝背后,也是大片的桑林,矮矮的,静穆的,在热烘烘的太阳光下,似乎那"桑拳"上的嫩绿叶过一秒钟就会大一些。

离老通宝坐处不远,一所灰白色的楼房蹲在"塘路"边,那是茧厂。十多天前驻扎过军队,现在那边田里留着几条短短的战壕。那时都说东洋兵要打进来,镇上有钱人都逃光了;现在兵队又开走了,那座茧厂依旧空关在那里,等候春茧上市的时候再热闹一番。老通宝也听得镇上小陈老爷的儿子——陈大少爷说过,今年上海不太平,丝厂都关门,恐怕这里的茧厂也不能开;但老通宝是不肯相信的。他活了六十岁,反乱年头也经过好几个,从没见过绿油油的桑叶白养在树上等到成了"枯叶"去喂羊吃;除非是"蚕花"不熟,但那是老天爷的"权柄",谁又能够未卜先知?

"才得清明边,天就那么热!"

老通宝看着那些桑拳上怒茁的小绿叶儿,心里又这么想,同时有几分惊异,有几分快活。他记得自己还是二十多岁少壮的时候,有一年也是"清明"边就得穿夹,后来就是"蚕花二十四分",自己也就在这一年成了家。那时,他家正在"发";他的父亲像一头老牛似的,什么都懂得,什么都做得;便是他那创家立业的祖父,虽说在长毛窝里吃过苦头,却也愈老愈硬朗。那时候,老陈老爷去世不久,小陈老爷还没抽上鸦片烟,"陈老爷家"也不是现在那么不像样的。老通宝相信自己一家和"陈老爷家"虽则一边是高门大户,而一边不过是种田人,然而两家的运命好像是一条线儿牵着。不但"长毛造反"那时候,老通宝的祖父和陈老爷同被长毛掳去,同在长毛窝里混上了六七年,不但他们俩同时从长毛营盘里逃了出来,而且偷得了长毛的许多金元宝——人家到现在还是这么说;并且老陈老爷做丝生意"发"起来的时候,老通宝家养蚕也是年年都好,十年中间挣得了二十亩的稻田和十多亩的桑地,还有三间两进的一座平屋。这时候,老通宝家在东村庄上被人人所妒羡,也正像"陈老爷家"在镇上是数一数二的大户人家。可是以后,两家都不行了;老通宝现在已经没有自己的田地,反欠出三百多块钱的债,"陈老爷家"也早已完结。人家都说"长毛鬼"在阴间告了一状,阎罗王追还"陈老爷家"的金元宝横财,所以败的这么快。这个,老通宝也有几分相信,不是鬼使神差,好端端的小陈老爷怎么会抽上了鸦片烟?

可是老通宝死也想不明白为什么"陈老爷家"的"败"会牵动到他家。他确实知道自己家并没得过长毛的横财。虽则听死了的老头子说,好像那老祖父逃出长毛营盘的时候,不巧撞着了一个巡路的小长毛,当时没法,只好杀了他,——这是一个"结"!然而从老通宝懂事以来,他们家替这小长毛鬼拜忏念佛烧纸锭,记不清有多少次了。这个小冤魂,理应早投凡胎。老通宝虽然不很记得祖父是怎样"做人",但父亲的勤俭忠厚,他是亲眼看见的;他自己也是规矩人,他的儿子阿四,儿媳四大娘,都是勤俭的。就是小儿子阿多年纪青,有几分"不知苦辣",可是毛头小伙子,大都这么着,算不得"败家相"!

老通宝抬起他那焦黄的皱脸,苦恼地望着他面前的那条河,河里的船,以及两岸的桑地。一切都和他二十多岁时差不了多少,然而"世界"到底变了。他自己家也要常常把杂粮当饭吃一天,而且又欠出了三百多块钱的债。

呜!呜,呜,呜,——

汽笛叫声突然从那边远远的河身的弯曲地方传了来。就在那边,蹲着又一个茧厂,远望去隐约可见那整齐的石"帮岸"。一条柴油引擎的小轮船很威严地从那茧厂后驶出来,拖着三条大船,迎面向老通宝来了。满河平静的水立刻激起泼刺刺的波浪,一齐向两旁的泥岸卷过来。一条乡下"赤膊船"赶快拢岸,船上人揪住了泥岸上的树根,船和人都好像在那里打秋千。轧轧轧的轮机声和洋油臭,飞散在这和平的绿的田野。老通宝满脸恨意,看着这小轮船来,看着它过去,直到又转一个弯,呜呜呜地又叫了几声,就看不见。老通宝向来仇恨小轮船这一类洋鬼子的东西!他从没见过洋鬼子,可是他从他的父亲嘴里知道老陈老爷见过洋鬼子:红眉毛,绿眼睛,走路时两条腿是直的。并且老陈老爷也是很恨洋鬼子,常常说"铜钿都被洋鬼子骗去了"。老通宝看见老陈老爷的时候,不过八九岁,——现在他所记得的关于老陈老爷的一切都是听来的,可是他想起了"铜钿都被洋鬼子骗去了"这句话,就仿佛看见了老陈老爷捋着胡子摇头的神气。

洋鬼子怎样就骗了钱去,老通宝不很明白,但他很相信老陈老爷的话一定不错。并且他自己也明明看到自从镇上有了洋纱,洋布,洋油,——这一类洋货,而且河里更有了小火轮船以后,他自己田里生出来的东西就一天一天不值钱,而镇上的东西却一天一天贵起来。他父亲留下来的一分家产就这么变小,变做没有,而且现在负了债。老通宝恨洋鬼子不是没有理由的!他这坚定的主张,在村坊上很有名。五年前,有人告诉他:朝代又改了,新朝代是要"打倒"洋鬼子的。老通宝不相信,为的他上镇去看见那新到的喊着"打倒洋鬼子"的年青人们都穿了洋鬼子衣服。他想来这伙年青人一定私通洋鬼子,却故意来骗乡下人。后来果然就不喊"打倒洋鬼子"了,而且镇上的东西更加一天一天贵起来,派到乡下人身上的捐税也更加多起来。老通宝深信这都是串通了洋鬼子干的。

然而更使老通宝去年几乎气成病的,是茧子也是洋种的卖得好价钱;洋种的茧子,一担要贵上十多块钱。素来和儿媳总还和睦的老通宝,在这件事上可就吵了架。儿媳四大娘去年就要养洋种的蚕。小儿子跟他嫂嫂是一路,那阿四虽然嘴里不多说,心里也是要洋种的。老通宝拗不过他们,末了只好让步。现在他家里有的五张蚕种,就是土种四张,洋种一张。

"世界真是越变越坏!过几年他们连桑叶都要洋种了!我活得厌了!"

老通宝看着那些桑树,心里说,拿起身边的长旱烟管恨恨地敲着脚边的泥块。太阳现在正当他头顶,他的影子落在泥地上,短短地像一段乌焦木头,还穿着破棉袄的他,觉得浑身躁热起来了。他解开了大襟上的纽扣,又抓着衣角搧了几下,站起来回家去。

那一片桑树背后就是稻田。现在大部分是匀整的半翻着的燥裂的泥块。偶尔也有种了杂粮的,那黄金一般的菜花散出强烈的香味。那边远远地一簇房屋,就是老通宝他们住了三代的村坊,现在那些屋上都袅起了白的炊烟。

老通宝从桑林里走出来,到田塍上,转身又望那一片爆着嫩绿的桑树。忽然那边田里跳跃着来了一个十来岁的男孩子,远远地就喊道:

"阿爹!妈等你吃中饭呢!"

"哦——"

老通宝知道是孙子小宝,随口应着,还是望着那一片桑林。才只得"清明"边,桑叶尖儿就抽得那么小指头儿似的,他一生就只见过两次。今年的蚕花,光景是好年成。三张蚕种,该可以采多少茧子呢?只要不像去年,他家的债也许可以拔还一些罢。

小宝已经跑到他阿爹的身边了,也仰着脸看那绿绒似的桑拳头;忽然他跳起来拍着手唱道:

"清明削口,看蚕娘娘拍手!"

老通宝的皱脸上露出笑容来了。他觉得这是一个好兆头。他把手放在小宝的"和尚头"上摩着,他的被穷苦弄麻木了的老心里勃然又生出新的希望来了。

二

天气继续暖和,太阳光催开了那些桑拳头上的小手指儿模样的嫩叶,现在都有小小的手掌那么大了。老通宝他们那村庄四周围的桑林似乎发长得更好,远望去像一片绿锦平铺在密密层层灰白色矮矮的篱笆上。"希望"在老通宝和一般农民们的心里一点一点一天一天强大。蚕事的动员令也在各方面发动了。藏在柴房里一年之久的养蚕用具都拿出来洗刷修补。那条穿村而过的小溪旁边,蠕动着村里的女人和孩子,工作着,嚷着,笑着。

这些女人和孩子们都不是十分健康的脸色,——从今年开春起,他们都只吃个半饱;他们身上穿的,也只是些破旧的衣服。实在他们的情形比叫花子好不了多少。然而他们的精神都很不差。他们有很大的忍耐力,又有很大的幻想。虽然他们都负了天天在增大的债,可是他们那简单的头脑老是这么想:只要蚕花熟,就好了!他们想像到一个月以后那些绿油油的桑叶就会变成雪白的茧子,于是又变成丁丁当当响的洋钱,他们虽然肚子里饿得咕咕地叫,却也忍不住要笑。

这些女人中间也就有老通宝的媳妇四大娘和那个十二岁的小宝。这娘儿两个已经洗好了那些"团匾"和"蚕箪",坐在小溪边的石头上撩起布衫角揩脸上的汗水。

"四阿嫂!你们今年也看(养)洋种么?"

小溪对岸的一群女人中间有一个二十岁左右的姑娘隔溪喊过来了。四大娘认得是隔溪的对门邻舍陆福庆的妹子六宝。四大娘立刻把她的浓眉毛一挺,好像正想找人吵架似的嚷了起来:

"不要来问我!阿爹做主呢!——小宝的阿爹死不肯,只看了一张洋种!老糊涂的听得带一个洋字就好像见了七世冤家!洋钱,也是洋,他倒又要了!"

小溪旁那些女人们听得笑起来了。这时候有一个壮健的小伙子正从对岸的陆家稻场上走过,跑到溪边,跨上了那横在溪面用四根木头并排做成的雏形的"桥"。四大娘一眼看见,就丢开了"洋种"问题,高声喊道:

"多多弟!来帮我搬东西罢!这些匾,浸湿了,就像死狗一样重!"

小伙子阿多也不开口,走过来拿起五六只"团匾",湿漉漉地顶在头上,却空着一双手,划桨似的荡着,就走了。这个阿多高兴起来时,什么事都肯做,碰到同村的女人们叫他帮忙拿什么重家伙,或是下溪去捞什么,他都肯;可是今天他大概有点不高兴,所以只顶了五六只"团匾"去,却空着一双手。那些女人们看着他戴了那特别大箬帽似的一叠"匾",袅着腰,学镇上女人的样子走着,又都笑起来了,老通宝家

紧邻的李根生的老婆荷花一边笑,一边叫道:

"喂,多多头!回来!也替我带一点儿去!"

"叫我一声好听的,我就给你拿。"

阿多也笑着回答,仍然走。转眼间就到了他家的廊下,就把头上的"团匾"放在廊檐口。

"那么,叫你一声干儿子!"

荷花说着就大声的笑起来,她那出众地白净然而扁得作怪的脸上看去就好像只有一张大嘴和眯紧了好像两条线一般的细眼睛。她原是镇上人家的婢女,嫁给那不声不响整天苦着脸的半老头子李根生还不满半年,可是她的爱和男子们胡调已经在村中很有名。

"不要脸的!"

忽然对岸那群女人中间有人轻声骂了一句。荷花的那对细眼睛立刻睁大了,怒声嚷道:

"骂哪一个?有本事,当面骂,不要躲!"

"你管得我?棺材横头踢一脚,死人肚里自得知:我就骂那不要脸的骚货!"

隔溪立刻回骂过来了,这就是那六宝,又一位村里有名淘气的大姑娘。

于是对骂之下,两边又泼水。爱闹的女人也夹在中间帮这边帮那边。小孩子们笑着狂呼。四大娘是老成的,提起她的"蚕箪",喊着小宝,自回家去。阿多站在廊下看着笑。他知道为什么六宝要跟荷花吵架;他看着那"辣货"六宝挨骂,倒觉得很高兴。

老通宝掮着一架"蚕台"从屋子里出来,这三棱形家伙的木梗子有几条给白蚂蚁蛀过了,怕的不牢,须得修补一下。看见阿多站在那里笑嘻嘻地望着外边的女人们吵架,老通宝的脸色就板起来了。他这"多多头"的小儿子不老成,他知道。尤其使他不高兴的,是多多也和紧邻的荷花说说笑笑。"那母狗是白虎星,惹上了她就得败家",——老通宝时常这样警戒他的小儿子。

"阿多！空手看野景么？阿四在后边扎'缀头'，你去帮他！"

老通宝像一匹疯狗似的咆哮着，火红的眼睛一直盯住了阿多的身体，直到阿多走进屋里去，看不见了，老通宝方才提过那"蚕台"来反复审察，慢慢地动手修补。木匠生活，老通宝早年是会的；但近来他老了，手指头没有劲，他修了一会儿，抬起头来喘气，又望望屋里挂在竹竿上的三张蚕种。

四大娘就在廊檐口糊"蚕簟"。去年他们为的想省几百文钱，是买了旧报纸来糊的。老通宝直到现在还说是因为用了报纸——不惜字纸，所以去年他们的蚕花不好。今年是特地全家少吃一餐饭，省下钱来买了"糊簟纸"来了。四大娘把那鹅黄色坚韧的纸儿糊得很平贴，然后又照品字式糊上三张小小的花纸——那是跟"糊簟纸"一块儿买来的，一张印的花色是"聚宝盆"，另两张都是手执尖角旗的人儿骑在马上，据说是"蚕花太子"。

"四大娘！你爸爸做中人借来三十块钱，就只买了二十担叶。后天米又吃完了，怎么办？"

老通宝气喘喘地从他的工作里抬起头来，望着四大娘。那三十块钱是二分半的月息。总算有四大娘的父亲张财发做中人，那债主也就是张财发的东家"做好事"，这才只要了二分半的月息。条件是蚕事完后本利归清。

四大娘把糊好了的"蚕簟"放在太阳底下晒，好像生气似的说："都买了叶！又像去年那样多下来——"

"什么话！你倒先来发利市了！年年像去年么？自家只有十来担叶；五张布子（蚕种），十来担叶够么？"

"噢，噢，你总是不错的！我只晓得有米烧饭，没米饿肚子！"

四大娘气哄哄地回答；为了那"洋种"问题，她到现在常要和老通宝抬杠。

老通宝气得脸都紫了。两个人就此再没有一句话。

但是"收蚕"的时期一天一天逼进了。这二三十人家的小村落突然呈现了一种大紧张,大决心,大奋斗,同时又是大希望。人们似乎连肚子饿都忘记了。老通宝他们家东借一点,西赊一点,居然也一天一天过着来。也不仅老通宝他们,村里哪一家有两三斗米放在家里呀!去年秋收固然还好,可是地主,债主,正税,杂捐,一层一层地剥削来,早就完了。现在他们惟一的指望就是春蚕,一切临时借贷都是指明在这"春蚕收成"中偿还。

他们都怀着十分希望又十分恐惧的心情来准备这春蚕的大搏战!

"谷雨"节一天近一天了。村里二三十人家的"布子"都隐隐现出绿色来。女人们在稻场上碰见时,都匆忙地带着焦灼而快乐的口气互相告诉道:

"六宝家快要'窝种'了呀!"

"荷花说她家明天就要'窝'了。有这么快!"

"黄道士去测一字,今年的青叶要贵到四洋!"

四大娘看自家的五张"布子"。不对!那黑芝麻似的一片细点子还是黑沉沉,不见绿影。她的丈夫阿四拿到亮处去细看,也找不出几点"绿"来。四大娘很着急。

"你就先'窝'起来罢!这余杭种,作兴是慢一点的。"

阿四看着他老婆,勉强自家宽慰。四大娘堵起了嘴巴不回答。

老通宝哭丧着干皱的老脸,没说什么,心里却觉得不妙。

幸而再过了一天,四大娘再细心看那"布子"时,哈,有几处转成绿色了!而且绿的很有光彩。四大娘立刻告诉了丈夫,告诉了老通宝,多多头,也告诉了她的儿子小宝。她就把那些布子贴肉揾在胸前,抱着吃奶的婴孩似的静静儿坐着,动也不敢多动了。夜间,她抱着那五张"布子"到被窝里,把阿四赶去和多多头做一床。那"布子"上密密麻麻的蚕子儿贴着肉,怪痒痒的;四大娘很快活,又有点儿害怕,她第一次怀孕时胎儿在肚子里动,她也是那样半惊半喜的!

全家都是惴惴不安地又很兴奋地等候"收蚕"。只有多多头例外。他说:今年蚕花一定好,可是想发财却是命里不曾来。老通宝骂他多嘴,他还是要说。

蚕房早已收拾好了。"窝种"的第二天,老通宝拿一个大蒜头涂上一些泥,放在蚕房的墙脚边;这也是年年的惯例,但今番老通宝更加虔诚,手也抖了。去年他们"卜"的非常灵验。可是去年那"灵验",现在老通宝想也不敢想。

现在这村里家家都在"窝种"了。稻场上和小溪边顿时少了那些女人们的踪迹。一个"戒严令"也在无形中颁布了:乡农们即使平日是最好的,也不往来;人客来冲了蚕神不是玩的!他们至多在稻场上低声交谈一二句就走开。这是个"神圣"的季节。

老通宝家的五张布子上也有些"乌娘"蠕蠕地动了。于是全家的空气,突然紧张。那正是"谷雨"前一日。四大娘料来可以挨过了"谷雨"节那一天。布子不须再"窝"了,很小心地放在"蚕房"里。老通宝偷眼看一下那个躺在墙脚边的大蒜头,他心里就一跳。那大蒜头上还只有一两茎绿芽!老通宝不敢再看,心里祷祝后天正午会有更多更多的绿芽。

终于"收蚕"的日子到了。四大娘心神不定地淘米烧饭,时时看饭锅上的热气有没有直冲上来。老通宝拿出预先买了来的香烛点起来,恭恭敬敬放在灶君神位前。阿四和阿多去到田里采野花。小小宝帮着把灯芯草剪成细末子,又把采来的野花揉碎。一切都准备齐全了时,太阳也近午刻了,饭锅上水蒸气嘟嘟地直冲,四大娘立刻跳了起来,把"蚕花"和一对鹅毛插在发髻上,就到"蚕房"里。老通宝拿着秤杆,阿四拿了那揉碎的野花片儿和灯芯草碎末。四大娘揭开"布子",就从阿四手里拿过那野花碎片和灯芯草末子撒在"布子"上,又接过老通宝手里的秤杆来,将"布子"挽在秤杆上,于是拔下发髻上的鹅毛在"布子"上轻轻儿拂;野花片,灯芯草末子,连同"乌娘",都拂在那"蚕箪"里了。一张,两张……都拂过了;最后一张是洋种,那就收在另一个"蚕箪"里。末了,四大娘又拔下发髻上那朵"蚕花",跟鹅毛一块插在"蚕箪"的边儿上。

这是一个隆重的仪式！千百年相传的仪式！那好比是誓师典礼，以后就要开始了一个月光景的和恶劣的天气和恶运以及和不知什么的连日连夜无休息的大决战！

"乌娘"在"蚕箪"里蠕动，样子非常强健；那黑色也是很正路的。四大娘和老通宝他们都放心地松一口气了。但当老通宝悄悄地把那个"命运"的大蒜头拿起来看时，他的脸色立刻变了！大蒜头上还只得三四茎嫩芽！天哪！难道又同去年一样？

三

然而那"命运"的大蒜头这次竟不灵验。老通宝家的蚕非常好！虽然头眠二眠的时候连天阴雨，气候是比"清明"边似乎还要冷一点，可是那些"宝宝"都很强健。

村里别人家的"宝宝"也都不差。紧张的快乐弥漫了全村庄，似那小溪里琮琮的流水也像是朗朗的笑声了。只有荷花家是例外。她们家看了一张"布子"，可是"出火"只称得二十斤；"大眠"快边人们还看见那不声不响晦气色的丈夫根生倾弃了三"蚕箪"在那小溪里。

这一件事，使得全村的妇人对于荷花家特别"戒严"。她们特地避路，不从荷花的门前走，远远的看见了荷花或是她那不声不响丈夫的影儿就赶快躲开；这些幸运的人儿惟恐看了荷花他们一眼或是交谈半句话就传染了晦气来！

老通宝严禁他的小儿子多多头跟荷花说话。——"你再跟那东西多嘴，我就告你忤逆！"老通宝站在廊檐外高声大气喊，故意要叫荷花他们听得。

小小宝也受到严厉的嘱咐，不许跑到荷花家的门前，不许和他们说话。

阿多像一个聋子似的不理睬老头子那早早夜夜的唠叨，他心里却在暗笑。全家就只有他不大相信那些鬼禁忌。可是他也没有跟荷花说话，他忙都忙不过来。

"大眠"捉了毛三百斤,老通宝全家连十二岁的小宝也在内,都是两日两夜没有合眼。蚕是少见的好,活了六十岁的老通宝记得只有两次是同样的,一次就是他成家的那年,又一次是阿四出世那一年。"大眠"以后的"宝宝"第一天就吃了七担叶,个个是生青滚壮,然而老通宝全家都瘦了一圈,失眠的眼睛上布满了红丝。

谁也料得到这些"宝宝"上山前还得吃多少叶。老通宝和儿子阿四商量了:

"陈大少爷借不出,还是再求财发的东家罢?"

"地头上还有十担叶,够一天。"

阿四回答,他委实是支撑不住了,他的一双眼皮像有几百斤重,只想合下来。老通宝却不耐烦了,怒声喝道:

"说什么梦话!刚吃了两天老蚕呢。明天不算,还得吃三天,还要三十担叶,三十担!"

这时外边稻场上忽然人声喧闹,阿多押了新发来的五担叶来了。于是老通宝和阿四的谈话打断,都出去"捋叶"。四大娘也慌忙从蚕房里钻出来。隔溪陆家养的蚕不多,那大姑娘六宝抽得出工夫,也来帮忙了。那时星光满天,微微有点风,村前村后都断断续续传来了吆喝和欢笑,中间有一个粗暴的声音嚷道:

"叶行情飞涨了!今天下午镇上开到四洋一担!"

老通宝偏偏听得了,心里急得什么似的。四块钱一担,三十担可要一百二十块呢,他哪来这许多钱!但是想到茧子总可以采五百多斤,就算五十块钱一百斤,也有这么二百五,他又心里一宽。那边"捋叶"的人堆里忽然又有一个小小的声音说:

"听说东路不大好,看来叶价钱涨不到多少的!"

老通宝认得这声音是陆家的六宝。这使他心里又一宽。

那六宝是和阿多同站在一个筐子边"捋叶"。在半明半暗的星光下,她和阿多靠得很近。忽然她觉得在那"杠条"的隐蔽下,有一只手在她大腿上拧了一把。好像知道是谁拧的,她忍住了不笑,也不声张。

蓦地那手又在她胸前摸了一把,六宝直跳起来,出惊地喊了一声:

"嗳哟!"

"什么事?"

同在那筐子边捋叶的四大娘问了,抬起头来。六宝觉得自己脸上热烘烘了,她偷偷地瞪了阿多一眼,就赶快低下头,很快地捋叶,一面回答:

"没有什么。想来是毛毛虫刺了我一下。"

阿多咬住了嘴唇暗笑。虽然在这半个月来也是半饱而且少睡,也瘦了许多了,他的精神可还是很饱满。老通宝那种忧愁,他是永远没有的。他永不相信靠一次蚕花好或是田里熟,他们就可以还清了债再有自己的田;他知道单靠勤俭工作,即使做到背脊骨折断也是不能翻身的,但是他仍旧很高兴地工作着,他觉得这也是一种快活,正像和六宝调情一样。

第二天早上,老通宝就到镇里去想法借钱来买叶。临走前,他和四大娘商量好,决定把他家那块出产十五担叶的桑地去抵押。这是他家最后的产业。

叶又买来了三十担。第一批的十担发来时,那些壮健的"宝宝"已经饿了半点钟了。"宝宝"们尖出了小嘴巴,向左向右乱,四大娘看得心酸。叶铺了上去,立刻蚕房里充满着萨萨萨的响声,人们说话也不大听得清。不多一会儿,那些"团匾"里立刻又全见白了,于是又铺上厚厚的一层叶。人们单是"上叶"也就忙得透不过气来。但这是最后五分钟了。再得两天,"宝宝"可以上山。人们把剩余的精力榨出来拼死命干。

阿多虽然接连三日三夜没有睡,却还不见怎么倦。那一夜,就由他一个人在"蚕房"里守那上半夜,好让老通宝以及阿四夫妇都去歇一歇。那是个好月夜,稍稍有点冷。蚕房里了一个小小的火。阿多守到二更过,上了第二次的叶,就蹲在那个"火"旁边听那些"宝宝"萨萨萨地吃叶。渐渐儿他的眼皮合上了。恍惚听得有门响,阿多的眼皮一跳,睁开眼来看了看,就又合上了。他耳朵里还听得萨萨萨的声音和屑索屑索的怪声。猛然一个踉跄,他的头在自己膝头上磕了一下,他惊醒过来,恰就听得蚕房的芦帘拍叉一声响,似乎还看见有人影一闪。阿多立刻跳起来,到外面一看,门是开着,月光下稻场上有一个人正走向溪边去。阿多飞也似跳出去,还没看清那人是谁,已经把那人抓过来摔在地下。他断定了这是一个贼。

"多多头!打死我也不怨你,只求你不要说出来!"

是荷花的声音,阿多听真了时不禁浑身的汗毛都竖了起来。月光下他又看见那扁得作怪的白脸儿上一对细圆的眼睛定定地看住了他。可是恐怖的意思那眼睛里也没有。阿多哼了一声,就问道:

"你偷什么?"

"我偷你们的宝宝!"

"放到哪里去了?"

"我扔到溪里去了!"

阿多现在也变了脸色。他这才知道这女人的恶意是要冲克他家的"宝宝"。

"你真心毒呀!我们家和你们可没有冤仇!"

"没有么?有的,有的!我家自管蚕花不好,可并没害了谁,你们都是好的!你们怎么把我当作白老虎,远远地望见我就别转了脸?你们不把我当人看待!"

那妇人说着就爬了起来,脸上的神气比什么都可怕。阿多瞅着那妇人好半晌,这才说道:

"我不打你,走你的罢!"

阿多头也不回的跑回家去,仍在"蚕房"里守着。他完全没有睡意了。他看那些"宝宝",都是好好的。他并没想到荷花可恨或可怜,然而他不能忘记荷花那一番话;他觉到人和人中间有什么地方是永远弄不对的,可是他不能够明白想出来是什么地方,或是为什么。再过一会儿,他就什么都忘记了。"宝宝"是强健的,像有魔法似的吃了又吃,永远不会饱！

以后直到东方快打白了时，没有发生事故。老通宝和四大娘来替换阿多了，他们拿那些渐渐身体发白而变短了的"宝宝"在亮处照着，看是"有没有通"。他们的心被快活胀大了。但是太阳出山时四大娘到溪边汲水，却看见六宝满脸严重地跑过来悄悄地问道：

"昨夜二更过，三更不到，我远远地看见那骚货从你们家跑出来，阿多跟在后面，他们站在这里说了半天话呢！四阿嫂！你们怎么不管事呀？"

四大娘的脸色立刻变了，一句话也没说，提了水桶就回家去，先对丈夫说了，再对老通宝说。这东西竟偷进人家"蚕房"来了，那还了得！老通宝气得直跺脚，马上叫了阿多来查问。但是阿多不承认，说六宝是做梦见鬼。老通宝又去找六宝询问。六宝是一口咬定了看见的。老通宝没有主意，回家去看那"宝宝"，仍然是很健康，瞧不出一些败相来。

但是老通宝他们满心的欢喜却被这件事打消了。他们相信六宝的话不会毫无根据。他们惟一的希望是那骚货或者只在廊檐口和阿多鬼混了一阵。

"可是那大蒜头上的苗却当真只有三四茎呀！"

老通宝自心里这么想，觉得前途只是阴暗。可不是，吃了许多叶去，一直落来都很好，然而上了山却干了的事，也是常有的。不过老通宝无论如何不敢想到这上头去；他以为即使是肚子里想，也是不吉利。

四

"宝宝"都上山了，老通宝他们还是捏着一把汗。他们钱都花光了，精力也绞尽了，可是有没有报酬呢，到此时还没有把握。虽则如此，他们还是硬着头皮去干。"山棚"下了火，老通宝和阿四他们伛着腰慢慢地从这边蹲到那边，又从那边蹲到这边。他们听得山棚上有些屑屑索索的细声音，他们就忍不住想笑，过一会儿又不听得了，他们的心就重甸甸地往下沉了。这样地,心是焦灼着,却不敢向山棚上望。偶或他们仰着的脸上淋到了一滴蚕尿了,虽然觉得有点难过,他们心里却快活;他们巴不得多淋一些。

阿多早已偷偷地挑开"山棚"外围着的芦帘望过几次了。小小宝看见,就扭住了阿多,问"宝宝"有没有做茧子。阿多伸出舌头做一个鬼脸,不回答。

"上山"后三天,息火了。四大娘再也忍不住,也偷偷地挑开芦帘角看了一眼,她的心立刻卜卜地跳了。那是一片雪白,几乎连"缀头"都瞧不见;那是四大娘有生以来从没有见过的"好蚕花"呀!老通宝全家立刻充满了欢笑。现在他们一颗心定下来了!"宝宝"们有良心,四洋一担的叶不是白吃的;他们全家一个月的忍饿失眠总算不冤枉,天老爷有眼睛!

同样的欢笑声在村里到处都起来了。今年蚕花娘娘保佑这小小的村子。二三十人家都可以采到七八分,老通宝家更是比众不同,估量来总可以采一个十二三分。

小溪边和稻场上现在又充满了女人和孩子们。这些人都比一个月前瘦了许多,眼眶陷进了,嗓子也发沙,然而都很快活兴奋。她们嘈嘈地谈论那一个月内的"奋斗"时,她们的眼前便时时现出一堆堆雪白的洋钱,她们那快乐的心里便时时闪过了这样的盘算:夹衣和夏衣都在当铺里,这可先得赎出来;过端阳节也许可以吃一条黄鱼。

那晚上荷花和阿多的把戏也是她们谈话的资料。六宝见了人就宣传荷花的"不要脸,送上门去!"男人们听了就粗暴地笑着,女人们念一声佛,骂一句,又说老通宝家总算幸气,没有犯克,那是菩萨保佑,祖宗有灵!

接着是家家都"浪山头"了,各家的至亲好友都来"望山头"。老通宝的亲家张财发带了小儿子阿九特地从镇上来到村里。他们带来的礼物,是软糕,线粉,梅子,枇杷,也有咸鱼。小小宝快活得好像雪天的小狗。

"通宝,你是卖茧子呢,还是自家做丝?"

张老头子拉老通宝到小溪边一棵杨柳树下坐了,这么悄悄地问。这张老头子张财发是出名"会寻快活"的人,他从镇上城隍庙前露天的"说书场"听来了一肚子的疙瘩东西;尤其烂熟的,是"十八路反王,七十二处烟尘",程咬金卖柴扒,贩私盐出身,瓦岗寨做反王的《隋唐演义》。他向来说话"没正经",老通宝是知道的;所以现在听得问是卖茧子或者自家做丝,老通宝并没把这话看重,只随口回答道:

"自然卖茧子。"

张老头子却拍着大腿叹一口气。忽然他站了起来,用手指着村外那一片秃头桑林后面耸露出来的茧厂的风火墙说道:

"通宝,茧子是采了,那些茧厂的大门还关得紧洞洞呢!今年茧厂不开秤!——十八路反王早已下凡,李世民还没出世;世界不太平!今年茧厂关门,不做生意!"

老通宝忍不住笑了,他不肯相信。他怎么能够相信呢?难道那"五步一岗"似的比露天毛坑还要多的茧厂会一齐都关了门不做生意?况且听说和东洋人也已"讲拢",不打仗了,茧厂里驻的兵早已开走。

张老头子也换了话,东拉西扯讲镇里的"新闻",夹着许多"说书场"上听来的什么秦叔宝,程咬金。最后,他代他的东家催那三十块钱的债,为的他是"中人"。

然而老通宝到底有点不放心。他赶快跑出村去,看看"塘路"上最近的两个茧厂,果然大门紧闭,不见半个人;照往年说,此时应该早已摆开了柜台,挂起了一排乌亮亮的大秤。

老通宝心里也着慌了,但是回家去看见了那些雪白发光很厚实硬古古的茧子,他又忍不住嘻开了嘴。上好的茧子!会没有人要,他不相信。并且他还要忙着采茧,还要谢"蚕花利市",他渐渐不把茧厂的事放在心上了。

可是村里的空气一天一天不同了。才得笑了几声的人们现在又都是满脸的愁云。各处茧厂都没开门的消息陆续从镇上传来,从"塘路"上传来。往年这时候,"收茧人"像走马灯似的在村里巡回,今年没见半个"收茧人",却换替着来了债主和催粮的差役。请债主们就收了茧子罢,债主们板起面孔不理。

全村子都是嚷骂,诅咒,和失望的叹息!人们做梦也不会想到今年"蚕花"好了,他们的日子却比往年更加困难。这在他们是一个晴天的霹雳!并且愈是像老通宝他们家似的,蚕愈养得多,愈好,就愈加困难,——"真正世界变了!"老通宝捶胸踩脚地没有办法。然而茧子是不能搁久了的,总得赶快想法:不是卖出去,就是自家做丝。村里有几家已经把多年不用的丝车拿出来修理,打算自家把茧做成了丝再说。六宝家也打算这么办。老通宝便也和儿子媳妇商量道:

"不卖茧子了,自家做丝!什么卖茧子,本来是洋鬼子行出来的!"

"我们有四百多斤茧子呢,你打算摆几部丝车呀!"

四大娘首先反对了。她这话是不错的。五百斤的茧子可不算少,自家做丝万万干不了。请帮手么?那又得花钱。阿四是和他老婆一条心。阿多抱怨老头子打错了主意,他说:

"早依了我的话,扣住自己的十五担叶,只看一张洋种,多么好!"

老通宝气得说不出话来。

终于一线希望忽又来了。同村的黄道士不知从哪里得的消息,说是无锡脚下的茧厂还是照常收茧。黄道士也是一样的种田人,并非吃十方的"道士",向来和老通宝最说得来。于是老通宝去找那黄道士详细问过了以后,便又和儿子阿四商量把茧子弄到无锡脚下去卖。老通宝虎起了脸,像吵架似的嚷道:

"水路去有三十多九呢!来回得六天!他妈的!简直是充军!可是你有别的办法么?茧子当不得饭吃,蚕前的债又逼紧来!"

阿四也同意了。他们去借了一条赤膊船,买了几张芦席,赶那几天正是好晴,又带了阿多。他们这卖茧子的"远征军"就此出发。

五天以后,他们果然回来了;但不是空船,船里还有一筐茧子没有卖出。原来那三十多九水路远的茧厂挑剔得非常苛刻:洋种茧一担只值三十五元,土种茧一担二十元,薄茧不要。老通宝他们的茧子虽然是上好的货色,却也被茧厂里挑剩了那么一筐,不肯收买。老通宝他们实卖得一百十一块钱,除去路上盘川,就剩了整整的一百元,不够偿还买青叶所借的债!老通宝路上气得生病了,两个儿子扶他到家。

打回来的八九十斤茧子,四大娘只好自家做丝了。她到六宝家借了丝车,又忙了五六天。家里米又吃完了。叫阿四拿那丝上镇里去卖,没有人要;上当铺当铺也不收。说了多少好话,总算把清明前当在那里的一石米换了出来。

就是这么着,因为春蚕熟,老通宝一村的人都增加了债!老通宝家为的养了五张布子的蚕,又采了十多分的好茧子,就此白赔上十五担叶的桑地和三十块钱的债!一个月光景的忍饥熬夜还不算!

1932年11月1日。

(原载1932年11月1日《现代》第2卷第1期)

【导读】

把眼睛盯在"冲突"上

冲突,即人物的命运形态,是小说的内在肌理;没有了冲突,小说便失去了骨架,立不起来。《春蚕》是茅盾先生1932年创作的反映二十世纪三十年代江浙一带蚕农悲惨生活的短篇小说,其深刻的内涵通过各种各样、或隐或显的冲突表达出来。

丰收与成灾,构成了蚕农命运最激烈的冲突。

小说给我们细致描绘了老通宝一家是如何辛勤劳作的。他们饿着肚子,不分白天黑夜,"连日连夜无休息的大决战";全家人都"瘦了许多,眼眶陷进了,嗓子也发沙"。让人可喜的是,这样的拼命决战赢得了丰硕的收获,老通宝家收获了"五百斤茧子",这是老通宝六十年生活历程中很少见到的好收成。可是,恰恰是丰收,让老通宝败得更惨,把他们一家逼到绝境里去了。

为什么越丰收,越成灾呢?

茧子没人收。

茧子卖不出去就会变成蛾子,一切皆化为虚无。为什么没人收呢?"世界不太平"。小说反映了一二八抗战后的情景,"十多天前驻扎过军队,现在那边田里留着几条短短的战壕。那时都说东洋兵要打进来,镇上有钱人都逃光了;现在兵队又开走了,那座茧厂依旧空关在那里"。战争,让这个以蚕桑为业的小村庄的生活停转了。

茧子卖不出去,所有投入的成本都变成了负值。通过四大娘的父亲张财发借的月息二分半的三十块钱要还;一担桑叶涨到四块,"三十担可要一百二十块呢"。这些投入进去的钱,全都成了加倍的负担。老通宝父子到无锡卖茧子的结果是得了"一百十一块钱",而四大娘自家做的丝"没有人要;上当铺也不收",就此"赔上十五担叶的桑地和三十块钱的债!一个月光景的忍饥熬夜还不算"。当世界的大门已经关闭,蚕农们越用劲地挣扎,受到的伤害越大,这是违背世事常理的悖论,而这就是三十年代初中国农村的现状。

传统农业文明与西方商业文明的碰撞。

小说一开始,老通宝有一句意味深长的话"真是天也变了",老通宝深深地感受到社会在悄悄地变化。"呜!呜,呜,呜,——"这个声音标志着传统农业模式的乡村文明就像那条乡下人的"赤膊船""赶快拢岸,船上人揪住了泥岸上的树根,船和人都好像在那里打秋千"一样,只能靠边让行,甚至不巧船倾人亡。"自从镇上有了洋纱,洋布,洋油,——这一类洋货,而且河里更有了小火轮船以后,他自己田里生出来的东西就一天一天不值钱,而镇上的东西却一天一天贵起来。"洋货大量倾销,致使农民生活日益穷困不堪。

老通宝因为洋货到来而产生的困顿对洋货产生了天然的对抗态度,他愿意坚守千百年来的生活传统,但当社会大船已掉转了方向,他如何能依然坚持走在自己的航道上呢？他与四大娘的冲突就摆在眼前。用洋种能多卖钱，四大娘对老通宝的顽固不化气愤不已，而老通宝对四大娘倾向于洋种也是极为愤慨。

"小宝的阿爹死不肯，只看了一张洋种！老糊涂的听得带一个洋字就好像见了七世冤家！洋钱，也是洋，他倒又要了。"四大娘的一番话揭示了老通宝们内心的困惑与无奈。"洋"已不可避免地进入到了中国乡村之中，这个过程是传统生活方式与洋的生活方式激烈冲突的过程，老通宝们正经历着这样的痛苦！

相信封建迷信与坚守勤劳创业的自相搏击。

老通宝是个坚定的理想主义者，他相信只要拼命劳作，就能有好的收成，有好的收成就能还上债务，就能使生活有转机，甚至还有可能发家致富。因为他经历了这样的发家史，"十年中间挣得了二十亩的稻田和十多亩的桑地，还有三开间两进的一座平屋"，成了村里的首富。因此，他像一头奋力拉犁的老牛，拼命地想通过自己的努力挣得幸福生活。

可是，另一方面，他又坚定不移地相信，他的命运被暗中的某些神灵掌握着；他认为家境的败落是由于那个被他老祖父杀了的"小长毛"，因而多年"拜忏念佛烧纸锭"，这件事在他心里的阴影让他终日不得安宁。这是中国老百姓的共同生存状态，一直到今天，依然具有重要的现实意义。他不让家人与荷花接触，认为，白虎星会冲了他家的财气；他用大蒜头来测试茧子的收成，等等，这一切封建迷信的观念在老通宝心里根深蒂固。他一方面用自己的心血汗水去换取生活的成本，一方面又相信所有的收获皆是神灵保佑，这两个因素使他承受着身体压迫的同时还要承受着精神的压迫。两个压迫互相搏击，撕扯着这个老农民的内心世界。

农民意识的坚守者与否定者的对抗。

儿子多多头与老通宝完全不同，老通宝从他爷爷的爷爷那里继承来的条条框框，所坚守的持家观念，在多多头那里，一钱不值。老通宝不让他与荷花搭讪,可是多多头照样与荷花说笑;当一家人都为今年的蚕花好,很兴奋地等候"收蚕"的时候,多多头认为,"今年蚕花一定好,可是想发财却是命里不曾来"。多多头早已意识到农民的命运不是自己能左右的,"单靠勤俭工作,即使做到背脊骨折断也是不能翻身的"。这是一个已经觉醒的农民,虽然,他还不清楚为什么会这样,但他已分明预测到农民的命运结局了。

另外,对于老通宝的大蒜头,严禁走蚕花不好的荷花家门口,"阿多像个聋子似的不理睬老头子",他"心里却在暗笑,全家只有他不大相信那些鬼禁忌"。多多头颠覆了传承几千年的封建迷信观念,成为走出封闭思想牢笼的农民代表。

老通宝与多多头构成了两代农民间的否定与发展,老通宝所代表的老式农民为多多头所代表的新式农民所代替,似乎已成为必然的趋势。

封建礼教与基本人性的激烈争斗。

荷花在这个村子里艰难地生活着。她并没有招惹谁,可是她时时受到村民的攻击、侮辱、嫌弃。荷花与多多头开玩笑,并不过分,却招来了六宝的辱骂,"不要脸的!""骚货",这是对妇女人格的极大侮辱。

尤其是,当荷花家的蚕花坏了以后,按照传统的礼教规范,村民应该施以同情与安慰,可是,恰恰相反,他们怕传染上这种不好的命运而纷纷避之唯恐不及。封建迷信扭曲了人性,制造了罪恶,因此,在荷花的心里播下了罪恶的种子,夜里去老通宝家里偷蚕宝宝,以使老通宝家也遭遇不幸。荷花遭受了封建迷信的毒害,她并不知道该如何反抗这种毒害,最终也只能用封建迷信的方式来反击。这是封建社会被封建迷信毒害的老百姓心理的典型代表。

人们为什么那么恨荷花呢?

理由非常简单,因为她"原是镇上人家的婢女""爱和男子们胡调"。出身卑下与男女无防,让这个鲜活的女性立刻成了白虎星,成了"骚货"。封建礼教精神统治下的小村落里,哪能容得正常人性的存在呢?"你们不把我当人看待"荷花的愤怒呼喊,道出了千千万万被凌辱被虐待被压迫者的心声,这正是封建礼教统治下的罪恶常态。

整个旧中国的乡村不都是如此吗!

农民的希望与严酷现实的猛烈冲撞。

整篇小说详细地描写了以老通宝为代表的村民们是如何用最高的热情与最辛苦的劳动来打造摆渡苦难之船的,同时,也用最严酷的笔触和悲惨的事实证明三十年代农民命运的必然悲剧性结局。

四大娘"窝种"的细节让人感动,"夜间,她抱着那五张布子到被窝里,把阿四赶去与多多头做一床。那布子上密密麻麻的蚕子儿贴着肉,怪痒痒的;四大娘很快活,又有点害怕,她第一次怀孕时胎儿在肚子里动,她也是那样半惊半喜的!"蚕种就是她们腹中的胎儿,是她们的第二个生命,农民是怀着怎样的热情来孕育这些生活的希望的呢?整个村庄形成了无形的"戒严令",这是一个"神圣"的季节。把农业生产神化为庄重而盛大的仪式,这是农耕文明的标志。在这种宗教模式下的生产活动,当然会使所有的人不遗余力投入到这一仪式中去。

可是,农民命运的悲剧性在于投入的热情与精力越大,结局越悲惨。希望与绝望构成的巨大反差,使小说发人深省。让我们来看制造这个悲剧的主体成因,除了前面剖析的战争及洋货倾销两个原因之外,还有一些封建势力的剥削。"去年秋收固然还好,可是地主,债主,正税,杂税,一层一层地剥削来,早就完了"。这就是三十年代农民命运悲剧性的原因。

这一系列冲突,构成了《春蚕》丰富的主旨内涵,让小说在貌似简单朴素的叙述中产生了无穷的阅读魅力。因此,读小说,要学会从"冲突"入手!

秋　收

一

　　直到旧历五月尽头,老通宝那场病方才渐渐好了起来。除了他的媳妇四大娘到祖师菩萨那里求过两次"丹方"而外,老通宝简直没有吃过什么药;他就仗着他那一身愈穷愈硬朗的筋骨和病魔挣扎。

　　可是第一次离床的第一步,他就觉得有点不对了;两条腿就同踏在棉花堆里似的,软软地不得劲,而且他无论如何也不能把腰板挺直。"躺了那么长久,连骨节都生了锈了!"——老通宝不服气地想着,努力想装出还是少壮的气概来。然而当他在洗脸盆的水中照见了自己的面相时,却也忍不住叹一口气了。那脸盆里的面影难道就是他么?那是高撑着两根颧骨,一个瘦削的鼻头,两只大廓落落的眼睛,而又满头乱发,一部灰黄的络腮胡子,喉结就像小拳头似的突出来;——这简直七分像鬼呢!老通宝仔细看着,看着,再也忍不住那眼眶里的泪水往脸盆里直滴。

　　这是倔强的他近年来第一次淌眼泪。四五十年辛苦挣成了一份家当的他,素来就只崇拜两件东西:一是菩萨,一是健康。他深切地相信:没有菩萨保佑,任凭你怎么刁钻古怪,弄来的钱财到底是不"作肉"的;而没有了健康,即使菩萨保佑,你也不能挣钱活命。在这上头,老通宝所信仰的菩萨就是"财神"。每逢旧历朔望,老通宝一定要到村外小桥头那座简陋不堪的"财神堂"跟前磕几个响头,四十余年如一日。然而现在一场大病把他弄到七分像鬼,这打击就比茧子卖不起价钱还要厉害些。他觉得他这一家从此完了,再没有翻身的日子。

"唉!总共不过睏了个把月,怎么就变了样子!"

望着那蹲在泥灶前吹火的四大娘,老通宝轻轻说了这么一句。

没有回答。蓬松着头发的四大娘头脸几乎要钻进灶门去似的一股劲儿在那里胡胡地吹。白烟漫了一屋子,又从屋前屋后钻出去,可是那半青的茅草不肯旺燃。十二三岁的小宝从稻场上跑进来,呛着那烟气就咳起来了;一边咳,一边就嚷肚子饿。老通宝也咳了几声,抖颤着一对腿,走到那泥灶跟前,打算帮一手。但此时灶门前一亮,茅草燃旺了,接着就有小声儿的必剥必剥的爆响。四大娘加了几根桑梗在灶里,这才抬起头来,却已是满脸泪水;不知道是为了烟熏了眼睛呢,还是另有原因,总之,这位向来少说话多做事的女人现在也是淌眼泪。

公公和儿媳妇两个,泪眼对看着,都没有话。灶里现在燃旺了,火舌头舐到灶门外。那一片火光映得四大娘满脸通红。这火光,虽然掩过了四大娘脸上的菜色,可掩不过她那消瘦。而且那发育很慢的小宝这时倚在他母亲身边,也是只剩了皮包骨头,简直像一只猴子。这一切,老通宝现在是看得十分清楚,——他躺在那昏暗的病床上也曾摸过小宝的手,也曾觉得这孩子瘦了许多,可总不及此时他看的真切,——于是他突然一阵心酸,几乎哭出声来了。

"呀,呀,小宝!你怎么的?活像是童子痨呢!"

老通宝气喘喘地挣扎出话来,他那大廓落落的眼睛钉住了四大娘的面孔。

仍旧没有回答,四大娘撩起那破洋布衫的大襟来抹眼泪。

锅盖边嘟嘟地吹着白的蒸汽了。那汽里还有一股香味。小宝踮到锅子边凑着那热气嗅了一会儿,就回转头撅起嘴巴,问他的娘道:

"又是南瓜!娘呀!你怎么老是南瓜当饭吃!我要——我想吃白

米饭呢！"

四大娘猛的抽出一条桑梗来，似乎要打那多嘴的小宝了；但终于只在地上鞭了一下，随手把桑梗折断，别转脸去对了灶门，不说话。

"小宝，不要哭；等你爷回来，就有白米饭吃。爷到你外公家去——托你外公借钱去了；借钱来就买米，烧饭给你吃。"老通宝的一只枯瘠的手抖籁籁地摸着小宝的光头，喃喃地说。

他这话可不是撒谎。小宝的父亲，今天一早就上镇里找他岳父张财发，当真是为的借钱，——好歹要揪住那张老头儿做个"中人"向镇上那专放"乡债"的吴老爷"借转"这么五块十块钱。但是小宝却觉得那仍旧是哄他的。足有一个半月了，他只听得爷和娘商量着"借钱来买米"。可是天天吃的还不是南瓜和芋头！讲到芋头，小宝也还有几分喜欢；加点儿盐烧熟了，上口也还香腻。然而那南瓜呀，松波波的，又没有糖，怎么能够天天当正经吃？不幸是近来半个月每天两顿总是老调的淡南瓜！小宝想起来就心里要作呕了。他含着两泡眼泪望着他的祖父，肚子里却又在咕咕地叫。他觉得他的祖父，他的爷，娘，都是硬心肠的人；他就盼望他的叔叔多多头回来，也许这位野马似的好汉叔叔又像上次那样带几个小烧饼来偷偷地给他香一香嘴巴。

然而叔父多多头已经有三天两夜不曾回家，小宝是记得很真的！

锅子里的南瓜也烧熟了，滋滋地叫响。老通宝揭开锅盖一看，那小半锅的南瓜干渣渣地没有汤，靠锅边并且已经结成"南瓜锅巴"了；老通宝眉头一皱，心里就抱怨他的儿媳妇太不知道俭省。蚕忙以前，他家也曾断过米，也曾烧南瓜当饭吃，但那时两个南瓜就得对上一锅子的水，全家连大带小五个人汤漉漉地多喝几碗也是一个饱；现在他才只病倒了个把月，他们年青人就专往"浪费"这条路上跑，这还了得么？他这一气之下，居然他那灰青的面皮有点红彩了。他抖抖籁籁地走到水缸边正待舀起水来，想往锅里加，猛不防四大娘劈头抢过去就把那干渣渣的南瓜糊一碗一碗盛了起来，又哑着嗓子叫道：

"不要加水！就只我们三个，一顿吃完，晚上小宝的爷总该带回几升米来了!——嗳,小宝,今回的南瓜干些,滋味好,你来多吃一碗罢!"

嚓!嚓!嚓!四大娘手快,已经在那里铲着南瓜锅巴了。老通宝气得说不出话来,捧了一碗南瓜就巍颤颤地踱到"廊檐口",坐在门槛上慢慢地吃着,满肚子是说不明白的不舒服。

面前稻场上一片太阳光,金黄黄地耀得人们眼花。横在稻场前的那条小河像一条银带;可是河水也浅了许多了,岸边的几枝水柳叶子有点发黄。河岸两旁静悄悄地没个人影,连黄狗和小鸡也不见一只。往常在这正午时分,河岸上总有些打水洗衣洗碗盏的女人和孩子,稻场上总有些刚吃过饭的男子衔着旱烟袋,蹲在树底下,再不然,各家的廊檐口总也有些人像老通宝似的坐在门槛上吃喝着谈着,但现在,太阳光暖和地照着,小河的水静悄悄地流着,这村庄却像座空山了!老通宝才只一个半月没到廊檐口来,可是这村庄已经变化,他几乎认不得了,正像他的小宝瘦到几乎认不得一样!

碗里的南瓜糊早已完了,老通宝瞪着一对大廓落落的眼睛望着那小河,望着隔河的那些冷寂的茅屋,一边还在机械地啜着。他也不去推测村里的人为什么整伙儿不见面,他只觉得自己一病以后这世界就变了!第一是他自己,第二是他家里的人,——四大娘和小宝,而最后,是他所熟悉的这个生长之乡。有一种异样的悲酸冲上他鼻尖来了。他本能地放下那碗,双手捧着头,胡乱地想这想那。

他记得从"长毛窝"里逃出来的祖父和父亲常常说起"长毛""洗劫过"(那叫做"打先风"罢)的村庄就是没半个人影子,也没鸡狗叫。今年新年里东洋小鬼打上海的时候,村里大家都嚷着"又是长毛来了"。但以后不是听说又讲和了么?他在病中,也没听说"长毛"来。可是眼前这村庄的荒凉景象多么像那"长毛打过先风"的村庄呀!他又记得他的祖父也常常说起,"长毛"到一个村庄,有时并不"开刀",却叫村里人一块儿跟去做"长毛";那时,也留下一座空空的村庄。难道现在他这村里的人也跟了去做"长毛"?原也听说别处地方闹"长毛"闹了好几年了,可是他这村里都还是"好百姓"呀,难道就在他病中昏迷那几天里"长毛"已经来过了么? 这,想来也不像。

突然一阵脚步声在老通宝跟前跑过。老通宝出惊地抬起头来,看见扁阔的面孔上一对细眼睛正在对着他瞧。这是他家紧邻李根生的老婆,那出名的荷花! 也是瘦了一圈,但正因为这瘦,反使荷花显得俏些;那一对眼睛也像比往常讨人欢喜,那眼光中混乱着同情和惊讶。但是老通宝立刻想起了春蚕时候自己家和荷花的宿怨来,并且他又觉得病后第一次看见生人面却竟是这个"白虎星"那就太不吉利,他恨恨地吐了一口唾沫,赶快垂下头去把脸藏过了。

一会儿以后,老通宝再抬起头来看时,荷花已经不见了,太阳光晒到他脚边。于是他就想起这时候从镇上回到村里来的航船正该开船,而他的儿子阿四也许在那船上,也许已经借到了几块钱,已经买了米。他下意识地咂着舌头了。实在他亦厌恶那老调的南瓜糊,他也想到了米饭就忍不住咽口水。

"小宝! 小宝! 到阿爹这里来罢!"

想到米饭,便又想到那饿瘦得可怜的孙子,老通宝扬着声音叫了。这是他今天离了病床后第一次像个健康人似的高声叫着。没有回音。老通宝看看天空,第二次用尽力气提高了嗓子再叫。可是出他意外,小宝却从紧邻的荷花家里跳出来了,并且手里还拿一个扁圆东西,看去像是小烧饼。这猴子似的小孩子跳到老通宝跟前,将手里的东西冲着老通宝的脸一扬,很卖弄似的叫一声"阿爹,你看,烧饼!"就慌忙塞进嘴里去了。

老通宝忍不住也咽下一口唾沫,嘴角边也掠过一丝艳羡的微笑;但立刻他放沉了脸色,轻声问道:

"小宝! 谁给你的? 这——烧饼!"

"荷——荷——"

小宝嘴里塞满了烧饼,说不出来。老通宝却已经明白,他的脸色更加难看了。他这时的心理很复杂:小宝竟去吃"仇人"的东西,真是太丢脸了！而且荷花家里竟有烧饼,那又是什么"天理"呀！老通宝恨得咬牙跺脚,可又不舍得打这可怜的小宝。这时小宝已经吞下了那个饼,就很得意地说道：

"阿爹！荷花给我的。荷花是好人,她有饼！"

"放屁！"

老通宝气得脸都红了,举起手来作势要打。可是小宝不怕,又接着说：

"她还有呢！她是镇上拿来的。她说明天还要去拿米,白米！"

老通宝霍地站了起来,浑身发抖。一个半月没有米饭下肚的他,本来听得别人家有米饭就会眼红,何况又是他素来看不起的荷花家！他铁青了脸,粗暴地叫骂道：

"什么稀罕！光景是做强盗抢来的罢！有朝一日捉去杀了头,这才是现世报！"

骂是骂了,却是低声的。老通宝转眼睃着他的孙子,心里便筹算着如果荷花出来"斗口",怎样应付。平白地诬人"强盗",可不是玩的。然而荷花家意外地毫无声响。倒是不识趣的小宝又做着鬼脸说道：

"阿爹！不是的！荷花是好人,她有烧饼,肯给我吃！"

老通宝的脸色立刻又灰白了。他不做声,转脸看见廊檐口那破旧的水车旁边有一根竹竿,随手就扯了过来。小宝一瞧神气不对,撒腿就跑,偏偏又向荷花家钻进去了。老通宝正待追赶,蓦地一阵头晕眼花,两腿发软,就坐在泥地上,竹竿撇在一边。这时候,隔河稻场上闪出一个人来,踱过那四根木头并排做成的"桥",向着老通宝叫道：

"恭喜,恭喜！今天出来走动走动了！老通宝！"

虽则眼前还有几颗黑星在那里飞舞,可是一听那声音,老通宝就知道那人是村里的黄道士,心里就高兴起来。他俩在村里是一对好朋友,老通宝病时,这黄道士就是常来探问的一个。村里人也把他俩看成一双"怪物"：因为老通宝是有名的顽固,凡是带着一个"洋"字的东西他就恨如"七世冤家",而黄道士呢,随时随地卖弄他在镇上学来的

161

几句"斯文话",例如叫铜钱为"孔方兄",对人谈话的时候总是"宝眷""尊驾"那一套,村里人听去就仿佛是道士念咒,——因此就给他取了这绰号:道士。可是老通宝却就懂得这黄道士的"斯文话"。并且他常常对儿子阿四说,黄道士做种田人,真是"埋没"!

当下老通宝就把一肚子牢骚对黄道士诉说道:

"道士!说来活活气死人呢!我病了个把月,这世界就变到不像样了!你看,村坊里就像'长毛'刚来'打过先风'!那母狗白虎星,不知道到哪里去偷摸了几个烧饼来,不争气的小宝见着嘴馋!道士,你说该打不该打?"

老通宝说着又抓起身边那竹竿,扑扑地打着稻场上的泥地。黄道士一边听,一边就学着镇上城隍庙里那"三世家传"的测字先生的神气,肩膀一摇一摆地点头叹气。末后,他悄悄地说:

"世界要反乱呢!通宝兄你知道村坊里人都干什么去了?——咳,吃大户,抢米囤!是前天白淇浜的乡下人做开头,今天我们村坊学样去了!令郎阿多也在内——可是,通宝兄,尊驾贵恙刚好,令郎的事,你只当不晓得罢了。哈哈,是我多嘴!"

老通宝听得明白,眼睛一瞪,忽地跳了起来,但立刻像头顶上碰到了什么似的又软瘫在地下,嘴唇籁籁地抖了。吃大户,抢米囤么?他心里乱扎扎地又惊又喜:喜的是荷花那烧饼果然来路"不正",他刚才一口喝个正着,惊的是自己的小儿子多多头也干那样的事,"现世报"莫不要落在他自己身上。黄道士眯着一双细眼睛,很害怕似的瞧着老通宝,又连声说道:

"抱歉,抱歉!贵体保重要紧,要紧!是我嘴快闯祸了!目下听说'上头'还不想严办,不碍事。回头你警戒警戒令郎就行了!"

"咳,道士,不瞒你说,我一向看得那小畜生做人之道不对,老早就疑心是那'小长毛'冤鬼投胎,要害我一家!现在果然做出来了!——他不回来便罢,回来时我活埋这小畜生!道士,谢谢你,给我透个信;我真是瞒在鼓心里呀!"

老通宝抖着嘴唇恨恨地说,闭了眼睛,仿佛他就看见那冤鬼"小长毛"。黄道士料不到老通宝会"古板"到这地步,当真在心里自悔"嘴快"了,况又听得老通宝谢他,就慌忙接口说:

"岂敢,岂敢！舍下还有点小事,再会,再会;保重,保重！"

像逃走似的,黄道士转身就跑,撇下老通宝一个人坐在那里痴想。太阳晒到他头面上了,——很有些威力的太阳,他也不觉得热,他只把从祖父到父亲口传下来的"长毛"故事,颠倒地乱想。他又想到自身亲眼见过的光绪初年间全县乡下人大规模的"闹漕",立刻几颗血淋淋的人头挂在他眼前了。他的一贯的推论于是就得到了:"造反有好处,'长毛'应该老早就得了天下,可不是么?"

现在他觉得自己一病以后,世界当真变了！而这一"变",在刚从小康的自耕农破产,并且幻想还是极强的他,想起来总是害怕！

二

到太阳落山的时候,老通宝的儿子阿四回家了。他并没借到钱,但居然带来了三斗米。

"吴老爷说没有钱。面孔很难看。可是他后来发了善心,赊给我三斗米。他那米店里囤着百几十担呢！怪不得乡下人没饭吃！今天我们赊了三斗,等到下半年田里收起来,我们就要还他五斗糙米！这还是天大的情面！有钱人总是越拌越多！"

阿四阴沉地说着,把那三斗米分装在两个甏里,就跑到屋子后边那半旧的猪棚跟前和老婆叽叽咕咕讲"私房话"。老通宝闷闷地望着猪棚边的儿子和儿媳,又望望那两口米甏,觉得今天阿四的神气也不对,那三斗米的来路也就有点不明不白。可是他不敢开口追问。刚才为了小儿子多多头的"不学好",老通宝和四大娘已经吵过架了。四大娘骂他"老糊涂",并且取笑他:"好,好！你去告多多头连逆,你把他活埋了,人家老爷们就会赏赐你一只金元宝罢！"老通宝虽然拿出"祖传"的圣贤人的大道理——"人穷了也要有志气"这句话来,却是毫无用处。"志气"不能当饭吃,比南瓜还不如! 但老通宝因这一番吵闹就更加心事重了。他知道儿子阿四尽管"忠厚正派",却是耳根太软,经不起老婆的怂恿。而现在,他们躲到猪棚边密谈了! 老通宝恨得牙痒痒地,没有办法。他远远地望着阿四和四大娘,他的思想忽又落到那半旧的猪棚上。这是五六年前他亲手建造的一个很像样的猪棚,单买木料,也花了十来块钱呢;可是去年这猪棚就不曾用,今年大概又没有钱去买小猪;当初造这棚也曾请教过风水先生,真料不到如今这么"背时"!

老通宝的一肚子怨气就都呵在那猪棚上了。他抖籁籁地向阿四他们走去,一面走,一边叫道:

"阿四! 前回听说小陈老爷要些旧木料。明天我们拆这猪棚卖给他罢! 倒霉的东西,养不起猪,摆在这里干么!"

喳喳地密谈着的两个人都转过脸儿来了。薄暗中看见四大娘的脸异常兴奋,颧骨上一片红。她把嘴唇一披,就回答道:

"值得几个钱呢! 这些脏木头,小陈老爷也不见得要!"

"他要的! 我的老面子,我们和陈府上三代的来往,他怎么好说不要!"

老通宝吵架似的说,整个的"光荣的过去"忽又回到他眼前来了。和小陈老爷的祖父有过共患难的关系,(长毛窝里一同逃出来,)老通宝的祖父在陈府上是很有面子的;就是老通宝自己也还受到过分的优待,小陈老爷有时还叫他"通宝哥"呢! 而这些特殊的遭遇,也就是老通宝的"驯良思想"的根基。

四大娘不再说什么,撅着嘴就走开了。

"阿四! 到底多多头干些什么,你说! ——打量我不知道么? 等我断了气,这才不来管你们!"

老通宝看着四大娘走远了些,就突然转换话头,气吼吼地看着他的大儿子。

一只乌鸦停在屋脊上对老通宝父子俩哑哑地叫了几声。阿四随手拾起一块碎瓦片来赶走那乌鸦,又吐了口唾沫,摇着头,却不作声。他怎么说,而且说什么好呢?老子的话是这样的,老婆的话却又是一个样子,兄弟的话又是第三个样子。他这老实人,听听全有道理,却打不起主意。

"要杀头的呢!满门抄斩!我见过得多!"

"那——杀得完这许多么?"

阿四到底开口了,懦弱地反对着老子的意见。但当他看见老通宝两眼一瞪,额上青筋直爆,他就转口接着说道:

"不要紧!阿多去赶热闹罢哩!今天他们也没到镇上去——"

"热你的昏!黄道十亲口告诉我,难道会错?"

老通宝咬着牙齿骂,心里断定了儿子媳妇跟多多头全是一伙了。

"当真没有。黄道士,丝瓜缠到豆蔓里!他们今天是到东路的杨家桥去。老太婆女人打头,男人就不过帮着摇船。多多头也是帮她们摇船!不瞒你!"

阿四被他老子追急了,也就顾不得老婆的叮嘱,说出了真情实事。然而他还藏着两句要紧话,不肯泄漏,一是帮着摇船的多多头在本村里实在是领袖,二是阿四他本人也和老婆商量过,要是今天借不到钱,量不到米,明天阿四也帮她们"摇船"去。

老通宝似信非信地钉住了阿四看,暂时没有话。

现在天色渐渐黑下来了,老通宝家的烟囱里开始冒白烟,小宝在前面屋子里唱山歌。四大娘的声音唤着:"小宝的爷!"阿四赶快应了一声,便离开他老子和那猪棚;却又站住了,松一口气似的说道:

"眼前有这三斗米,十天八天总算是够吃了;晚上等多多头回来,就叫他不要再去帮她们摇船罢!"

"这猪棚也要拆的。摆在这里,风吹雨打,白糟塌坏了!拆下来到底也变得几个钱。"

老通宝又提到那猪棚,言外之意仿佛就是:还没有山穷水尽,何必干那些犯"王法"的事呢!接着他又用手指敲着那猪棚的木头,像一个老练的木匠考查那些木头的价值。然后,他也踱进屋子去了。

这时候,前面稻场上也响动了人声。村里"出去"的人们都回来了。小宝像一只小老鼠蹿了出去找他的叔叔多多头。四大娘慌慌忙忙的塞了一大把桑梗到灶里,也就赶到稻场上,打听"新闻"。灶上的锅盖此时也开始吹热汽,啵啵地。现在这热汽里是带着真实的米香了,老通宝嗅到了只是咽口水。他的肚子里也咕咕地叫了起来。但是他的脑子里却忙着想一点别的事情。他在计算怎样"教训"那野马似的多多头,并且怎样去准备那快就来到的"田里生活"。在这时候,在这村里,想到一个多月后的"田里生活"的,恐怕就只有老通宝他一个!

然而多多头并没回来。还有隔河对邻的陆福庆也没有回来。据说都留在杨家桥的农民家里过夜,打算明天再帮着"摇船"到鸭嘴滩,然后联合那三个村坊的农民一同到"镇上"去。这个消息,是陆福庆的妹子六宝告诉了四大娘的。全村坊的人也都兴奋地议论这件事。却没有人去告诉老通宝。大家都知道老通宝的脾气古怪。

"不回来倒干净!地痞胚子!我不认账这个儿子!"

吃晚饭的时候,老通宝似乎料到了几分似的,看着大儿子阿四的脸,这样骂起来了。阿四哑着嘴巴不开腔。四大娘朝老头子横了一眼,鼻子里似乎哼了一声。

这一晚上,老通宝睡不安稳。他一合上眼,就是梦,而且每一个梦又是很短,而且每一个梦完的时候,他总像被人家打了一棍似的在床上跳醒。他不敢再睡,可是他又倦得很,他的眼皮就像有千斤重。朦胧中他又听得阿四他们床上叽叽咕咕有些声音,他以为是阿四夫妇俩枕头边说体己话,但突然他浑身一跳,他听得阿四大声嚷道:

"阿多头,爹要活埋你呢!——咳,你这话怕不对么!老头子不懂时势!可是会不会天大罪都叫你一个人去顶,人家到头来一个一个都溜走?……"

这是梦话呀!老通宝听得清楚时,浑身汗毛直竖,眼睛也睁得大大的。他撑起上半身,叫了一声:

"阿四！"

没有回音。孙子小宝从梦中笑了起来。四大娘唇舌不清地骂了一句。接着是床板响，接着又是鼾声大震。

现在老通宝睡意全无，睁眼看着黑暗的虚空，满肚子的胡思乱想。他想到三十年前的"黄金时代"，家运日日兴隆的时候；但现在除了一叠旧账簿而外，他是什么也没剩。他又想起本年"蚕花"那样熟，却反而赔了一块桑地。他又想起自己家从祖父下来代代"正派"，老陈老爷在世的时候是很称赞他们的，他自己也是从二十多岁起就死心塌地学着镇上老爷们的"好样子"，——虽然捏锄头柄，他"志气"是有的，然而他现在落得个什么呢？天老爷没有眼睛！并且他最想不通的，是天老爷还给他阿多头这业种。难道隔开了五六十年，"小长毛"的冤魂还没转世投胎么？——于是突然间老通宝冷汗直淋，全身发抖。天哪！多多头的行径活像个"长毛"呢！而且，而且老通宝猛又记起四五年前闹着什么"打倒土豪劣绅"的时候，那多多头不是常把家里藏着的那把"长毛刀"拿出来玩么？"长毛刀！"这是老通宝的祖父从"长毛营盘"逃走的时候带出来的；而且也就是用这把刀杀了那巡路的"小长毛"！可是现在，那阿多头和这刀就像夙世有缘似的！

老通宝什么都想到了，而且愈想愈怕。只有一点，他没有想到，而且万万料不到；这就是正当他在这里咬牙切齿恨着阿多头的时候，那边杨家桥的二三十户农民正在阿多头和陆福庆的领导下，在黎明的浓雾中，向这里老通宝的村坊进发！而且这里全村坊的农民也在兴奋的期待中做了一夜热闹的梦，而此时梦回神清，正也打算起身来迎接杨家桥来的一伙人了！

鱼肚白从土壁的破洞里钻进来了。稻场上的麻雀噪也听得了。喔，喔，喔！全村坊里仅存的一只雄鸡——黄道士的心肝宝贝，也在那里啼了。喔喔喔！这远远地传来的声音有点像是女人哭。

老通宝这时忽然又朦胧睡去；似梦非梦的，他看见那把"长毛刀"亮晶晶地在他面前晃。俄而那刀柄上多出一只手来了！顺着那手，又见了栗子肌肉的臂膊,又见了浓眉毛圆眼睛的一张脸了!正是那多多头!"哎!——"老通宝又怒又怕地喊了一声,从床上直跳起来,第一眼就看见屋子里全是亮光。四大娘已经在那里烧早粥,灶门前火焰活泼地跳跃。老通宝定一定神,爬下床来时,猛又听得外边稻场上人声像阵头风似的卷来了。接着,锽锽锽!是锣声。

"谁家火起么?"

老通宝一边问,一边就跑出去。可是到了稻场上,他就完全明白了。稻场上的情形正和他亲身经过的光绪初年间的"闹漕"一样。杨家桥的人,男男女女,老太婆小孩子全有,乌黑黑的一簇,在稻场上走过。"出来!一块儿去!"他们这样乱哄哄地喊着。而且多多头也在内!而且是他敲锣!而且他猛地抢前一步,跳到老通宝身前来了!老通宝脸全红了,眼里冒出火来,劈面就骂道:

"畜生!杀头胚!……"

"杀头是一个死,没有饭吃也是一个死!去罢!阿四呢?还有阿嫂?一伙儿全去!"

多多头笑嘻嘻地回答。老通宝也没听清,抡起拳头就打。阿四却从旁边钻出来,拦在老子和兄弟中间,慌慌忙忙叫道:

"阿多弟!你听我说。你也不要去了。昨天赊到三斗米。家里有饭吃了!"

多多头的浓眉毛一跳,脸色略变,还没出声,突然从他背后跳出一个人来,正是那陆福庆,一手推开了阿四,哈哈笑着大叫道:

"你家里有三斗米么?好呀!杨家桥的人都没吃早粥,大家来罢!"

什么?"吃"到他家来了么?阿四简直不能相信自己的耳朵。可是杨家桥的人发一声喊,已经拥上来,已经闯进阿四家里去了。老通宝就同心头割去了块肉似的,狂喊一声,忽然眼前乌黑,腿发软,就蹲在地下。阿四像疯狗似的扑到陆福庆身上,夹脖子乱咬,带哭的声音哼哼唧唧骂着。陆福庆一面招架,一面急口喝道:

"你发昏么？算什么！——阿四哥！听我讲明白！呔！阿多！你看！"

突然阿四放开陆福庆，转身揪住了多多头，一边打，一边哭，一边嚷：

"毒蛇也不吃窝边草！你引人来吃自家了！你引人来吃自家了！"

阿多被他哥哥抱住了头，只能荷荷地哼。陆福庆想扭开他们也不成功。老通宝坐在地上大骂。幸而来了陆福庆的妹子六宝，这才帮着拉开了阿四。

"你有门路，赊得到米，别人家没有门路，可怎么办呢？你有米吃，就不去，人少了，事情弄不起来，怎么办呢？——嘿嘿！不是白吃你的！你也到镇上去，也可以分到米呀！"

多多头喘着气，对他的哥哥说。阿四这时像一尊木偶似的蹲在地下出神。陆福庆一手捺着颈脖上的咬伤，一手拍着阿四的肩膀，也说道：

"大家讲定了的：东村坊上谁有米，就先吃谁，吃光了同到镇上去！阿四哥！怪不得我！大家讲定了的！"

"长毛也不是这样不讲理的，没有这样蛮！"

老通宝到底也弄明白那是怎么一回事，就轻声儿骂着，却不敢看着他们的脸骂，只把眼睛望住了地下。同时他心里想道：好哇！到镇上去！到镇上去吃点苦头，这才叫做现世报，老天爷有眼！那时候，你们才知道老头子的一把年纪不是活在狗身上罢！

这时候，杨家桥的人也从老通宝家里回出来了，嚷嚷闹闹的捧着那两个米甏。四大娘披散着头发，追在米甏后面，一边哭，一边叫：

"我们自家吃的！自家吃的！你们连自家吃的都要抢么？强盗！杀胚！"

谁也不去理她。杨家桥的人把两个米甏放在稻场中央，就又敲起锣来。六宝下死劲把四大娘拉开，吵架似的大声喊着，想叫四大娘明白过来：

169

"有饭大家吃！你懂么？有饭大家吃！谁叫你磕头叫饶去赊米来呀？你有地方赊，别人家没有呀！别人都饿死，就让你一家活么？嘘，嘘！号天号地哭，像死了老公呀！大家吃了你的，回头大家还是帮你要回来！哭什么呀！"

蹲在那里像一尊木偶的阿四这时忽然叹一口气，跑到他老婆身边，好像劝慰又好像抱怨似的说道：

"都是你出的主意！现在落得一场空！有什么法子？跟他们一伙儿去罢！天坍压大家！"

不知道从哪里弄来的两口大锅子，已经摆在稻场上了。东村坊的人和杨家桥的人合在一伙，忙着淘米烧粥，清早的浓雾已散，金黄的太阳光斜射在稻场上，晒得那些菜色的人脸儿都有点红喷喷了。在那小河的东端，水深而且河面阔的地点，人家摆开五六条赤膊船，船上人兴高采烈地唱着山歌。就是这些船要载两个村庄的人向镇上去的！

老通宝蹲在地上不出声，用毒眼望住那伙人嚷嚷闹闹地吃了粥，又嚷嚷闹闹地上船开走。他像做梦似的望着望着，他望见使劲摇船的阿多头，也望见哭丧脸的阿四和四大娘——现在她和六宝谈得很投契似的；他又望见那小宝站在船梢上，站在阿多头旁边，学着摇船的姿势。

然后，像梦里醒过来似的，老通宝猛跳起身，沿着那小河滩，从东头跑到西头。为什么要这样跑，他自己也不大明白；他只觉得心口里有一团东西塞住，非要找一个人谈一下不可而已。但是全村坊静悄悄地没有人影，连小孩子也没有。

终于当他沿着河滩从西头又跑到东头的时候，他看见隔河也有一个人发疯似的迎面跑来。最初他看不清那人的面孔，——那人头上包着一块白布。但在那四根木头的小桥边，他看明白那人正是黄道士的时候，他就觉得心口一松，猛喊道：

"长毛也不是那么不讲理！记住！老子一把年纪不是活在狗身上

的！到镇上去吃苦头！他们这伙杀胚！"

黄道士也站住了。好像不认识老通宝似的,这黄道士端详了半晌,这才带着哭声说:

"岂有此理,岂有此理！我告诉你,我的老雄鸡也被他们吃了,岂有此理！"

"杀胚！——你说一只老雄鸡么？算什么！人也要杀呢！杀,杀,杀胚！"

老通宝一边嚷,一边就跑回家去。

当天晚上全村坊的人都安然回来,而且每人带了五升米。这使得老通宝十分惊奇。他觉得镇上的老爷们也不像"老爷"了;怎么看见三个村坊一百多乡下人闹到镇里来,就怕得什么似的赶快"讲好",派给每人半斗米？而且因为他们"老爷"太乏,竟连他老通宝的一把年纪也活到狗身上去！当真这世界变了,变到他想来想去想不通,而多多头他们耀武扬威。

三

现在"抢米囤"的风潮到处勃发了。周围二百里内的十多个小乡镇上,几乎天天有饥饿的农民"聚众滋扰"。那些乡镇上的绅士们觉得农民太不识趣,就把慈悲面孔撩开,打算"维持秩序"了。于是县公署,区公所,乃至镇商会,都发了堂皇的六言告示,晓谕四乡:不准抢米囤,吃大户,有话好好儿商量。同时地方上的"公正"绅士又出面请当商和米商顾念"农艰",请他们亏些"血本",开个方便之门,渡过眼前那恐慌。

可是绅士们和商人们还没议定那"方便之门"应该怎么一个开法,农民的肚子已经饿得不耐烦了。六言告示没有用,从图董变化来的村长的劝告也没有用,"抢米囤"的行动继续扩大,而且不复是百来人,而是五六百,上千了！而且不复限于就近的乡镇,却是用了"远征军"的形式,向城市里来了！

离开老通宝的村坊约有六十多里远的一个繁盛的市镇上就发生了饥饿的农民和军警的冲突。军警开了"朝天枪"。农民被捕了几十。第二天,这市镇就在数千愤怒农民的包围中和邻近各镇失了联络。

这被围的市镇不得不首先开了那"方便之门"。这是简单的三条:农民可以向米店赊米,到秋收的时候,一石还一石;当铺里来一次免息放赎;镇上的商会筹措一百五十担米交给村长去分俵。绅商们很明白目前这时期只能坚守那"大事化为小事"的政策,而且一百五十担米的损失又可以分摊到全镇的居民身上。

同时,省政府的保安队也开到交通枢纽的乡镇上保护治安了。保安队与"方便之门"双管齐下,居然那"抢米囤"的风潮渐渐平下去;这时已经是阴历六月底,农事也迫近到眉毛梢了。

老通宝一家总算仰仗那风潮,这一晌来天天是一顿饭,两顿粥,而且除了风潮前阿四赊来的三斗米是冤枉债而外,竟也没有添上什么新债。但是现在又要种田了,阿四和四大娘觉得那就是强迫他们把债台再增高。

老通宝看见儿子媳妇那样懒懒地不起劲,就更加暴躁。虽则一个多月来他的"威望"很受损伤,但现在是又要"种田"而不是"抢米",老通宝便像乱世后的前朝遗老似的,自命为重整残局的识途老马。他朝朝暮暮在阿四和四大娘跟前哓哓不休地讲着田里的事,讲他自己少壮的时候怎样勤奋,讲他自己的老子怎样永不灰心地做着,做着,终于创立了那份家当。每逢他到田里去了一趟回来,就大声喊道:

"明天,后天,一定要分秧了!阿四,你鬼迷了么?还不打算打算肥料?"

"上年还剩下一包肥田粉在这里呀!"

阿四有气无力地回答。突然老通宝跳了起来,恶狠狠地看定了他的儿子说:

"什么肥田粉!毒药!洋鬼子害人的毒药!我就知道祖宗传下来的豆饼好!豆饼力道长!肥田粉吊过了壮气,那田还能用么?今年一定要用豆饼了!"

"哪来的钱去买一张饼呢?就是剩下来那包粉,人家也说隔年货会走掉了力,总得搀一半新的;可是买粉的钱也没有法子想呀!"

"放屁!照你说,就不用种田了!不种田,吃什么,用什么,拿什么来还债?"

老通宝跳着脚咆哮,手指头戳到阿四的脸上。阿四苦着脸叹气。他知道老子的话不错,他们只有在田里打算半年的衣食,甚至还债;可是近年来的经验又使他知道借了债来做本钱种田,简直是替债主做牛马,——牛马至少还能吃饱,他一家却是吃不饱。"还种什么田!白忙!"——四大娘也时常这么说。他们夫妇俩早就觉得多多头所谓"乡下人欠了债就算一世完了"这句话真不错,然而除了种田有别的活路么?因此他们夫妇俩最近的决议也不过是:决不为了种田要本钱而再借债。

看见儿子总是不作声,老通宝赌气,说是"不再管他们的账"了。当天下午他就跑到镇里,把儿子的"败家相"告诉了亲家张老头儿,又告诉了小陈老爷;两位都劝老通宝看破些,"儿孙自有儿孙福"。那一天,老通宝就住在镇上过夜。可是第二天一清早,小陈老爷刚刚抽足了鸦片打算睡觉,老通宝突然来借钱了。数目不多,一张豆饼的代价。一心想睡觉的小陈老爷再三推托不开,只好答应出面到豆饼行去赊。

豆饼拿到手后,老通宝就回家,一路上有说有笑。到家后他把那饼放在廊檐下,却板起了脸孔对儿子媳妇说:

"死了才不来管你们呀!什么债,你们不要多问,你们只管替我做!"

春蚕时期的幻想,现在又在老通宝的倔强的头脑里蓬勃发长,正和田里那些秧一样。天天是金黄色的好太阳,微微的风,那些秧就同有人在那里拔似的长得非常快。河里的水却也飞快地往下缩。水车也拿出来摆在埭头了。阿四一个人忙不过来。老通宝也上去踏了十多转就觉得腰酸腿重气喘。"哎!"叹了一声,他只好爬下来,让四大娘

173

上去接班。

稻发疯似的长起来，也发疯似的要水喝。每天的太阳却又像火龙似的把河里的水一寸一寸地喝干。村坊里到处嚷着"水车上要人"，到处拉人帮忙踏一班。荷花家今年只种了些杂粮，她和她那不声不响的可怜相的丈夫是比较空闲的，人们也就忘记了荷花是"白虎星"，三处四处拉他们夫妇俩走到车上替一班。陆福庆今年退了租，也是空身子，他们兄妹俩就常常来帮老通宝家。只有那多多头，因为老通宝死不要见他，村里很少来；有时来了，只去帮别人家的忙。

每天早上人们起来看见天像一块青石板似的晴朗，就都皱了眉头。偶尔薄暮时分天空有几片白云，全村的人都欢呼起来。老太婆眯着老花眼望着天空念佛。但是一次一次只是空高兴。扣到一个足月，也没下过一滴雨呀！

老通宝家的田因为地段高，特别困难。好容易从那干涸的河里车起了浑浊的泥水来，经过那六七丈远的沟，便被那燥渴的泥土截收了一半。田里那些壮健的稻梗就同患了贫血症似的一天一天见得黄萎了。老通宝看着心疼，急得搓手跺脚没有办法。阿四哭丧着脸不开口。四大娘冷一句热一句抱怨；咬定了今年的收成是没有巴望的了，白费了人工，而且多欠出一张豆饼的债！

"只要有水，今天的收成怕不是上好的！"

老通宝听到不耐烦的时候，软软地这样回答。四大娘立刻叫了起来：

"呀！水，水！这点子水，就好比我们的血呀！一古脑儿只有我和阿四，再搭上陆家哥哥妹妹俩算一个，三个人能有多少血？磨了这个把月，也干了呀！多多头是一个生力，你又不要他来！呀——呀——"

"当真叫多多头来罢！他比得上一条牛！"

阿四也抢着说，对老婆努了一下嘴巴。

老通宝不作声，吐了一口唾沫。

第二天，多多头就笑嘻嘻地来帮着踏车了。可是已经太迟。河水干到只剩河中心的一泓,阿四他们接了三道戽,这才戽得到水头,然而半天以后就不行了,任凭多多头力大如牛,也车不起水来。靠西边,离开他们那水车地位四五丈远,水就深些,多多头站在那里没到腰。可是那边没有埂头,没法排水车。如果晚上老天不下雨,老通宝家的稻就此完了。

不单是老通宝家,村里谁家的田不是三五天内就要干裂的像龟甲呀!人们爬到高树上向四下里张望。青石板似的一个天,简直没有半点云彩。

惟一的办法是到镇上去租一架"洋水车"来救急。老通宝一听到"洋"字,就有点不高兴。况且他也不大相信那洋水车会有那么大的法力。去年发大水的时候,邻村的农民租用过那洋水车。老通宝虽未目睹,却曾听得那爱管闲事的黄道士啧啧称羡。但那是"踏大水车"呀,如今却要从半里路外吸水过来,怕不灵罢?正在这样怀疑着的老通宝还没开口,四大娘却先忿忿地叫了起来:

"洋水车倒好,可是租钱呢?没有钱呀!听说踏满一爿田就要一块多钱!"

"天老爷显灵。今晚上落一场雨,就好了!"

老通宝也决定了主意了。他急急忙忙跑到村外小桥头那座简陋不堪的"财神堂"前磕了许多响头,许了大大的愿心。

这一夜,因为无水可车,阿四他们倒呼呼地睡了一个饱。老通宝整夜没有合眼。听见有什么簌簌的响声,便以为是在下雨了,他就一骨碌爬起来,到廊檐口望着天。并没有雨,但也没有星,天是一张灰色的脸。老通宝在失望之下还有点希望,于是又跪在地下祷告。到他第三次这样爬起床来探望的时候,东方已经发白,他就跑到田里去看他那宝贝的稻。夜来露水是有的,稻比白天在骄阳下稍稍显得青健。但是田里的泥土已经干裂,有几处简直把手指头压上去不觉得软。老通宝心跳得卜卜地响。他知道过一会儿来了太阳光一照,这些稻准定是没命的,他一家也就没命了。

他回到自家门前的稻场上。一轮血红的太阳正在东方天边探出头来。稻场前那差不多干到底的小河长满了一身的野草。本村坊的人又利用那河滩种了些玉蜀黍,现在都像人那样高了。五六个人站在那玉蜀黍旁边吵架似的嚷着。老通宝悯然走过去,也站在那伙人旁边。他们都是村里人,正在商量大家打伙儿去租用镇上那条"洋水车"。他们中间一个叫做李老虎的说:

"要租,就得赶快!洋水车天天有生意。昨晚上说是今天还没定出,你去迟了就扑一个空,那不是糟糕?老通宝,你也来一股罢?"

老通宝瞪着眼发怔,好像没有听明白。有两个念头填满了他的心,使他说不出话来;一个是怕的"洋水车"也未必灵,又一个是没有钱。而且他打算等别人用过了洋水车,当真灵,然后他再来试一下。钱呢,也许可以欠几天。

这天上午,老通宝和阿四他们就像守着一个没有希望的病人似的在圩头下埂头上来来回回打磨旋。稻是一刻比一刻"不像"了,最初垂着头,后来就折腰,田里的泥土喷喷地发出燥裂的叹息。河里已经无水可车,村坊里的人全都闲着。有几个站在村外的小桥上,焦灼地望着那还没见来的医稻的郎中,——那洋水车!

正午时分,毒太阳就同火烫一般,那些守在小桥上的人忽然发一声喊:来了!一条小船上装着一副机器,——那就是洋水车!看去并没什么出奇的地方,然而这东西据说抽起水来就比七八个壮健男人还厉害。全村坊的人全出来观看了。老通宝和他的儿子也在内。他们看见那装着机器的船并不拢岸,就那么着泊在河心,却把几丈长臂膊粗的发亮的软管子拖到岸上,又搁在田横埂头。

"水就从这管口里出来,灌到田里!"

管理那软管子的镇上人很卖弄似的对旁边的乡下人说。

突然,那船上的机器发喘似的叫起来。接着,咕的一声,第一口水从软管子口里吐出来了,于是就汩汩汩地直泻,一点也不为难。村里人看着,嚷着,笑着,忘记了这水是要花钱的。

老通宝站得略远些,瞪出了眼睛,注意地看着。他以为船上那突突地响着的家伙里一定躲着什么妖怪,——也许就是镇上土地庙前那池潭里的泥鳅精,而水就是泥鳅精吐的涎沫,而且说不定到晚上这泥鳅精又会悄悄地来把它此刻所吐的涎沫收回去,于是明天镇上人再来骗钱。

但是这一切的狐疑始终敌不住那绿汪汪的水的诱惑。当那洋水车灌好了第二爿田的时候,老通宝决定主意请教这"泥鳅精",而且决定主意夜里拿着锄头守在田里,防那泥鳅精来偷回它的唾沫。

他也不和儿子媳妇商量,径拉了黄道士和李老虎做保人,担保了二分月息的八块钱,就取得船上人的同意,也叫那软管子到他田里放水去了。

太阳落山的时候,老通宝的田里平铺着一寸深的油绿绿的水,微风吹着,水皱的像老太婆的脸。老通宝看着很快活,也不理四大娘的唠唠叨叨聒着"又是八块钱的债!",八块钱诚然不是小事,但收起米不是可以卖十块钱一担么?去年糙米也还卖到十一块半呀!一切的幻想又在老通宝心里复活起来了。

阿四仍然摆着一张哭丧脸,呆呆地对田里发怔。水是有了,那些稻依然垂头弯腰,没有活态。水来得太迟,这些娇嫩的稻已经被太阳晒脱了力。

"今晚上用一点肥田粉,明后天就会好起来。"

忽然多多头的声音在阿四耳边响。阿四心就一跳。可不是,还有一包肥田粉,没有用过呀!现在是用当其时了。吊完了地里的壮气么?管他的!但是猛不防老通宝在那边也听得多多头那句话,这老头子就像疯老虎似的扑过来喊道:

"毒药!小长毛的冤鬼,杀胚!你要下毒药么?"

大家劝着,把老通宝拉开。肥田粉的事,就此不提了。老通宝余怒未息地对阿四说:

"你看!过一夜,就会好的!什么肥田粉,毒药!"

于是既怕那泥鳅精来收回唾液,又怕阿四他们偷偷地去下肥田粉,这一夜里,老通宝抵死也要在田塍上看守了。他不肯轻易传授他的"独得之秘",他不说是防着泥鳅精,只说恐怕多多头串通了阿四还要来胡闹。他那顽固是有名的。

一夜平安过去了,泥鳅精并没来收回它的水,阿四和多多头也没胡闹。可是那稻照旧奄奄无生气,而且有几处比昨天更坏。老通宝疑惑是泥鳅精的唾液到底不行,然而别人家田里的稻都很青健。四大娘噪得满天红,说是"老糊涂断送了一家的性命"。老通宝急得脸上泛成猪肝色。陆福庆劝他用肥田粉试试看,或者还中用,老通宝呆瞪着眼睛只不作声。那边阿四和多多头早已拿出肥田粉来撒布了。老通宝别转脸去不愿意看。

以后接连两天居然没有那烫得皮肤上起泡的毒太阳。田里水还有半寸光景。稻又生青壮健起来了。老通宝还是不肯承认肥田粉的效力,但也不再说是毒药了。阴天以后又是萧索索的小雨。雨过后有微温的太阳光。稻更长得有精神了,全村坊的人都松一口气,现在有命了:天老爷还是生眼睛的!

接着是凉爽的秋风来了。四十多天的亢旱酷热已成为过去的噩梦。村坊里的人全有喜色。经验告诉他们这收成不会坏。"年纪不是活在狗身上"的老通宝更断言着"有四担米的收成",是一个大熟年!有时他小心地抚着那重甸甸下垂的稻穗,便幻想到也许竟有五担的收成,而且粒粒谷都是那么壮实!

同时他的心里便打着算盘:少些说,是四担半罢,他总共可以收这么四十担;完了八八六担四的租米,也剩三十来担;十块钱一担,也有三百元,那不是他的债清了一大半?他觉得十块钱一担是最低的价格!

只要一次好收成,乡下人就可以翻身,天老爷到底是生眼睛的!

但是镇上的商人却也生着眼睛,他们的眼睛就只看见自己的利益,就只看见铜钱,稻还没有收割,镇上的米价就跌了!到乡下人收获他们几个月辛苦的生产,把那粒粒壮实的谷打落到稻里的时候,镇上的米价飞快地跌到六元一石!再到乡下人不怕眼睛盲地砻谷的时候,镇上的米价跌到一担糙米只值四元!最后,乡下人挑了糙米上市,就是三元一担也不容易出脱!米店的老板冷冷地看着哭丧着脸的乡下人,爱理不理似的冷冷地说:

"这还是今天的盘子呀!明天还要跌!"

然而讨债的人却川流不绝地在村坊里跑,汹汹然嚷着骂着。请他们收米罢?好的!糙米两元九角,白米三元六角!

老通宝的幻想的肥皂泡整个儿爆破了!全村坊的农民哭着,嚷着,骂着。"还种什么田!白辛苦了一阵子,还欠债!"——四大娘发疯似的见到人就说这一句话。

春蚕的惨痛经验作成了老通宝一场大病,现在这秋收的惨痛经验便送了他一条命。当他断气的时候,舌头已经僵硬不能说话,眼睛却还是明朗朗的;他的眼睛看着多多头似乎说:"真想不到你是对的!真奇怪!"

1933年1月

(原载1933年4月15日,5月15日《申报月刊》第2卷第4、5期)

【导读】

活生生的"这一个"

人物形象是小说创作的起始点,也是终结点。

茅盾先生十分重视人物形象的创造,他说:"'人'是我写小说的第一目标,我以为总得先有了人,然后小说才有处下手。不过,一个'人',他在卧室里对待他的夫人,是一个面目;在客厅里接待他的朋友亲戚,又是一个面目;在写字间里见他的上司或下属,又另有一种面目;他独自关在一间房里盘算心事的时候当更有别人不大见得到的一种面目。"(茅盾《谈我的研究》)这段话的意思是说,小说中的人物形象是丰富、多面、立体甚至是多变的。读小说的重要内容就是要认识清楚这多面而又多变的人物形象。

老通宝是千余年来农耕文明背景下农民思想观念的典型代表。

以种地为谋生的根本方式,尊崇天道人伦。老通宝祖祖辈辈在这片田野上劳作,靠着这些田地、辛苦劳作的"田里生活",自给自足,甚至过上了"三十年前的'黄金时代'"。靠天吃饭,以地为母,让这些田地的子孙们两只眼睛死死地盯在土地上。即使面对着种田无法改变命运的现状,他也不承认这一事实,反而会责问他的儿子:"不种田,吃什么,用什么,拿什么来还债?"他们敬天畏神,讲究各种规矩,遵循自然规律,"日出而作,日落而息"。他们视庄稼为命根子,当眼看着秧苗要被晒死的时候,他不惜血本高息借来八块钱,也不再拒绝浇地的洋玩艺儿,庄稼比农民的命还值钱,这是几千年来中国农民的生存理念和生活方式。这种生存模式已沉入到他们的基因里去了。因而,随之而来的便是落后与保守。他们的视野囿于在几亩土地上,他们无法改变这种思维模式,连四大娘都叫出了"还种什么田!白辛苦了一阵子,还欠债"的时候,老通宝依靠种田翻身的梦依然还未能醒来!另外,他们的心里无法容纳新鲜事物。老通宝养蚕,宁愿少卖钱,他也不用洋种,坚持用土种;只承认豆饼可以肥田,肥田粉则是毒药;在他的世界里抽水机里则藏着妖怪。拒绝外来事物,是传统农民思想与这个世界剧烈的撞击点。

老通宝在艰辛的劳作中锻造了坚韧不屈、勤俭节约的人格品质,体现了我们中华民族世世代代农民的朴实与淳厚。同时,又形成了逆来顺受,永做天朝顺民的奴性心理。老通宝一场大病让他流下了几十年来从未流过的泪水。老通宝流泪并不是怕死,因为他向来"只崇拜两件东西:一是菩萨,一是健康。""而没有了健康,即使菩萨保佑,你也不能挣钱活命"。靠健康的身体挣钱活命是传统农民的身体观,他们崇拜身体的健壮、坚韧,在这种理念之下,中国农民大都能吃苦耐劳,在繁重的农活中形成了健壮的身体和持恒的韧劲。他们不能容忍懈怠、无精打采,他们欣赏雷厉风行,欣赏生龙活虎,因此,老通宝看到"儿子媳妇那样懒懒地不起劲,就更加暴躁"。对老通宝而言,不论出现什么样的困厄,在田地面前总能充满着斗志。这是传统农耕文明的精神火炬,它激发了千百年来炎黄子孙的生活热情。同时,辛苦劳作也让他们养成了节俭的优秀品质,即使是饿得发昏,老通宝也要向炖的南瓜里加水,节约的传家宝不能丢。

这种约束自我、辛苦劳作、挣米生活的方式,一方面形成了自强自立的优秀品格,另一方面又向甘愿做奴才的路子上走。他们能忍受各种各样的重压,也不愿破坏几千年形成的生活框架。于是乎,他们坚决制止忤逆,极为害怕造反,甚至饿死也不能有"非分之想",很有儒家思想"贫贱不能移"的样子。老通宝听说多多头参与了吃大户,极为震惊,张口闭口就是"杀头胚""地痞胚子",他为有这样的儿子感到愤怒,甚至要"我不认账这个儿子"。这种忠诚于朝廷的思想让中国的封建社会持续了两千多年。

老通宝长期浸染于封建思想之中,相信封建迷信,即使屡受现实的打击,依然无法改变自己的封建观念。明明是自己辛苦劳作换来了收获,可是他们不敢寄功于名下,而要归功于神灵。老通宝每年都要到财神跟前磕头跪拜,祈求来年的幸福与好运。他把希望寄托于那只大蒜头上,那只大蒜头决定了他的幸福与痛苦。这种现象看似可笑,可是两千多年来世世代代的农民内心世界大都是这只"大蒜头"左右着的。比如,老通宝胸中满是宽厚仁慈,另一方面又容不下与之稍有不同的思想观念,体现出偏狭和冷酷。中国的农民纯朴质实,老通宝相信站得正立得直,可是对于一个命运比自己还不好的"荷花"却没有一点同情心,而是视之如仇雠。为什么对荷花如此仇恨,因为,荷花是"白虎星",与之相处,会带来恶运。从某种角度讲,这又体现了农民式的自私与偏狭。在《春蚕》里,当多多头抓住了偷蚕宝宝的荷花时,多多头质问荷花：我们无怨无仇,为何要下此毒手。荷花的回答让人震撼：怎么没有仇,你们不把我当人看。不把荷花当人看的代表就是老通宝。这里揭示了农民思想中最为悲剧性的因素,同样处在社会的底层,却自视甚高而鄙视与自己一样的人。从这个层面来看,老通宝又是多么冷酷。中国农民集厚道淳朴与偏狭冷酷于一身,其人性复杂而丰富。

老通宝想通过种田打个翻身仗的愿望,在一次又一次的失败中幻灭了。在接连不断的幻灭过程中,我们还可以发现老通宝身上还散发着一股阿Q气。当他看到小宝拿着烧饼从荷花家跑出来时,他的心理很复杂,"小宝竟去吃'仇人'的东西,真是太丢脸了！而且荷花家里竟有烧饼,那又是什么'天理'呀！""听得别人家有米饭就会眼红,何况又是他素来看不起的荷花家！""什么稀罕！光景是做强盗抢来的罢！有朝一日捉去杀了头,这才是现世报！"从老通宝的心理不难看出,自己的仇人绝不能比自己强,仇人比自己强了肯定路数不正,强的结果就是遭到更大的不幸,这样他心里才痛快些。即使自己也要烧饼吃,但自己看不起的人不应该有烧饼吃,嫉妒、狭隘,自己做不到的事,别人做了就不好,而且还要让他人遭受到更大的不幸才能平衡他的这种心理。精神胜利法在老通宝的内心世界里长得非常茂盛！

老通宝的守旧与顽固让他看不到生活变化背后的原因,他只知道"世界变了",他不知道把他逼向绝境的小洋轮究竟干了些什么事；他不知道他越努力越下血本种田为什么到头来输得更惨。就正像鲁迅《祝福》中的祥林嫂一样,她为了保住自己的贞洁把头撞了个大窟窿,为了取得平等的人的地位把所有的工钱拿去捐门槛,结果仍然得不到宽恕,最后死在大年夜里。祥林嫂的悲剧在于用维护封建制度的方式来反抗封建制度,最后毁灭的只能是她自己。老通宝越是想挣扎,越是让他陷得更深；因为,他采取的方式只是借债。"债主、地主、正税、杂捐""资本主义的经济侵略"把他捆束得结结实实,他越用力挣扎捆束得越紧,最后,他的所有梦想被击得粉碎,只能离开了这个"变化了的世界"。

老通宝的悲剧是整个社会的悲剧,反映了旧中国深受帝国主义压迫的现实,揭示了封建社会买办、官僚对广大农民的盘剥欺压。这一人物形象在中国文学史上具有里程碑式的价值意义!

残　冬

一

连刮了几阵西北风,村里的树枝都变成光胳膊。小河边的衰草也由金黄转成灰黄,有几处焦黑的一大块,那是顽童放的野火。

太阳好的日子,偶然也有一只瘦狗躺在稻场上;偶然也有一二个村里人,还穿着破夹袄,拱起了肩头,蹲在太阳底下捉虱子。要是阴天,西北风吹那些树枝叉叉地响,彤云像快马似的跑过天空,稻场上就没有活东西的影踪了。全个村庄就同死了的一样。全个村庄,一望只是死样的灰白。

只有村北那个张家坟园独自葱茏翠绿,这是镇上张财主的祖坟,松柏又多又大。

这又是村里人的克星。因为偶尔那坟上的松树少了一棵——有些客籍人常到各处坟园去偷树,张财主就要村里人赔偿。

这一天,太阳光是淡黄的,西北风吹那些枯枝苏苏地响,然而稻场上破例有了人了。

被人家叫做"白虎星"的荷花指手画脚地嚷道:

"刚才我去看了来,可不是,一棵!地下的木屑还是香喷喷的。这伙贼,一定是今天早上。嗨,还是这么大的一棵!"

说着,就用手比着那松树的大小。

听的人都皱了眉头叹气。

"赶快去通知张财主——"

有人轻声说了这么半句,就被旁人截住;那些人齐声喊道:

"赶紧通知他,那老剥皮就饶过我们么?哼!"

"捱得一天是一天!等到老剥皮晓得了,那时再碰运气。"

过了一会儿,荷花的丈夫根生出了这个主意。却不料荷花第一个就反对:

"碰什么运气呢?那时就有钱赔他么?有钱,也不该我们来赔!我们又没吃张剥皮的饭,用张剥皮的钱,干么要我们管他坟上的树?"

"他不同你讲理呀!去年李老虎出头跟他骂了几句,他就叫了警察来捉老虎去坐牢。"

阿四也插嘴说。

"害人的贼!"

四大娘带着哭声骂了一句,心里却也赞成李根生的主意。

于是大家都骂那伙偷树贼来出气了。他们都断定是邻近那班种"荡田"的客籍人。只有"弯舌头"才下得这般"辣手"。因为那伙"弯舌头"也吃过张剥皮的亏,今番偷树,是报仇。可是却害了别人哩!就有人主张到那边的"茅草棚"里"起赃"。

没有开过口的多多头再也忍不住了;好像跟谁吵架似的,他叫道:

"起赃么?倒是好主意!你又不是张剥皮的灰子灰孙,倒要你瞎起劲?"

"噢,噢,噢!你——半路里杀出个程咬金,你不偷树好了,干么要你着急呢?"

主张去"起赃"的赵阿大也不肯让步。李根生拉开了多多头,好像安慰他似的乱嘈嘈地说道:

"说说罢了,谁去起赃呢!吵什么嘴!"

"不是这么说的!人家偷树,并不是存心来害我们。回头我们要吃张剥皮的亏,那是张剥皮该死!干么倒去帮他捉人搜赃?人家和我并没有交情,可是——"

多多头一面分辩着,一面早被他哥哥拉进屋里去了。

"该死的张剥皮!"

大家也这么恨恨地说了一句。几个男人就走开了,稻场上就剩下荷花和四大娘,呆呆地望着那边一团翠绿的张家坟。忽然像是揭去了一层幔,眼前一亮,淡黄色的太阳光变做金黄了。风也停止。这两个女人仰脸朝天松一口气,便不约而同的蹲了下去,享受那温暖的太阳。

荷花在镇上做过丫头,知道张财主的细底,悄悄地对四大娘说道:"张剥皮自己才是贼呢!他坐地分赃。"

"哦!——"

"贩私盐的,贩鸦片的,他全有来往!去年不是到了一伙偷牛贼么?专偷客民的牛,也偷到镇上的粉坊里;张剥皮他——就是窝家!"

"难道官府不晓得么?"

"哦!局长么?局长自己也通强盗!"

荷花说时挤着眼睛把嘴唇皮一披,鼻子里轻轻哼了一声。近来这荷花瘦得多了,皮色是白里泛青,一张大嘴更加显得和她的细眼睛不相称。

四大娘摇着头叹一口气,忽然站起来发恨地说:

"怪道多多头老是说规规矩矩做人就活不了命呀!——"

"不错,世界要反乱了!"

"小宝的阿爹也说长毛要来呢!听说还有女长毛。你知道我们家里有一把长毛刀。……可是,我的爸爸说,真命天子还没出世。"

"呸!出世不出世,他倒晓得么?玉皇大帝告诉他的么?上月里西方天边有一个星红暴暴的,酒盅那么大,生八只角,这就是真命天子的本命星呀!八只角就是下凡八年了,还说没出世,——"

"那是反王!我的老头子说是反王!你懂得什么!白虎星!"

"咦,咦,咦!"

荷花跳了起来,细眼睛眯紧了,怒气冲冲地瞅着四大娘。

这两个女人恶狠狠地对看了一会儿,旧怨仇便乘机发作;四大娘向来看不起荷花,说她"丫头出身,轻骨头,臭花娘子"。荷花呢,因为也不是"好惹的",曾经使暗计,想冲克四大娘的蚕花。两人总有半年多工夫见面不打招呼。直到新近四大娘的公公老通宝死了,这贴邻的两个女人方才又像是邻舍了。现在却又为了一点不相干的事,争吵起来,各人都觉得自己不错。

末了,四大娘用劲地啐了一声,朝地下吐一口唾沫,正打算"小事化为无事",抽身走开了。但是荷花的脾气宁愿挨一顿打,却受不住这样"文明式"的无言的侮辱;她跳前一步,怪声嚷道:

"骂了人家一句就想溜的,不是好货!"

"你是贱货!白虎星!"

四大娘也回骂,仍旧走。但是她并不回家,却走到小河那边去。荷花看见挑不起四大娘的火性,便觉得很寂寞;她是爱"热闹"的,即使是吵架的热闹,即使吵架的结果是她吃亏,——她被打了,她也不后悔。她觉得打架吃亏总比没有人理睬她好些。她最恨的是人家不把她当一个"人"!她做丫头的时候,主人当她是一件东西,主人当她是没有灵性的东西,比猫狗都不如;然而荷花自己知道自己是有灵性的。她之所以痛恨她那旧主人,这也是一个原因。

从丫头变做李根生老婆的当儿,荷花很高兴。为的她从此可以当个人了。然而不幸,她嫁来半个月后,根生就患了一场大病,接着是瘟羊瘟鸡;于是她就得了个恶名:白虎星!她在村里又不是"人"了!但也因为到底是在乡村,——荷花就发明了反抗的法子。她找机会和同村的女人吵嘴,和同村的单身男人胡调。只在吵架与胡调时,她感觉到几分"我也是一个人"的味儿。

春蚕以后大家没有饭吃,乱哄哄地抢米店吃大户的时候,荷花的"人"的资格大见增进。也好久没有听得她那最痛心的诨名:白虎星。她自己呢,也"规矩"些了。但是现在四大娘又挑起了那旧疮疤,并且

187

摆出了不屑跟荷花吵嘴的神气。

看着四大娘走向小河边去的背影,荷花咬着牙齿,心里的悲痛比挨打还厉害些。

西北风忽然转劲了。荷花听去,那风也在骂她:虎,虎,虎!

走到了小河边的四大娘也蓦地站住,回头来望了荷花一眼又赶快转过脸去,吐了一口唾沫。这好比火上添油!荷花怒喊一声,就向四大娘奔去。但是刚跑了两步,荷花脚下猛的一绊,就扑地一交,跌得两眼发昏。

"哈,哈,哈!白虎星!"

四大娘站得远远地笑骂。同时小河对面的稻场上也跑来了一个女子,也拍着手笑。她叫做六宝,也是荷花的对头。

"呃,呃,有本事的不要逃走!"

荷花坐在地上,仰起了她的扁脸孔,一边喘气,一边恨恨地叫骂。她这一跤跌得不轻,尾尻骨上就像火烧似的发痛;可是她忘记了痛,她一心想着怎样出这口恶气。对方是两个人了,骂呢,六宝的一张嘴,村里有名,那么打架罢,她们是两个!荷花一边爬起来,一边心里踌躇。刚好这时候有人从东边走来,荷花一眼瞥见,就改换了主意。

二

来人就是黄道士。自从老通宝死后,这黄道士便少了一个谈天说地的对手,村里的年轻人也不大理睬他;大家忘记了村里还有他这"怪东西"。本来他也是种田的,甲子年上被军队拉去挑子弹,去的时候田里刚在分秧,回来时已经腊尽,总算赶到家吃了年夜饭,他的老婆就死了;从此剩下他一个光身子,爽性卖了他那两亩多田,只留下一小条的"埂头"种些菜蔬挑到镇上去卖,倒也一年一年混得过。有时接连四五天村里不见他这个人。到镇上去赶市回来的,就说黄道士又把卖菜的钱都喝了酒,白天红着脸坐在文昌阁下的测字摊头听那个测字老姜讲"新闻",晚上睡在东岳庙的供桌底下。

这样在镇上混得久了,黄道士在村里就成为"怪东西"。他嘴里常有些镇上人的"口头禅",又像是念经,又像是背书,村里人听不懂,也不愿听。

最近,卖菜的钱不够吃饱肚子,黄道士也戒酒了。他偶然到镇上去,至多半天就回来。回来后就蹲在小河边的树根上,瞪大了眼睛。要是有人走过他跟前,朝他看了一眼,他就跳起来拉住了那人喊道:"世界要反乱了!东北方——东北方出了真命天子!"于是他就唠唠叨叨说了许多人家听不懂的话,直到人家吐了一口唾沫逃走。

但在西北风扫过了这村庄以后,小河边的树根上也不见有瞪大了眼睛蹲着的黄道士。他躲在他那破屋子里,窸窸窣窣地不知道干些什么。有人在那扇破板门外偷偷地看过,说是这"怪东西"在那里拜四方,屋子里供着三个小小的草人儿。

村里的年轻人都说黄道士着了"鬼迷",可是老婆子和小孩子却就赶着黄道上问他那三个草人儿是什么神。后来村里的年轻女人也要追问根底了。黄道士的回答却总是躲躲闪闪的,并且把他板门上的破缝儿都糊了纸。

然而黄道士只不肯讲他的三个草人罢了,别的浑话是很多的。荷花所说的什么"出角红星"就是拾了黄道士的牙慧。所以现在看见黄道士瞪大着眼睛走了来,荷花便赶快迎上去。她想拉这黄道士做帮手,对付那四大娘和六宝。

"喂,喂,黄道士,你看!四大娘说那颗红星是反王啦!真是热昏!"

荷花大声嚷着,就转脸朝那两个女人狂笑。可是刚才忘记了尾尻骨疼痛却忽然感到了,立刻笑脸变成了哭脸,双手捧住了屁股。

黄道士的眼睛瞪得更大,看看六宝她们,又看看荷花,然后摇着头,念咒似的说:

"托塔李天王,哪吒三太子,二郎神,嘿,二郎神是玉皇大帝的外孙!……啊,四大娘,真命天子出世了,远在天边,近在眼前!喏!南京脚下有一座山,山边有一个开豆腐店的老头子,天天起五更磨豆腐,喏!天天,笃笃笃!有人敲店板,问那老头子:'天亮了没有哪?天亮了没有哪?'哈哈,自然天没亮呵,老头子就回答'没有!'他不知道这问的人就是真命天子!"

"要是回答他'天亮了'就怎样?"

走近来的六宝抢着说,眼睛钉住了黄道士的面孔。

"说是'天亮了'么?那就,那就——"

黄道士皱了眉头,一连说了几个"那就",又眯细了眼睛看天,很神秘地摇着头。

"那就是我们穷人翻身!"

荷花等得不耐烦,就冲着六宝的脸大声叫喊,同时又忘记了屁股痛。

"嗳,可不是!总有点好处落到我们头上呢!比方说,三年不用完租。"

黄道士松一口气,心里感激着荷花。

但是六宝这大姑娘粗中有细,一定要根究,倘是回答了"天亮"就怎样。她不理荷花,只逼着黄道士,四大娘却在旁边呆着脸喃喃地自语道:

"豆腐店的老头子早点回答'天亮了',多么好呢!"

"哪里成?哪里成!他不能犯天条,天机不可泄漏!——呀,回答了'天亮'就怎样么?咳,咳,六宝,那就,天兵天将下来,帮着真命天子打天下!"

"哦!"

六宝还是不很满意黄道士的回答,但也不再追问,只扁起了嘴唇摇头。

忽然荷花哈哈地笑了。她看见六宝那扁着嘴的神气,就想要替六宝起一个诨名。

"豆腐店的老头子也是星宿下凡的罢?喂,喂,黄道士,你怎么知道那敲门问'天亮'的就是真命天子?他是个什么样儿?"

四大娘又轻声问。

黄道士似乎不耐烦了,就冷笑着回答道:

"我怎么会知道呀?我自然会知道。豆腐店老头子么?总该有点来历。笃笃笃,天天这么敲着他的店板。懂么?敲他的店板,不敲别人家的!'天亮了没有?天亮了没有?'天天是问这一句!老头子就听得声音,并没见过面。他敢去偷看么?不行!犯了天条,雷打!不过那一定是真命天子!"

说到最后一句,黄道士板着脸,又瞪大了眼睛,那神气很可怕。听的人都觉得毛骨悚然,就好像听得那笃笃的叩门声。

西北风扑面吹来,那四个人都冷得发抖。六宝抹下一把鼻涕,擦着眼睛,忽又问道:

"你那三个草人呢?"

"那也有道理。——有道理的!"

黄道士眨起了眼白,很卖弄似的回答。随即他举起左手,伸出一个中指,向北方天空连指了几下,他的脸色更严重了。三个女人的眼光也跟着黄道士的中指一齐看着那天空的北方。四大娘觉得黄道士的瘦黑指头就像在空中戳住了什么似的,她的心有点跳。

"哪一方出真命天子,哪一方就有血光!懂么?血光!"

黄道士看着那三个女人厉声说,眼睛瞪得更大。

三个女人都吃了一惊。究竟"血光"是什么意思,她们原也不很明白。但在黄道士那种严重的口气下,她们就好像懂得了。特别是那四大娘,忽然福至心灵,晓得所谓"血光"就是死了许多人,而且一定要死许多人,因为出产真命天子的地方不能没有代价。

黄道士再举起左手,伸出中指,向北方天空指了三下。四大娘的心就是卜地三跳。蓦地黄道士回手指着自己的鼻了,闷着声音似的又说道:

"这里,这里,也有血光!半年罢,一年罢,你们都要做刀下的鬼,村坊要烧白!"

于是他低下了头,嘴唇翕翕地动,像是念咒又像是抖。

三个女人都叹了一口气。荷花看着六宝,似乎说:"先死的,看是你呢是我!"六宝却钉住了黄道士的面孔看,有点不大相信的样子。末了,四大娘绝望似的吐出了半句:

"没有救星了么? 那可——"

黄道士忽然跳起来,吵架似的呵斥道:

"谁说! 我叫三个草人去顶刀头了! 七七四十九天,还差几天。——把你的时辰八字写来,外加五百钱,草人就替了你的灾难,懂么? 还差几天。"

"那么真命天子呢,几时来?"

荷花又觉得尾尻骨上隐隐有点痛,便又提起了这话来。

黄道士瞪大了眼睛向前看,好像没有听得荷花那句话。北风劈面吹来,吹得人流眼泪了。那边张家坟上的许多松树呼呼地响着。黄道士把中指在眼眶上抹了一下,就板起面孔说道:

"几时来么? 等那边张家坟的松树都死光了,那时就来!"

"呵,呵,松树!"

三个女人齐声喊了起来。她们的眼里一齐闪着恐惧和希望的光。少了一棵松树就要受张剥皮的压迫,她们是恐惧的;然而这恐惧后面就伏着希望么? 这样在恐惧与希望的交织线下,她们对于黄道士的信口开河,就不知不觉发生了多少信仰。

三

四大娘心魂不定了好几天。因为她的丈夫阿四还想种"租田",而她的父亲张财发却劝她去做女佣,——吃出一张嘴,多少也还有几块钱的工钱。她想想父亲的话不错。但是阿四不种田又干什么呢? 男人到镇上去找工作,比女人还难。要是仍旧种田,那么家里就需要四大娘这一双做手。

多多头另是一种意见,他气冲冲地说:

"租田来种么？你做断了背梁骨还要饿肚子呢！年成好，一亩田收了三担米，五亩田十五担，去了'一五得五，三五十五'六石五斗的租米，剩下那么一点留着自家吃罢，可是欠出的债要不要利息，肥料要不要本钱？你打打算盘刚好是白做，自家连粥也没得吃！"

阿四苦着脸不作声。他也知道种租田不是活路。四大娘做女佣多少能赚几个钱，就是他自己呢，做做短工也混一口饭，但是有个什么东西梗在他的心头，他总觉得那样办就是他这一世完了。他望着老婆的脸，等待她的主意。多多头却又接着说道：

"不要三心两意了！现在——田，地，都卖得精光，又欠了一身的债，这三间破屋也不是自己的，还死守在这里干么？依我说，你们两个到镇上去'吃人家饭'，老头子借的债，他妈的，不管！"

"小宝只好寄在他的外公身边，——"

四大娘惘然呐出了半句，猛地又缩住了。"外公"也没有家。也是"吃人家饭"，况且已经为的带着小孙子在身边，"东家"常有闲话，再加一个外孙，恐怕不行罢？也许会连累到外公打破饭碗。镇上人家都不喜欢雇了个佣人却带着小孩。……想到这些，四大娘就觉得"吃人家饭"也是为难。

"我都想过了，就是小把戏没有地方去呀！"

阿四看着他老婆的面孔说，差不多要哭出来。

"嘿嘿！你这样没有主意的人，少有少见！我带了小宝去，包你有吃有穿！到底是十二岁的孩子，又不是三岁半要吃奶的！"

多多头不耐烦极了，就像要跟他哥哥吵架似的嚷着。

阿四苦着脸只是摇头。四大娘早已连声反对了：

"不行，不行！我不放心！唉，唉，像个什么！一家人七零八落！一份人家拆散，不行的！怎么就把人家拆散？"

"哼，哼，乱世年成，饿死的人家上千上万，拆散算得什么！这年成死一个人好比一条狗，拆散一下算得什么！"

多多头暴躁地咬着牙齿说。他睁圆了眼睛看着他的哥哥嫂嫂，怒冲冲地就像要把这一对没有主意的人儿一口吞下去。

因为多多头发脾气，阿四和四大娘就不再开口了。他们却也觉得多多头这一番怒骂爽辣辣地怪受用似的。梗在阿四心头的那块东西，——使他只想照老样子种田，即使是种的租田，使他总觉得"吃人家饭"不是路，使他老是哭丧着脸打不起主意的那块东西，现在好像被多多头一脚踢破露出那里边的核心。原来就是"不肯拆散他那个家"！

因为他们向来有一个家，而且还是"自田自地"过得去的家，他们就以为做人家的意义无非为要维持这"家"，现在要他们拆散了这家去过"浮尸"样的生活，那非但对不起祖宗，并且也对不起他们的孩子——小宝。"家"，久已成为他们的信仰。刚刚变成为无产无家的他们怎样就能忘记了这久长生根了的信仰呵！

然而多多头的话却又像一把尖刀戳穿了他们的心，——他们的信仰。"乱世年成，人家拆散，算得什么呢！死一个人，好比一条狗！"四大娘愈想愈苦，就哭起来了。

"多早晚真命天子才来呢？黄道士的三个草人灵不灵？"

在悲泣中，她又这么想，仿佛看见了一道光明。

四

一天一天更加冷了。也下过雪。菜蔬冻坏了许多。村里人再没有东西送到镇上去换米了，有好多天，村和镇断绝了交通。全村的人都在饥饿中。

有人忽然发现了桑树的根也可以吃，和芋头差不多。于是大家就掘桑根。

四大娘看见了桑根就像碰见了仇人。为的他家就伤在养蚕里，也为的这块桑地已经抵给债主。虽然往常她把桑树当作性命。

村里少了几个青年人：六宝的哥哥福庆，和镇上张剥皮闹过的李老虎，还有多多头，忽然都不知去向。但村里人谁也不关心；他们关心的，倒是那张家坟园里的松树。即使是下雪天，也有人去看那坟上的松树到底还剩几棵。上次黄道士那一派胡言早就传遍了全村,而且很多人相信。

黄道士破屋里的三个草人身上渐渐多些纸条,写着一些村里人的"八字"。四大娘的儿子小宝的"八字"也在内。四大娘还在设法再积五百个钱也替她丈夫去挂个纸条儿。

女人中间就只有六宝不很相信黄道士的浑话。可是她也不在村里了。有人说她到上海去"进厂"了,也有人说她就在镇上。

将近"冬至"的时候,忽然村里又纷纷传说,真命天子原来就出在邻村,叫做七家浜的小地方。村里的赵阿大就同亲眼看过似的,在稻场上讲那个"真命天子"的故事:

"不过十一二岁呢,和小宝差不多高。也是鼻涕拖有寸把长……"

站在旁边听的人就轰然笑了。赵阿大的脸立刻涨红,大声喊道:

"不相信,就自己去看罢!'真人不露相'?嗨,这就叫做'真人不露相'!慢点儿,等我想一想。对了,是今年夏天的时候,这孩子,真命天子,一场大病,死去三日三夜。醒来后就是'金口'了!人家本来也不知道。八月半那天,他跟了人家去拔芋头,田塍上有一块大石头——就是大石头,他喊一声'滚开',当真!那石头就骨碌碌地滚开了!他是金口!"

听的人都睁大了眼睛看着赵阿大,又转脸去看四大娘背后的瘦得不成样子的小宝。有人松一口气似的小声说:

"本来真命天子早该出世了!"

"金口还说了些什么?阿大!"

阿四不满足地追问。但是赵阿大瞪出了眼睛,张大着嘴巴,没有回答。他是不会撒谎的,有一句说一句,不能再添多。过一会儿,他发急了似的乱嚷道:

"各村坊里都讲开了,'人'是在那里!十一二岁,拖鼻涕,跟小宝差不多!"

"唉!还只得十一二岁!等到他坐龙廷,我的骨头快烂光了!"

四大娘忽然插嘴说,怕冷似的拱起了两个肩膀。

"谁说!当作是慢的,反而快!有文曲星武曲星帮忙呢!福气大的人,十一二岁也就坐上龙廷了!要等到你骨头烂,大家都没命了!"

荷花找到机会,就跟四大娘抬杠。

"你也是'金口'么?不要脸!"

四大娘回骂,心里也觉得荷花的话大概不错,而且盼望它不错,可是当着那么多人面前,四大娘嘴里怎么肯认输。这两个女人又要吵起来了。黄道士一向没开口,这时他便拦在中间说道:

"自家人吵什么!可是,阿大,七家浜离这里多少路!不到'一九'罢?那,我们村坊正罩在'血光'里了!几天前,桥头小庙里的菩萨淌眼泪,河里的水发红光,——哦!快了!半年,一年!——记牢!"

最后两个字像猫头鹰叫,听的人都打了个寒噤,希望中夹着害怕。黄道士三个古怪草人都浮出在众人眼前了,草人上挂着一些纸条。于是已经花了五百文的人不由得松一口气,虔诚地望着黄道士的面孔。

"这几天里,松树砍去了三棵!"

荷花喃喃地说,脸向着村北的一团青绿的张家坟。

大家都会意似的点头。有几个嘴里放出轻松的一声嘘。

赵阿大料不到真命天子的故事会引出这样严重的结果,心里着实惊慌。他还没在黄道士的草人身上挂一纸条儿,他和老婆为了这件事还闹过一场,现在好像要照老婆的意思破费几文了。五百个钱虽是大数目,可是他想来倒还有办法。保卫团捐,他已经欠了一个月,爽性再欠一个月,那不就有了么?派到他头上的捐是第三等,每月一角。

不单是赵阿大存了这样的心。早已有人把保卫团捐移到黄道士的草人身上了。他们都是会打算盘的:保卫团捐是每月一角,——也有的派到每月二角,可是黄道士的草人却只要一次的五百文就够了,并且村里人也不相信那驻在村外三里远的土地庙里的什么"三甲联合队"的三条枪会有多少力量。在乡下人眼里,那什么"三甲联合队"队长,班长,兵,共计三人三条枪,远不及黄道士的三个草人能够保佑村坊。

他们也不相信那"三甲联合队"真是来保卫他们什么。那三条枪是七月里来的,正当乡下人没有饭吃,闹哄哄地抢米的时候,饭都没得吃的人,还有什么值钱的东西要保卫么?

可是那"三甲联合队"三个人"管"的事却不少。并且管事的本领也不小。虽然天气冷,他们三个人成天躲在庙里,他们也知道七家浜出了"真命天子",也知道黄道士家里有什么草人,并且那天赵阿大他们在稻场上说的那些话也都落到他们三个人耳朵里了。

并且,村里的人不缴保卫团捐却去送钱给黄道士那三个草人的事,也被"三甲联合队"的三个人知道了!

就在赵阿大讲述"真命天子"故事的三四天以后,"三甲联合队"也把七家浜那个"金口"的拖鼻涕孩子验明本身捉到那土地庙里来了。

这是在微雨的下午,天空深灰色,雨有随时变作雪的样子。土地庙里暗得很。"三甲联合队"的全体——队长,班长,和士兵,一共三个人,因为出了这一趟远差,都疲倦了,于是队长下命令,就把那孩子锁在土地公公的泥腿上,班长改作"值日官",士兵改作门岗兼"卫兵",等到明天再报告基干队请示发落。

那拖鼻涕的"真命天子"蹲在土地公公泥脚边悄悄地哭。

队长从军衣袋掏出一支香烟来,烟已经揉曲了,队长慢慢地把它弄直,吸着了,喷一口烟,就对那"值日官"说道:

"咱们破了这件案子,您想来该得多少奖赏?"

"别说奖赏了,听说基干队的棉军衣还没着落。"

值日官冷冷地回答。于是队长就皱着眉头再喷一口烟。

天色更加黑了,值日官点上了洋油灯,正想去权代那"卫兵"做"门岗",好替回那"卫兵"来烧饭,忽然队长双手一拍,站起来拿那洋油灯照到那"真命天子"的脸上,用劲地看着。看了一会儿,他就摆出老虎威风来,吓唬那孩子道:

"想做皇帝么?你犯的杀头罪,杀头,懂得么?"

孩子不敢再哭,也不说话,鼻涕拖有半尺长。

"同党还有谁?快说!"

值日官也在旁边吆喝。

回答是摇头。

队长生气了,放下洋油灯,抓住了那孩子的头发往后一揪,孩子的脸就朝上了,队长狞视着那拖鼻涕的脏瘦脸儿,厉声骂道:

"没有耳朵么?谁是同党?招出来,就不打你!"

"我不知道哟!我只知道拾柴捉草,人家说我的什么,我全不知道。"

"混蛋!那就打!"

队长一边骂,一边就揪住那孩子的头到土地公公的泥腿上重重地碰了几下。孩子像杀猪似的哭叫了。土地公公腿上的泥簌簌地落在孩子的头上。

值日官背卷着手,侧着头,瞧着土地公公脸上蛀剩一半的白胡子。他知道队长的心事,他又瞧出那孩子实在笨得不像人样。等队长怒气稍平,他扯着队长的衣角,在队长耳边轻轻说了一句,两个人就踅到一边去低声商量。

孩子头上肿高了好几块,睁大着眼睛发愣,连哭都忘记了。

"明天把黄道士捉来,就有法子好想。"

值日官最后这么说了一句,队长点头微笑。再走到那孩子跟前,队长就不像刚才那股凶相,倒很和气地说:

"小孩子,你是冤枉了,明天就放你回去。可是你得告诉我,村里哪几家有钱?要是你不肯说,好,再打!"

突然队长的脸又绷紧了,还用脚跺一下。

孩子仰着脸,浑身都抖了。抖了一会儿,他就摇头,一边就哭。

"贱狗!不打不招!"

队长跺着脚咆哮。值日官早拾起一根木柴,只等队长一声命令,就要打了。

但是庙门外蓦地来了一声狂呼,队长和值日官急转脸去看时,灯光下照见他们那卫兵兼门岗抱着头飞奔进来,后边是黑几条人影子。值日官丢了木柴就往土地公公座边的小门跑了。队长毕竟有胆,哼了一声,跳起来就取那条挂在泥塑"功曹"身上的快枪,可是枪刚到手,他已经被人家拦腰抱住,接着是兜头吃了一锄头,不曾再哼得一声,就死在地上。

卫兵被陆福庆捉住,解除了他身上的子弹带。

"逃走了一个!"

多多头抹着脸,大声说。队长脑袋里的血溅了多多头一脸和半身。

"三条枪全在这里了。子弹也齐全。逃走的一个,饶了他罢。"

这是李老虎的声音。接着,三个人齐声哈哈大笑。

多多头揪断了那"真命天子"身上的铁链,也拿过洋油灯来照他的脸。这孩子简直吓昏了,定住了眼睛,牙齿抖得格格地响。陆福庆和李老虎搀他起来,又拍着他的胸脯,揪他的头发。孩子惊魂中醒过来,第一声就哭。

多多头放下洋油灯,笑着说道:

"哈哈!你就是什么真命天子么?滚你的罢!"

这时庙门外风赶着雪花,磨旋似的来了。

(原载1933年7月1日《文学》第1卷第1号)

【导读】

高标逸韵君知否?

茅盾先生在《子夜》的后记中说他要开始"大规模地描写中国社会现象","农村三部曲"——《春蚕》《秋收》《残冬》就是这个写作计划的成果。茅盾先生想通这三篇短篇小说告诉世人哪些思想呢？这是阅读这三部作品必须回答的问题。找到回答这个问题的方法，则是学习阅读的核心内容。

要读懂一部小说的主旨，我们首先要思考作者是把故事放在一个怎样的社会背景下展开的。

这个大背景是推动小说情节发展的根本动力，也是矛盾冲突的关键原因。因此，我们要特别关注那些貌似不经心的但包含重要信息的一笔两笔。比如《春蚕》一开篇就交待了重要的社会背景。"那时都说东洋兵要打进来，镇上有钱人都逃光了"，虽只是这么一句，但实质上是把故事的发生发展安排在了上海"一·二八事变"这个战争背景之下。上海战争爆发，日本帝国主义的军事扩张直接给我国广大农民带来了比天灾更重的人祸，整个乡镇"有钱人都逃光了"，"今年上海不太平，丝厂都关门，恐怕这里的茧厂也不能开"：社会处于兵荒马乱之中。而小火轮、洋茧种的到来，揭示了帝国主义在军事侵略的同时还对我国进行疯狂的经济侵略。"河里自有了小火轮之后，他自己田里生出来的东西就一天一天不值钱，而镇上的东西却一天一天贵起来"，"铜钿都被洋鬼子骗去了"。

如果说"外患"断了农民的生路，"内忧"则把农民逼上了绝路。资本家为了赚取利润，拼命压低生产原材料的价格，降低工人的报酬，同时，又抬高产品价格；处在中间环节的桑行之类商人再盘剥一层。在这种情景下，农民要种田，要养蚕，势必借贷，于是那些放高利贷的有钱人在老百姓的背上又给压上了一块巨石。

在这样的社会大背景之下，越辛苦劳作越贫困难熬；越丰收反而越成灾；整个村子"就同死了的一样。全个村庄，一望只是死样的灰白"。《残冬》描述的就是这个社会大背景之下农民命运的必然结局。

要读懂小说的主旨，还要从人物命运的角度审视其背后的原因。

本小说一开篇就写了众人讨论如何处理张财主家的松树被偷一事。这些老百姓被张财主之流勾结警察欺压得成了俯首听命的奴隶，有人要"赶快去通知张财主";再有一种态度就是"捱得一天是一天";而四大娘虽然是"带着哭声骂了一句",可是"心里也赞成李根生的主意"。从这些人物的心态可以看出,他们被逼到绝处,却又无可奈何。面对黄道士的胡言乱语,既惊恐无助,又渴望"真命天子"出现,"总有点好处"带给他们。旧中国农民的命运一方面掌握在官僚、资本家、财主、恶霸、兵匪的手里,一方面又被愚昧的封建思想牢牢地控制着。他们像是压在整个社会巨石之下的小草,奄奄一息。

但是,在"残冬"里,有了新的起色。

一直不相信靠好好劳动就能发家致富的多多头,在面临着生死存亡的关头,带领村民走上了反抗的道路,代表着旧中国的农民开始觉醒。在大家纷纷要到那些客籍人那里去起赃的时候,多多头直接否定了他们,"你又不是张剥皮的灰子灰孙,倒要你瞎起劲?"多多头非常清楚谁是敌人,谁是同类。"人家偷了树,并不是存心来害我们。回头,我们要吃张剥皮的亏,那是张剥皮该死",多多头的观点非常正确,他明确了张剥皮才是农民的压迫者,虽然这只是一种感性认识。多多头们的觉醒,预示着农民阶层已经意识到争取自身价值的重要性,虽然,当初他们的反抗目的仅仅是为了有饭吃,但当连四大娘也"忽然站起来发狠地说:'怪道多多头老是说规规矩矩做人就活不了命呀!'"的时候,说明最朴实的村妇也开始思考好人难以活命的现实状况了。特别是,他们在小说的最后把"三甲联合队"的队长杀了,缴了他们的枪,显然,多多头们现在已不仅仅是为了吃饭,他们拿起了自己的武器,要干一番大事情了。

从这一点看,残冬,既是农民命运最为艰难的时刻,同时,也孕育着未来的光明亮色。

要读懂一篇小说的主旨,还要留意作者描述了怎样的社会形态。

短篇小说往往是截取一个横断面来折射社会大问题,因此,阅读小说,应该时时警觉,作者借这件事想告诉读者一个怎样的社会形态。比如《孔乙己》,鲁迅先生只是用"站着喝酒而穿长衫"一个镜头就把那个时代深受科举制度迫害的读书人的生活状态呈现在读者面前,同时也让我们借此认识到孔乙己这类人物所构成的特殊社会状态。同样,在《残冬》里,茅盾先生借阿四的生活变迁,反映旧中国整个社会形态的改变。阿四一家,失去了作为农民标志的土地,面临着重新选择活路的问题。自给自足的自耕农在农村渐渐消失,代之而起的是"租种户",是短工、贫雇农等等。社会形态发生了急骤的变化,从这里,我们可以窥探到旧中国整个农村是怎样发生转变的,农民在这个转变中经历着怎样的磨难。四大娘不愿意一家人"七零八落",可是多多头看得更清楚:"哼,哼,乱世年成,饿死的人家上千上万,拆散算得什么!"这些血淋淋的事实就是旧中国农民命运的真实写照。

要读懂一篇小说的主旨,还要从文化传统的视角审视小说的社会意义。

茅盾先生用了大量的篇幅描写黄道士与"三个草人""真命天子"的情节,表面看来,黄道士与六宝、荷花的胡拉乱扯,实在没有多大的意义,可是,茅盾先生这样写的原因是什么呢?

他们渴望"天亮了"。"天亮了"的希望寄托在真命天子身上。"真命天子",就是中国民众的一个心结,是隐藏在中国老百姓心中的"真理",恒久而绵长。"真命天子"的说法让民众失去独立的人格,始终把自己当作是真命天子的子民,这样一来,他们只能期盼、渴望;渴望不得,也只能恐惧、无助。慢慢地反而"不知不觉发生了多少信仰",历朝历代的贫民百姓不就是在这样的"信仰"中过活的吗!长年累积的文化传统心理模式把旧中国的农民死死地捆在帝制的旗杆上,动弹不得。

与封建帝制配套的意识形态就是迷信。在将要饿死的情况下,他们把"五百个钱"交给黄道士,让"小草人"来替他们"顶刀",好像非常荒唐。其实,这件事一点也不荒唐,因为,他们是用活命的钱来让自己更好地活命。让人啼笑皆非,又让人欲哭无泪,千百年来,人们依靠着这样的虚妄安慰自己贫乏苍白的内心世界,甚至到二十一世纪的今天,这种封建意识在某些人的思想里不仅没有消除,还越来越浓烈。这就不能不让人赞同茅盾先生在《残冬》里对民众封建思想意识的揭示该是多么重要,封建思想是中国民众传统文化心理中的痼疾,确实难以根除。

要读懂一篇小说的主旨,还要关注一些特殊的情节。

荷花,应该说是底层中的底层,她被人们称为"白虎星",没有人给她讲话,她的悲惨在于原来的旧主人把她当作一个物件看待,而嫁给了李根生后,她由物件变成了魔鬼。也就是说荷花的命运在村民心中的位置还不及在旧主人那里。这是一个非常冷血非常悲惨的故事。这样的生活使她的心理扭曲,让她喜欢上了吵架的热闹,因为"即使吵架的结果是她吃亏,——她被打了,她也不后悔。她觉得打架吃亏总比没有人理睬她好些"。去除掉封建迷信的因素外,我们也可以看到农民的狭窄、自私与冷漠。他们以自己的利益为核心,丝毫不顾及他人的人格和尊严。从三部小说来看,里面几乎没有多少温馨的画面场景,人和人之间的关系极为紧张,狭隘猜忌,甚至连老通宝那样最典型的老农民,也是不看事实,对荷花怀着天然的愤怒与无情。茅盾先生也可能是有意为之,也可能仅仅是一种客观印象,总之,他没有写出我们习惯性思维中农民之间的那种真淳、质朴、和睦的关系。也许,这才是那时真实的乡村景象,或者也可以说,那时的整个乡村都被这个时代扭曲了!

小说的主旨渗透在小说的各个因素之中,主旨决定了人物的一言一行,主旨决定了情节的发展变化,主旨决定了整篇小说的布局。因此,读小说的主旨,应该关注这些方面。

林家铺子

一

林小姐这天从学校回来就撅起着小嘴唇。她掼下了书包,并不照例到镜台前梳头发搽粉,却倒在床上看着帐顶出神。小花噗的也跳上床来,挨着林小姐的腰部摩擦,咪呜咪呜地叫了两声。林小姐本能地伸手到小花头上摸了一下,随即翻一个身,把脸埋在枕头里,就叫道:

"妈呀!"

没有回答。妈的房就在间壁,妈素常疼爱这惟一的女儿,听得女儿回来就要摇摇摆摆走过来问她肚子饿不饿,妈留着好东西呢,——再不然,就差吴妈赶快去买一碗馄饨。但今天却作怪,妈的房里明明有说话的声音,并且还听得妈在打呃,却是妈连回答也没有一声。

林小姐在床上又翻一个身,翘起了头,打算偷听妈和谁谈话,是那样悄悄地放低了声音。

然而听不清,只有妈的连声打呃,间歇地飘到林小姐的耳朵。忽然妈的嗓音高了一些,似乎很生气,就有几个字听得很分明:

——这也是东洋货,那也是东洋货,呃!……

林小姐猛一跳,就好像理发时候颈脖子上粘了许多短头发似的浑身都烦躁起来了。正也是为了这东洋货问题,她在学校里给人家笑骂,她回家来没好气。她一手推开了又挨到她身边来的小花,跳起来就剥下那件新制的翠绿色假毛葛驼绒旗袍来,拎在手里抖了几下,叹一口气。据说这怪好看的假毛葛和驼绒都是东洋来的。她撩开这件驼绒旗袍,从床下拖出那口小巧的牛皮箱来,赌气似的扭开了箱子盖,把箱子底朝天向床上一撒,花花绿绿的衣服和杂用品就滚满了一床。小花吃了一惊,噗的跳下床去,转一个身,却又跳在一张椅子上蹲着望住它的女主人。

林小姐的一双手在那堆衣服里抓捞了一会儿,就呆呆地站在床前出神。这许多衣服和杂用品越看越可爱,却又越看越像是东洋货呢!全都不能穿了么?可是她——舍不得,而且她的父亲也未必肯另外再制新的!林小姐忍不住眼圈儿红了。她爱这些东洋货,她又恨那些东洋人;好好儿的发兵打东三省干么呢?不然,穿了东洋货有谁来笑骂。

"呃——"

忽然房门边来了这一声。接着就是林大娘的摇摇摆摆的瘦身形。看见那乱丢了一床的衣服,又看见女儿只穿着一件绒线短衣站在床前出神,林大娘这一惊非同小可。心里愈是着急,她那个"呃"却愈是打得多,暂时竟说不出半句话。

林小姐飞跑到母亲身边,哭丧着脸说:

"妈呀!全是东洋货,明儿叫我穿什么衣服?"

林大娘摇着头只是打呃,一手扶住了女儿的肩膀,一手揉磨自己的胸脯,过了一会儿,她方才挣扎出几句话来:

"阿囡,呃,你干么脱得——呃,光落落?留心冻——呃——我这毛病,呃,生你那年起了这个病痛,呃,近来越发凶了!呃——"

"妈呀!你说明儿我穿什么衣服?我只好躲在家里不出去了,他们要笑我,骂我!"

但是林大娘不回答。她一路打呃,走到床前拣出那件驼绒旗袍来,就替女儿披在身上,又拍拍床,要她坐下。小花又挨到林小姐脚边,昂起了头,眯细着眼睛看看林大娘,又看看林小姐;然后它懒懒地靠到林小姐的脚背上,就林小姐的鞋底来磨擦它的肚皮。林小姐一脚踢开了小花,就势身子一歪,躺在床上,把脸藏在她母亲的身后。

暂时两个都没有话。母亲忙着打呃,女儿忙着盘算"明天怎样出去";这东洋货问题不但影响到林小姐的所穿,还影响到她的所用;据说她那只常为同学们艳羡的化妆皮夹以及自动铅笔之类,也都是东洋货,而她却又爱这些小玩意儿的!

"阿囡,呃——肚子饿不饿?"

林大娘坐定了半晌以后,渐渐少打几个呃了,就又开始她日常的疼爱女儿的老功课。

"不饿,嗳,妈呀,怎么老是问我饿不饿呢,顶要紧是没有了衣服明天怎样去上学!"

林小姐撒娇说,依然那样拳曲着身体躺着,依然把脸藏在母亲背后。

自始就没弄明白为什么女儿尽嚷着没有衣服穿的林大娘现在第三次听得了这话儿,不能不再注意了,可是她那该死的打呃很不作美地又连连来了。恰在此时林先生走了进来,手里拿着一张字条儿,脸上乌霉霉地像是涂着一层灰。他看见林大娘不住地打呃,女儿躺在满床乱丢的衣服堆里,他就料到了几分,一双眉头就紧紧地皱起。他唤着女儿的名字说道:

"明秀,你的学校里有什么抗日会么?刚送来了这封信。说是明天你再穿东洋货的衣服去,他们就要烧呢——无法无天的话语,咳……"

"呃——呃!"

"真是岂有此理,哪一个人身上没有东洋货,却偏偏找定了我们家来生事!哪一家洋广货铺子里不是堆足了东洋货,偏是我的铺子犯法,一定要封存!咄!"

林先生气愤愤地又加了这几句,就颓然坐在床边的一张椅子里。

"呃,呃,救苦救难观世音,呃——"

206

"爸爸,我还有一件老式的棉袄,光景不是东洋货,可是穿出去人家又要笑我。"

过了一会儿,林小姐从床上坐起来说,她本来打算进一步要求父亲制一件不是东洋货的新衣,但瞧着父亲的脸色不对,便又不敢冒昧。同时,她的想像中就展开了那件旧棉袄惹人讪笑的情形,她忍不住哭起来了。

"呃,呃——啊哟!——呃,莫哭,——没有人笑你——呃,阿囡……"

"阿秀,明天不用去读书了!饭快要没得吃了,还读什么书!"

林先生懊恼地说,把手里那张字条儿扯得粉碎,一边走出房去,一边叹气跺脚。然而没多几时,林先生又匆匆地跑了回来,看着林大娘的面孔说道:

"橱门上的钥匙呢?给我!"

林大娘的脸色立刻变成灰白,瞪出了眼睛望着她的丈夫,永远不放松她的打呃忽然静定了半响。

"没有办法,只好去斋斋那些闲神野鬼了——"

林先生顿住了,叹一口气,然后又接下去说:

"至多我花四百块。要是党部里还嫌少,我拼着不做生意,等他们来封!——我们对过的裕昌祥,进的东洋货比我多,足足有一万多块钱的码子呢,也只花了五百块,就太平无事了。——五百块!算是吃了几笔倒账罢!——钥匙!咳!那一个金项圈,总可以兑成三百块……"

"呃,呃,真——好比强盗!"

林大娘摸出那钥匙来,手也颤抖了,眼泪扑簌簌地往下掉。林小姐却反不哭了,瞪着一对泪眼,呆呆地出神,她恍惚看见那个曾经到她学校里来演说而且饿狗似的盯住看她的什么委员,一个怪叫人讨厌的黑麻子,捧住了她家的金项圈在半空里跳,张开了大嘴巴笑。随后,她又恍惚看见这强盗似的黑麻子和她的父亲吵嘴,父亲被他打了,……

"啊哟！"

林小姐猛然一声惊叫，就扑在她妈的身上。林大娘慌得没有工夫尽打呃，挣扎着说：

"阿囡，呃，不要哭，——过了年，你爸爸有钱，就给你制新衣服，——呃，那些狠心的强盗！都咬定我们有钱，呃，一年一年亏空，你爸爸做做肥田粉生意又上当，呃——店里全是别人的钱了。阿囡，呃，呃，我这病，活着也受罪，——呃，再过两年，你十九岁，招得个好女婿。呃，我死也放心了！——救苦救难观世音菩萨！呃——"

二

第二天，林先生的铺子里新换过一番布置。将近一星期不曾露脸的东洋货又都摆在最惹眼的地位了。林先生又摹仿上海大商店的办法，写了许多"大廉价照码九折"的红绿纸条，贴在玻璃窗上。这天是阴历腊月二十三，正是乡镇上洋广货店的"旺月"。不但林先生的额外支出"四百元"指望在这时候捞回来，就是林小姐的新衣服也靠托在这几天的生意好。

十点多钟，赶市的乡下人一群一群的在街上走过了，他们臂上挽着篮，或是牵着小孩子，粗声大气地一边在走，一边在谈话。他们望到了林先生的花花绿绿的铺面，都站住了，仰起脸，老婆唤丈夫，孩子叫爹娘，啧啧地夸羡那些货物。新年快到了，孩子们希望穿一双新袜子，女人们想到家里的面盆早就用破，全家合用的一条面巾还是半年前的老家伙，肥皂又断绝了一个多月，趁这里"卖贱货"，正该买一点。林先生坐在账台上，抖擞着精神，堆起满脸的笑容，眼睛望着那些乡下人，又带睄着自己铺子里的两个伙计，两个学徒，满心希望货物出去，洋钱进来。但是这些乡下人看了一会，指指点点夸羡了一会，竟自懒洋洋地走到斜对门的裕昌祥铺面前站住了再看。林先生伸长了脖子，望到那班乡下人的背影，眼睛里冒出火来。他恨不得拉他们回来！

"呃——呃——"

坐在账台后面那道分隔铺面与"内宅"的蝴蝶门旁边的林大娘把勉强忍住了半晌的"呃"放出来。林小姐倚在她妈的身边，呆呆地望着街上不作声，心头却是卜卜地跳；她的新衣服至少已经走脱了半件。

林先生赶到柜台前睁大了妒忌的眼睛看着斜对门的同业裕昌祥。那边的四五个店员一字儿摆在柜台前，等候做买卖。但是那班乡下人没有一个走近到柜台边，他们看了一会儿，又照样的走过去了。林先生觉得心头一松，忍不住望着裕昌祥的伙计笑了一笑。这时又有七八人一队的乡下人走到林先生的铺面前，其中有一位年青的居然上前一步，歪着头看那些挂着的洋伞。林先生猛转过脸来，一对嘴唇皮立刻嘻开了；他亲自兜揽这位意想中的顾客了：

"喂，阿弟，买洋伞么？便宜货，一只洋伞卖九角！看看货色去。"

一个伙计已经取下了两三把洋伞，立刻撑开了一把，热刺刺地塞到那年青乡下人的手里，振起精神，使出夸卖的本领来：

"小当家，你看！洋缎面子，实心骨子，晴天，落雨，耐用好看！九角洋钱一顶，再便宜没有了！……那边是一只洋一顶，货色还没有这等好呢，你比一比就明白。"

那年青的乡下人拿着伞，没有主意似的张大了嘴巴。他回过头去望着一位五十多岁的老头子，又把手里的伞了一，似乎说："买一把罢？"老头子却老大着急地吆喝道：

"阿大！你昏了，想买伞！一船硬柴，一古脑儿只卖了三块多钱，你娘等着量米回去吃，哪有钱来买伞！"

"货色是便宜，没有钱买！"

站在那里观望的乡下人都叹着气说，懒洋洋地都走了。那年青的乡下人满脸涨红，摇一下头，放了伞也就要想走，这可把林先生急坏了，赶快让步问道：

"喂，喂，阿弟，你说多少钱呢？——再看看去，货色是靠得住的！"

"货色是便宜，钱不够。"

老头子一面回答，一面拉住了他的儿子，逃也似的走了。林先生

209

苦着脸,踱回到账台里,浑身不得劲儿。他知道不是自己不会做生意,委实是乡下人太穷了,买不起九毛钱的一顶伞。他偷眼再望斜对门的裕昌祥,也还是只有人站在那里看,没有人上柜台买。裕昌祥左右邻的生泰杂货店万糕饼店那就简直连看的人都没有半个。一群一群走过的乡下人都挽着篮子,但篮子里空无一物;间或有花蓝布的一包儿,看样子就知道是米:甚至一个多月前乡下人收获的晚稻也早已被地主们和高利贷的债主们如数逼光,现在乡下人不得不一升两升的量着贵米吃。这一切,林先生都明白,他就觉得自己的一份生意至少是间接的被地主和高利贷者剥夺去了。

时间渐渐移近正午,街上走的乡下人已经很少了,林先生的铺子就只做成了一块多钱的生意,仅仅足够开销了"大廉价照码九折"的红绿纸条的广告费。林先生垂头丧气走进"内宅"去,几乎没有勇气和女儿老婆相见。林小姐含着一泡眼泪,低着头坐在屋角;林大娘在一连串的打呃中,挣扎着对丈夫说:

"花了四百块钱,——又忙了一个晚上摆设起来,呃,东洋货是准卖了,却又生意清淡,呃——阿囡的爷呀!……吴妈又要拿工钱——"

"还只半天呢!不要着急。"

林先生勉强安慰着,心里的难受,比刀割还厉害。他闷闷地踱了几步。所有推广营业的方法都想遍了,觉得都不是路。生意清淡,早已各业如此,并不是他一家呀;人们都穷了,可没有法子。但是他总还希望下午的营业能够比较好些。本镇的人家买东西大概在下午。难道他们过新年不买些东西?只要他们存心买,林先生的营业是有把握的。毕竟他的货物比别家便宜。

是这盼望使得林先生依然能够抖擞着精神坐在账台上守候他意想中的下午的顾客。

这下午照例和上午显然不同:街上并没很多的人,但几乎每个人都相识,都能够叫出他们的姓名,或是他们的父亲和祖父的姓名。林先生靠在柜台上,用了异常温和的眼光迎送这些慢慢地走着谈着经过他那铺面的本镇人。他时常笑嘻嘻地迎着常有交易的人喊道：

"呵，××哥，到清风阁去吃茶么？小店大放盘，交易点儿去！"

有时被唤着的那位居然站住了，走上柜台来，于是林先生和他的店员就要大忙而特忙，异常敏感地伺察着这位未可知的顾客的眼光，瞧见他的眼光瞥到什么货物上，就赶快拿出那种货物请他考较。林小姐站在那对蝴蝶门边看望，也常常被林先生唤出来对那位未可知的顾客叫一声"伯伯"。小学徒送上一杯便茶来，外加一枝小联珠。

在价目上，林先生也格外让步；遇到那位顾客一定要除去一毛钱左右尾数的时候，他就从店员手里拿过那算盘来算了一会儿，然后不得已似的把那尾数从算盘上拨去，一面笑嘻嘻地说：

"真不够本呢！可是老主顾，只好遵命了。请你多作成几笔生意罢！"

整个下午就是这么张罗着过去了。连现带赊，大大小小，居然也有十来注交易。林先生早已汗透棉袍。虽然是累得那么着，林先生心里却很愉快。他冷眼偷看斜对门的裕昌祥，似乎赶不上自己铺子的"热闹"。常在那对蝴蝶门旁边看望的林小姐脸上也有些笑意，林大娘也少打几个呃了。

快到上灯时候，林先生核算这一天的"流水账"；上午等于零，下午卖了十六元八角五分，八块钱是赊账。林先生微微一笑，但立即皱紧了眉头了；他今天的"大放盘"确是照本出卖，开销都没着落，官利更说不上。他呆了一会儿，又开了账箱，取出几本账簿来翻着打了半天算盘；账上"人欠"的数目共有一千三百余元，本镇六百多，四乡七百多；可是"欠人"的客账，单是上海的东升字号就有八百，合计不下二千哪！林先生低声叹一口气，觉得明天以后如果生意依然没见好，那他这年关就有点难过了。他望着玻璃窗上"大放盘照码九折"的红绿纸条，心里这么想："照今天那样当真放盘，生意总该会见好；亏本么？没有生意也是照样的要开销。只好先拉些主顾来再慢慢儿想法提高货码……要是四乡还有批发生意来，那就更好！——"

突然有一个人来打断林先生的甜蜜梦想了。这是五十多岁的一位老婆子,巍颤颤地走进店来,手里拿着一个小小的蓝布包。林先生猛抬起头来,正和那老婆子打一个照面,想躲避也躲避不及,只好走上前去招呼她道:

"朱三太,出来买过年东西么?请到里面去坐坐。——阿秀,来扶朱三太。"

林小姐早已不在那对蝴蝶门边了,没有听到。那朱三太连连摇手,就在铺面里的一张椅子上坐了,郑重地打开她的蓝布手巾包,——包里仅有一扣折子,她抖抖簌簌地双手捧了,直送到林先生的鼻子前,她的瘪嘴唇扭了几扭,正想说话,林先生早已一手接过那折子,同时抢先说道:

"我晓得了。明天送到你府上罢。"

"哦,哦;十月,十一月,十二月,一总是三个月,三三得九,是九块罢?——明天你送来?哦,哦,不要送,让我带了去。嗯!"

朱三太扭着她的瘪嘴唇,很艰难似的说。她有三百元的"老本"存在林先生的铺里,按月来取三块钱的利息,可是最近林先生却拖欠了三个月,原说是到了年底总付,明天是送灶日,老婆子要买送灶的东西,所以亲自上林先生的铺子来了。看她那股扭起了一对瘪嘴唇的劲儿,光景是钱不到手就一定不肯走。

林先生抓着头皮不作声。这九块钱的利息,他何尝存心白赖,只是三个月来生意清淡,每天卖得的钱仅够开伙食,付捐税,不知不觉就拖欠下来了。然而今天要是不付,这老婆子也许会就在铺面上嚷闹,那就太丢脸,对于营业的前途很有影响。

"好,好,带了去罢,带了去罢!"

林先生终于斗气似的说,声音有点儿哽咽。他跑到账台里,把上下午卖得的现钱归并起来,又从腰包里掏出一个双毫,这才凑成了八块大洋,十角小洋,四十个铜子,交付了朱三太。当他看见那老婆子把这些银洋铜子郑重地数了又数,而且抖抖簌簌地放在那蓝布手巾上包

了起来的时候,他忍不住叹一口气,异想天开地打算拉回几文来;他勉强笑着说:

"三阿太,你这蓝布手巾太旧了,买一块老牌麻纱白手帕去罢?我们有上好的洗脸手巾,肥皂,买一点儿去新年里用罢。价钱公道!"

"不要,不要;老太婆了,用不到。"

朱三太连连摆手说,把折子藏在衣袋里,捧着她的蓝布手巾包竟自去了。

林先生哭丧着脸,走回"内宅"去。因这朱三太的上门讨利息,他记起还有两注存款,桥头陈老七的二百元和张寡妇的一百五十元,总共十来块钱的利息,都是"不便"拖欠的,总得先期送去。他抡着指头算日子;二十四,二十五,二十六——到二十六,放在四乡的账头该可以收齐了,店里的寿生是前天出去收账的,极迟是二十六应该回来了;本镇的账头总得到二十八九方才有个数目。然而上海号家的收账客人说不定明后天就会到,只有再向恒源钱庄去借了。但是明天的门市怎样?……

他这么低着头一边走,一边想,猛听得女儿的声音在他耳边说:

"爸爸,你看这块大绸好么?七尺,四块二角,不贵罢?"

林先生心里蓦地一跳,站住了睁大着眼睛,说不出话。林小姐手里托着那块绸,却在那里憨笑。四块二角!数目可真不算大,然而今天店里总共只卖得十六块多,并且是老实照本贱卖的呀!林先生怔了一会儿,这才没精打采地问道:

"你哪来的钱呢?"

"挂在账上。"

林先生听得又是欠账,忍不住皱一下眉头。但女儿是自己宠惯了的,林大娘又抵死偏护着,林先生没奈何只有苦笑。过一会儿,他叹一口气,轻轻埋怨道:

"那么性急!过了年再买岂不是好!"

三

又过了两天,"大放盘"的林先生的铺子,生意果然很好,每天可以做三十多元的生意了。林大娘的打呃,大大减少,平均是五分钟来一次;林小姐在铺面和"内宅"之间跳进跳出,脸上红喷喷地时常在笑,有时竟在铺面帮忙招呼生意,直到林大娘再三唤她,方才跑进去,一边擦着额上的汗珠,一边兴冲冲地急口说:

"妈呀,又叫我进来干么!我不觉得辛苦呀!妈!爸爸累得满身是汗,嗓子也喊哑了!——刚才一个客人买了五块钱东西呢!妈!不要怕我辛苦,不要怕!爸爸叫我歇一会儿就出去呢!"

林大娘只是点头,打一个呃,就念一声"大慈大悲菩萨"。客厅里本就供奉着一尊瓷观音,点着一炷香,林大娘就摇摇摆摆走过去磕头,谢菩萨的保佑,还要祷告菩萨一发慈悲,保佑林先生的生意永远那么好,保佑林小姐易长易大,明年就得个好女婿。

但是在铺面张罗的林先生虽然打起精神做生意,脸上笑容不断,心里却像有几根线牵着。每逢卖得了一块钱,看见顾客欣然挟着纸包而去,林先生就忍不住心里一顿,在他心里的算盘上就加添了五分洋钱的血本的亏折。他几次想把这个"大放盘"时每块钱的实足亏折算成三分,可是无论如何,算来算去总得五分。生意虽然好,他却越卖越心疼了。在柜台上招呼主顾的时候,他这种矛盾的心理有时竟至几乎使他发晕。偶尔他偷眼望望斜对门的裕昌祥,就觉得那边闲立在柜台边的店员和掌柜,嘴角上都带着讥讽的讪笑,似乎都在说:"看这姓林的傻子呀,当真亏本放盘哪!看着罢,他的生意越好,就越亏本,倒闭得越快!"那时候,林先生便咬一下嘴唇,决定明天无论如何要把货码提高,要把次等货标上头等货的价格。

给林先生斡旋那"封存东洋货"问题的商会长当走过林家铺子的时候,也微微笑着,站住了对林先生贺喜,并且拍着林先生的肩膀,轻声说:

"如何？四百块钱是花得不冤枉罢！——可是，卜局长那边，你也得稍稍点缀，防他看得眼红，也要来敲诈。生意好，妒忌的人就多；就是卜局长不生心，他们也要去挑拨呀！"

林先生谢商会长的关切，心里老大吃惊，几乎连做生意都没有精神。

然而最使他心神不宁的，是店里的寿生出去收账到现在还没有回来，林先生是等着寿生收的钱来开销"客账"。上海东升字号的收账客人前天早已到镇，直催逼得林先生再没有话语支吾了。如果寿生再不来，林先生只有向恒源钱庄借款的一法，这一来，林先生又将多负担五六十元的利息，这在见天亏本的林先生委实比割肉还心疼。

到四点钟光景，林先生忽然听得街上走过的人们乱哄哄地在议论着什么，人们的脸色都很惶急，似乎发生了什么大事情了。一心惦念着出去收账的寿生是否平安的林先生就以为一定是快班船遭了强盗抢，他的心卜卜地乱跳。他唤住了一个路人焦急地问道：

"什么事？是不是栗市快班遭了强盗抢？"

"哦！又是强盗抢么？路上真不太平！抢，还是小事，还要绑人去哪！"

那人，有名的闲汉陆和尚，含糊地回答，同时睒着半只眼睛看林先生铺子里花花绿绿的货物。林先生不得要领，心里更急，丢开陆和尚，就去问第二个走近来的人，桥头的王三毛。

"听说栗市班遭抢，当真么？"

"那一定是太保阿书手下人干的，太保阿书是枪毙了，他的手下人多么厉害！"

王三毛一边回答，一边只顾走。可是林先生却急坏了，冷汗从额角上钻出来。他早就估量到寿生一定是今天回来，而且是从栗市——收账程序中预定的最后一处，坐快班船回来；此刻已是四点钟，不见他来，王三毛又是那样说，那还有什么疑义么？林先生竟忘记了这所谓"栗市班遭强盗抢"乃是自己的发明了！他满脸急汗，直往"内宅"跑；

在那对蝴蝶门边忘记跨门槛,几乎绊了一交。

"爸爸!上海打仗了!东洋兵放炸弹烧闸北——"

林小姐大叫着跑到林先生跟前。

林先生怔了一下。什么上海打仗,原就和他不相干,但中间既然牵连着"东洋兵",又好像不能不追问一声了。他看着女儿的很兴奋的脸孔问道:

"东洋兵放炸弹么?你从哪里听来的?"

"街上走过的人全是那么说。东洋兵放大炮,掷炸弹。闸北烧光了!"

"哦,那么,有人说栗市快班强盗抢么?"

林小姐摇头,就像扑火的灯蛾似的扑向外面去了。林先生迟疑了一会儿,站在那蝴蝶门边抓头皮。林大娘在里面打呃,又是喃喃地祷告:"菩萨保佑,炸弹不要落到我们头上来!"林先生转身再到铺子里,却见女儿和两个店员正在谈得很热闹。对门生泰杂货店里的老板金老虎也站在柜台外边指手划脚地讲谈。上海打仗,东洋飞机掷炸弹烧了闸北,上海已经罢市,全都证实了。强盗抢快班船么?没有听人说起过呀!栗市快班么?早已到了,一路平安。金老虎看见那快班船上的伙计刚刚背着两个蒲包走过的。林先生心里松一口气,知道寿生今天又没回来,但也知道好好儿的没有逢到强盗抢。

现在是满街都在议论上海的战事了。小伙计们夹在闹里骂"东洋乌龟!"竟也有人当街大呼:"再买东洋货就是忘八!"林小姐听着,脸上就飞红了一大片。林先生却还不动神色。大家都卖东洋货,并且大家花了几百块钱以后,都已经奉着特许:"只要把东洋商标撕去了就行。"他现在满店的货物都已经称为"国货",买主们也都是"国货,国货"地说着,就拿走了。在此满街人人为了上海的战事而没有心思想到生意的时候,林先生始终在筹虑他的正事。他还是不肯花重利去借庄款,他去和上海号家的收账客人情商,请他再多等这么一天两天。他的寿生极迟明天傍晚总该会到。

"林老板,你也是明白人,怎么说出这种话来呀!现在上海开了火,说不定明后天火车就不通,我是巴不得今晚上就动身呢!怎么再等一两天?请你今天把账款缴清,明天一早我好走。我也是吃人家的饭,请你照顾照顾罢!"

上海客人毫无通融地拒绝了林先生的情商。林先生看来是无可商量了,只好忍痛去到恒源钱庄上商借。他还恐怕那"钱猢狲"知道他是急用,要趁火打劫,高抬利息。谁知钱庄经理的口气却完全不对了。那痨病鬼经理听完了林先生的申请,并没作答,只管捧着他那老古董的水烟筒卜落落卜落落的呼,直到烧完一根纸吹,这才慢吞吞地说:

"不行了!东洋兵开仗,上海罢市,银行钱庄都封关,知道他们几时弄得好!上海这路一断,敝庄就成了没脚蟹,汇划不通,比尊处再好的户头也只好不做了。对不起,实在爱莫能助!"

林先生呆了一呆,还总以为这痨病鬼经理故意刁难,无非是为提高利息作地步,正想结结实实说几句恳求的话,却不料那经理又逼进一步道:

"刚才敝东吩咐过,他得的信,这次的乱子恐怕要闹大,叫我们收紧盘子!尊处原欠五百,二十二那天,又是一百,总共是六百,年关前总得扫数归清;我们也算是老主顾,今天先透一个信,免得临时多费口舌,大家面子上难为情。"

"哦——可是小店里也实在为难。要看账头收得怎样。"

林先生呆了半响,这才呐出这两句话。

"嘿!何必客气!宝号里这几天来的生意比众不同,区区六百块钱,还为难么?今天是同老兄说明白了,总望扫数归清,我在敝东跟前好交代。"

痨病鬼经理冷冷地说,站起来了。林先生冷了半截身子,瞧情形是万难挽回,只好硬着头皮走出了那家钱庄。他此时这才明白原来远在上海的打仗也要影响到他的小铺子了。今年的年关当真是难过:上海的收账客人正逼着要钱,恒源里不许宕过年,寿生还没回来,知道他怎样了,镇上的账头,去年只收起八成,今年瞧来连八成都捏不稳——横在他前面的路,只是一条:"暂停营业,清理账目"!而这条路也就等于破产,他这铺子里早已没有自己的资本,一旦清理,剩给他的,光景只有一家三口三个光身子!

林先生愈想愈仄,走过那座望仙桥时,他看着桥下的浑水,几乎想纵身一跳完事。可是有一个人在背后唤他道:

"林先生,上海打仗了,是真的罢?听说东栅外刚刚调来了一支兵,到商会里要借饷,开口就是二万,商会里正在开会呢!"

林先生急回过脸去看,原来正是那位存有两百块钱在他铺子里的陈老七,也是林先生的一位债主。

"哦——"

林先生打一个冷噤,只回答了这一声,就赶快下桥,一口气跑回家去。

四

这晚上的夜饭,林大娘在家常的一荤二素以外,特又添了一个碟子,是到八仙楼买来的红焖肉,林先生心爱的东西。另外又有一斤黄酒。林小姐笑不离口,为的铺子里生意好,为的大绸新旗袍已经做成,也为的上海竟然开火,打东洋人。林大娘打呃的次数更加少了,差不多十分钟只来一回。

只有林先生心里发闷到要死。他喝着闷酒,看看女儿,又看看老婆,几次想把那炸弹似的恶消息宣布,然而终于没有那样的勇气。并且他还不曾绝望,还想挣扎,至少是还想掩饰他的两下里碰不到头。所以当商会里议决了答应借饷五千并且要林先生摊认二十元的时候,他毫不推托,就答应下来了。他决定非到最后五分钟不让老婆和女儿知道那家道困难的真实情形。他的划算是这样的:人家欠他的账收一个八成罢,他还人家的账也是个八成,——反正可以借口上海打仗,钱庄不通;为难的是人欠我欠之间尚差六百光景,那只有用剜肉补疮的方法拼命放盘卖贱货,且捞几个钱来渡过了眼前再说。这年头儿,谁能够顾到将来呢?眼前得过且过。

是这么想定了方法,又加上那一斤黄酒的力量,林先生倒酣睡了一夜,恶梦也没有半个。

第二天早上,林先生醒来时已经是六点半钟,天色很阴沉。林先生觉得有点头晕。他匆匆忙忙吞进两碗稀饭,就到铺子里,一眼就看见那位上海客人板起了脸孔在那里坐守"回话"。而尤其叫林先生猛吃一惊的,是斜对门的裕昌祥也贴起红红绿绿的纸条,也在那里"大放盘照码九折"了!林先生昨夜想好的"如意算盘"立刻被斜对门那些红绿纸条冲一个摇摇不定。

"林老板,你真是开玩笑!昨晚上不给我回音。轮船是八点钟开,我还得转乘火车,八点钟这班船我是非走不行!请你快点——"

上海客人不耐烦地说,把一个拳头在桌子上一放。林先生只有陪不是,请他原谅,实在是因为上海打仗钱庄不通,彼此是多年的老主顾,务请格外看承。

"那么叫我空手回去么?"

"这,这,断乎不会。我们的寿生一回来,有多少付多少,我要是藏落半个钱,不是人!"

林先生颤着声音说,努力忍住了滚到眼眶边的眼泪。

话是说到尽头了,上海客人只好不再噜苏,可是他坐在那里不肯走。林先生急得什么似的,心是卜卜地乱跳。近年他虽然万分拮据,面子上可还遮得过;现在摆一个人在铺子里坐守,这件事要是传扬开去,他的信用可就完了,他的债户还多着呢,万一群起效尤,他这铺子只好立刻关门。他在没有办法中想办法,几次请这位讨账客人到内宅去坐,然而讨账客人不肯。

天又索索地下起冻雨来了。一条街上冷清清地简直没有人行。自有这条街以来,从没见过这样萧索的腊尾岁尽。朔风吹着那些招牌,嚓嚓地响。渐渐地冻雨又有变成雪花的模样。沿街店铺里的伙计们靠在柜台上仰起了脸发怔。

林先生和那位收账客人有一句没一句的闲谈着。林小姐忽然走出蝴蝶门来站在街边看那索索的冻雨。从蝴蝶门后送来的林大娘的呃呃的声音又渐渐儿加勤。林先生嘴里应酬着,一边看看女儿,又听听老婆的打呃,心里一阵一阵酸上来,想起他的一生简直毫没幸福,然而又不知道坑害他到这地步的,究竟是谁。那位上海客人似乎气平了一些了,忽然很恳切地说:

"林老板,你是个好人。一点嗜好都没有,做生意很巴结认真。放在二十年前,你怕不发财么?可是现今时势不同,捐税重,开销大,生意又清,混得过也还是你的本事。"

林先生叹一口气苦笑着,算是谦逊。

上海客人顿了一顿,又接着说下去:

"贵镇上的市面今年又比上年差些,是不是?内地全靠乡庄生意,乡下人太穷,真是没有法子,——呀,九点钟了!怎么你们的收账伙计还没来呢?这个人靠得住么?"

林先生心里一跳,暂时回答不出来。虽然是七八年的老伙计,一向没有出过岔子,但谁能保到底呢!而况又是过期不见回来。上海客人看着林先生那迟疑的神气,就笑;那笑声有几分异样。忽然那边林小姐转脸对林先生急促地叫道:

"爸爸,寿生回来了!一身泥!"

显然林小姐的叫声也是异样的,林先生跳起来,又惊又喜,着急的想跑到柜台前去看,可是心慌了,两腿发软。这时寿生已经跑了进来,当真是一身泥,气喘喘地坐下了,说不出话来。林先生估量那情形不对,吓得没有主意,也不开口。上海客人在旁边皱眉头。过了一会儿,寿生方才喘着气说:

"好险呀!差一些儿被他们抓住了。"

"到底是强盗抢了快班船么?"

林先生惊极,心一横,倒逼出话来了。

"不是强盗。是兵队拉夫呀！昨天下午赶不上趁快班。今天一早趁航船，哪里知道航船听得这里要捉船，就停在东栅外了。我上岸走不到半里路，就碰到拉夫。西面宝祥衣庄的阿毛被他们拉去了。我跑得快，抄小路逃了回来。他妈的，性命交关！"

寿生一面说，一面撩起衣服，从肚兜里掏出一个手巾包来递给了林先生，又说道：

"都在这里了。栗市的那家黄茂记很可恶，这种户头，我们明年要留心！——我去洗一个脸，换件衣服再来。"

林先生接了那手巾包，捏一把，脸上有些笑容了。他到账台里打开那手巾包来。先看一看那张"清单"，打了一会儿算盘，然后点检银钱数目：是大洋十一元，小洋二百角，钞票四百二十元，外加即期庄票两张，一张是规元五十两，又一张是规元六十五两。这全部付给上海客人，照账算也还差一百多元。林先生凝神想了半晌，斜眼偷看了坐在那里吸烟的上海客人几次，方才叹一口气，割肉似的拿起那两张庄票和四百元钞票捧到上海客人跟前，又说了许多话，方才得到上海客人点一下头，说一声"对啦"。

但是上海客人把庄票看了两遍，忽又笑着说道：
"对不起，林老板，这庄票，费神兑了钞票给我罢！"
"可以，可以。"

林先生连忙回答，慌忙在庄票后面盖了本店的书柬图章，派一个伙计到恒源庄去取现，并且叮嘱了要钞票。又过了半晌，伙计却是空手回来。恒源庄把票子收了，但不肯付钱；据说是扣抵了林先生的欠款。天是在当真下雪了，林先生也没张伞，冒雪到恒源庄去亲自交涉，结果是徒然。

"林老板，怎样了呢？"
看见林先生苦着脸跑回来，那上海客人不耐烦地问了。
林先生几乎想哭出来，没有话回答，只是叹气。除了央求那上海客人再通融，还有什么别的办法？寿生也来了，帮着林先生说。他们赌咒：下欠的二百多元,赶明年初十边一定汇到上海。是老主顾了,向来三节清账,从没半句话,今儿实在是意外之变,大局如此,没有办法,非是他们刁赖。

然而不添一些,到底是不行的。林先生忍痛又把这几天内卖得的现款凑成了五十元,算是总共付了四百五十元,这才把那位叫人头痛的上海收账客人送走了。

此时已有十一点了,天还是飘飘扬扬落着雪。买客没有半个。林先生纳闷了一会儿,和寿生商量本街的账头怎样去收讨。两个人的眉头都皱紧了,都觉得本镇的六百多元账头收起来真没有把握。寿生挨着林先生的耳朵悄悄地说道:

"听说南栅的聚隆,西栅的和源,都不稳呢！这两处欠我们的,就有三百光景,这两笔倒账要预先防着,吃下了,可不是玩的！"

林先生脸色变了,嘴唇有点抖。不料寿生把声音再放低些,支支吾吾地说出了更骇人的消息来:

"还有,还有讨厌的谣言,是说我们这里了。恒源庄上一定听得了这些风声,这才对我们逼得那么急,说不定上海的收账客人也有点晓得——只是,谁和我们作对呢？难道就是斜对门么？"

寿生说着,就把嘴向裕昌祥那边呶了一呶。林先生的眼光跟着寿生的嘴也向那边瞥了一下,心里直是乱跳,哭丧着脸,好半天说不出话来。他的又麻又痛的心里感到这一次他准是毁了！——不毁才是作怪:党老爷敲诈他,钱庄压逼他,同业又中伤他,而又要吃倒账,凭谁也受不了这样重重的磨折罢？而究竟为了什么他应该活受罪呀！他,从父亲手里继承下这小小的铺子,从没敢浪费；他,做生意多么巴结；他,没有害过人,没有起过歹心；就是他的祖上,也没害过人,做过歹事呀！然而他直如此命苦！

"不过,师傅,随他们去造谣罢,你不要发急。荒年传乱话,听说是镇上的店铺十家有九家没法过年关。时势不好,市面清得不成话,素来硬朗的铺子今年都打饥荒,也不是我们一家困难！天塌压大家,商会里总得议个办法出来；总不能大家一齐拖倒,弄得市面更加不像市面。"

看见林先生急苦了,寿生姑且安慰着,忍不住也叹了一口气。

雪是愈下愈密了,街上已经见白。偶尔有一条狗垂着尾巴走过,抖一抖身体,摇落了厚积在毛上的那些雪,就又悄悄地夹着尾巴走了。自从有这条街以来,从没见过这样冷落凄凉的年关！而此时,远在上海,日本军的重炮正在发狂地轰毁那边繁盛的市廛。

五

凄凉的年关,终于也过去了。镇上的大小铺子倒闭了二十八家。内中有一家"信用素著"的绸庄。欠了林先生三百元货账的聚隆与和源也毕竟倒了。大年夜的白天,寿生到那两个铺子里磨了半天,也只拿了二十多块来；这以后,就听说没有一个收账员拿到半文钱,两家铺子的老板都躲得不见面了。林先生自己呢,多亏商会长一力斡旋,还无须往乡下躲,然而欠下恒源钱庄的四百多元非要正月十五以前还清不可；并且又订了苛刻的条件：从正月初五开市那天起,恒源就要派人到林先生铺子里"守提",卖得的钱,八成归恒源扣账。

新年那四天,林先生家里就像一个冰窖。林先生常常叹气,林大娘的打呃像连珠炮。林小姐虽然不打呃,也不叹气,但是呆呆地好像害了多年的黄病。她那件大绸新旗袍,为的要付吴妈的工钱,已经上了当铺；小学徒从清早七点钟就去那家惟一的当铺门前守候,直到九点钟方才从人堆里拿了两块钱挤出来。以后,当铺就止当了。两块钱! 这已是最高价。随你值多少钱的贵重衣饰,也只能当得两块呢！叫做"两块钱封门"。乡下人忍着冷剥下身上的棉袄递上柜台去,那当铺里的伙计拿起来抖了一抖,就直丢出去,怒声喊道："不当！"

元旦起,是大好的晴天。关帝庙前那空场上,照例来了跑江湖赶新年生意的摊贩和变把戏的杂耍。人们在那些摊子面前懒懒地拖着腿走,两手扪着空的腰包,就又懒懒地走开了。孩子们拉住了娘的衣角,赖在花炮摊前不肯走,娘就给他一个老大的耳光。那些特来赶新年的摊贩们连伙食都开销不了,白赖在"安商客寓"里,天天和客寓主人吵闹。

只有那班变把戏的出了八块钱的大生意,党老爷们唤他们去点缀了一番"升平气象"。

初四那天晚上,林先生勉强筹措了三块钱,办一席酒请铺子里的"相好"吃照例的"五路酒",商量明天开市的办法。林先生早就筹思过熟透:这铺子开下去呢,眼见得是亏本的生意,不开呢,他一家三口儿简直没有生计,而且到底人家欠他的货账还有四五百,他一关门更难讨取;惟一的办法是减省开支,但捐税派饷是逃不了的,"敲诈"尤其无法躲避,裁去一两个店员罢,本来他只有三个伙计,寿生是左右手,其余的两位也是怪可怜见的,况且辞歇了到底也不够招呼生意;家里呢,也无可再省,吴妈早已辞歇。他觉得只有硬着头皮做下去,或者靠菩萨的保佑,乡下人春蚕熟,他的亏空还可以补救。

但要开市,最大的困难是缺乏货品。没有现钱寄到上海去,就拿不到货。上海打得更厉害了,赊账是休转这念头。卖底货罢,他店里早已淘空,架子上那些装卫生衣的纸盒就是空的,不过摆在那里装幌子。他铺子里就剩了些日用杂货,脸盆毛巾之类,存底还厚。

大家喝了一会闷酒,抓腮挖耳地想不出好主意。后来谈起闲天来,一个伙计忽然说:

"乱世年头,人比不上狗!听说上海闸北烧得精光,几十万人都只逃得一个光身子。虹口一带呢,烧是还没烧,人都逃光了,东洋人凶得很,不许搬东西。上海房钱涨起几倍。逃出来的人都到乡下来了,昨天镇上就到了一批,看样子都是好好的人家,现在却弄得无家可归!"

林先生摇头叹气。寿生听了这话,猛的想起了一个好办法;他放下了筷子,拿起酒杯来一口喝干了,笑嘻嘻对林先生说道:

"师傅,听得阿四的话么?我们那些脸盆,毛巾,肥皂,袜子,牙粉,牙刷,就可以如数销清了。"

林先生瞪出了眼睛，不懂得寿生的意思。

"师傅，这是天大的机会。上海逃来的人，总还有几个钱，他们总要买些日用的东西，是不是？这笔生意，我们赶快张罗。"

寿生接着又说。再筛出一杯酒来喝了，满脸是喜气。两个伙计也省悟过来了，哈哈大笑。只有林先生还不很了然。近来的逆境已经把他变成糊涂。他惘然问道：

"你拿得稳么？脸盆，毛巾，别家也有，——"

"师傅，你忘记了！脸盆毛巾一类的东西只有我们存底独多！裕昌祥里拿不出十只脸盆，而且都是拣剩货。这笔生意，逃不出我们的手掌心的了！我们赶快多写几张广告到四栅去分贴，逃难人住的地方——嗳，阿四，他们住在什么地方？我们也要去贴广告。"

"他们有亲戚的住到亲戚家里去了，没有的，还借住在西栅外茧厂的空房子。"

叫做阿四的伙计回答，脸上发亮，很得意自己的无意中立了大功。林先生这时也完全明白了。心里一快乐，就又灵活起来，他马上拟好了广告的底稿，专拣店里有的日用品开列上去，约莫也有十几种。他又摹仿上海大商店卖"一元货"的方法，把脸盆，毛巾，牙刷，牙粉配成一套卖一块钱，广告上就大书"大廉价一元货"。店里本来还有余剩下的红绿纸，寿生大张的裁好了，拿笔就写。两个伙计和学徒就乱哄哄地拿过脸盆，毛巾，牙刷，牙粉来装配成一组。人手不够，林先生叫女儿出来帮着写，帮着扎配，另外又配出几种"一元货"，全是零星的日用必需品。

这一晚上，林家铺子里直忙到五更左右，方才大致就绪。第二天清早，开门鞭炮响过，排门开了，林家铺子布置得又是一新。漏夜赶起来的广告早已漏夜分头贴出去。西栅外茧厂一带是寿生亲自去布置，哄动那些借住在茧厂里的逃难人，都起来看，当做一件新闻。

"内宅"里，林大娘也起了个五更，瓷观音面前点了香，林大娘爬着磕了半天响头。她什么都祷告全了，就只差没有祷告菩萨要上海的战事再扩大再延长，好多来些逃难人。

一切都很顺利，一切都不出寿生的预料。新正开市第一天就只林家铺子生意很好，到下午四点多钟，居然卖了一百多元，是这镇上近十年来未有的新纪录。销售的大宗，果然是"一元货"，然而洋伞橡皮雨鞋之类却也带起了销路，并且那生意也做的干脆有味。虽然是"逃难人"，却毕竟住在上海，见过大场面，他们不像乡下人或本镇人那么小格式，他们买东西很爽利，拿起货来看了一眼，现钱交易，从不拣来拣去，也不硬要除零头。

林大娘看见女儿兴冲冲地跑进来夸说一回，就爬到瓷观音面前磕了一回头。她心里还转了这样的念头：要不是岁数相差得多，把寿生招做女婿倒也是好的！说不定在寿生那边也时常用半只眼睛看望着这位厮熟的十七岁的"师妹"。

只有一点，使林先生扫兴：恒源庄毫不顾面子地派人来提取了当天营业总数的八成。并且存户朱三阿太，桥头陈老七，还有张寡妇，不知听了谁的怂恿，都借了"要量米吃"的借口，都来预支息金；不但支息金，还想拔提一点存款呢！但也有一个喜讯，听说又到了一批逃难人。

晚餐时，林先生添了两碟荤菜，酬劳他的店员。大家称赞寿生能干。林先生虽然高兴，却不能不惦念着朱三阿太等三位存户要提存款的事情。大新年碰到这种事，总是不吉利。寿生忿然说：

"那三个懂得什么呢！还不是有人从中挑拨！"

说着，寿生的嘴又向斜对门呶了一呶。林先生点头。可是这三位不懂什么的，倒也难以对付；一个是老头子，两个是孤苦的女人，软说不肯，硬来又不成。林先生想了半天觉得只有去找商会长，请他去和那三位宝贝讲开。他和寿生说了，寿生也竭力赞成。

于是晚饭后算过了当天的"流水账"，林先生就去拜访商会长。

林先生说明了来意后，那商会长一口就应承了，还夸奖林先生做生意的手段高明，他那铺子一定能够站住，而且上进。摸着自己的下巴，商会长又笑了一笑，侲过身体来说道：

"有一件事,早就想对你说,只是没有机会。镇上的卜局长不知在哪里见过令爱来,极为中意;卜局长年将四十,还没有儿子,屋子里虽则放着两个人,都没生育过;要是令爱过去,生下一男半女,就是现成的局长太太。呵,那时,就连我也沾点儿光呢!"

林先生做梦也想不到会有这样的难题,当下怔住了做不得声。商会长却又郑重地接着说:

"我们是老朋友,什么话都可以讲个明白。论到这种事呢,照老派说,好像面子上不好听;然而也不尽然。现在通行这一套,令爱过去也算是正的。——况且,卜局长既然有了这个心,不答应他有许多不便之处;答应了,将来倒有巴望。我是替你打算,才说这个话。"

"咳,你怕不是好意劝我仔细!可是,我是小户人家,小女又不懂规矩,高攀卜局长,实在不敢!"

林先生硬着头皮说,心里卜卜乱跳。

"哈,哈,不是你高攀,是他中意。——就这么罢,你回去和尊夫人商量商量,我这里且搁着,看见卜局长时,就说还没机会提过,行不行呢?可是你得早点给我回音!"

"嗯——"

筹思了半晌,林先生勉强应着,脸色像是死人。

回到家里,林先生支开了女儿,就一五一十对林大娘说了。他还没说完,林大娘的呃就大发作,光景邻居都听得清。她勉强抑住了那些涌上来的呃,喘着气说道:

"怎么能够答应,呃,就不是小老婆,呃,呃——我也舍不得阿秀到人家去做媳妇。"

"我也是这个意思,不过——"

"呃,我们规规矩矩做生意,呃,难道我们不肯,他好抢了去不成?呃——"

"不过他一定要来找讹头生事!这种人比强盗还狠心!"

林先生低声说,几乎落下眼泪来。

"我拼了这条老命。呃！救苦救难观世音呀！"

林大娘颤着声音站了起来,摇摇摆摆想走。林先生赶快拦住,没口地叫道：

"往哪里去？往哪里去？"

同时林小姐也从房外来了,显然已经听见了一些,脸色灰白,眼睛死瞪瞪地。林大娘看见女儿,就一把抱住了,一边哭,一边打呃,一边喃喃地挣扎着喘着气说：

"呃,阿囡,呃,谁来抢你去,呃,我同他拼老命！呃,生你那年我得了这个——病,呃,好容易养到十七岁,呃,呃,死也死在一块儿！呃,早给了寿生多么好呢！呃！强盗！不怕天打的！"

林小姐也哭了,叫着"妈!"林先生搓着手叹气。看看哭得不像样,窄房浅屋的要惊动邻舍,大新年也不吉利,他只好忍着一肚子气来劝母女两个。

这一夜,林家三口儿都没有好生睡觉。明天一早林先生还得起来做生意,在一夜的转侧愁思中,他偶尔听得屋面上一声响,心就卜卜地跳,以为是卜局长来寻他生事来了；然而定了神仔细想起来,自家是规规矩矩的生意人,又没犯法,只要生意好,不欠人家的钱,难道好无端生事,白诈他不成？而他的生意呢,眼前分明有一线生机。生了个女儿长的还端正,却又要招祸！早些定了亲,也许不会出这岔子？——商会长是不是肯真心帮忙呢,只有恳求他设法——可是林大娘又在打呃了,咳,她这病！

天刚发白,林先生就起身,眼圈儿有点红肿,头里发昏。可是他不能不打起精神招呼生意。铺面上靠寿生一个到底不行,这小伙子近几天来也就累得够了。

林先生坐在账台里,心总不定。生意虽然好,他却时时浑身的肉发抖。看见面生的大汉子上来买东西,他就疑惑是卜局长派来的人,来侦察他,来寻事；他的心直跳得发痛。

却也作怪,这天生意之好,出人意料。到正午,已经卖了五六十元,买客们中间也有本镇人。那简直不像买东西,简直像是抢东西,只有倒闭了铺子拍卖底货的时候才有这种光景。林先生一边有点高兴,一边却也看着心惊,他估量"这样的好生意气色不正"。果然在午饭的时候,寿生就悄悄告诉道:

"外边又有谣言,说是你拆烂污卖一批贱货,捞到几个钱,就打算逃走!"

林先生又气又怕,开不得口。突然来了两个穿制服的人,直闯进来问道:

"谁是林老板?"

林先生慌忙站了起来,还没回答,两个穿制服的拉住他就走。寿生追上去,想要拦阻,又想要探询,那两个人厉声吆喝道:

"你是谁?滚开!党部里要他问话!"

六

那天下午,林先生就没有回来。店里生意忙,寿生又不能抽空身子尽自去探听。里边林大娘本来还被瞒着,不防小学徒漏了嘴,林大娘那一急几乎一口气死去。她又死不放林小姐出那对蝴蝶门儿,说是:

"你的爸爸已经被他们捉去了,回头就要来抢你!呃——"

她只叫寿生进来问底细,寿生瞧着情形不便直说,只含糊安慰了几句道:

"师母,不要着急,没有事的!师傅到党部里去理直那些存款呢。我们的生意好,怕什么的!"

背转了林大娘的面,寿生悄悄告诉林小姐,"到底为什么,还没得个准信儿",他叮嘱林小姐且安心伴着"师母",外边事有他呢。林小姐一点主意也没有,寿生说一句,她就点一下头。

这样又要招顾外面的生意,又要挖空心思找出话来对付林大娘不时的追询,寿生更没有工夫去探听林先生的下落。直到上灯时分,这才由商会长给他一个信：林先生是被党部扣住了，为的外边谣言林先生打算卷款逃走，然而林先生除有庄款和客账未清外，还有朱三阿太，桥头陈老七，张寡妇三位孤苦人儿的存款共计六百五十元没有保障，党部里是专替这些孤苦人儿谋利益的，所以把林先生扣起来，要他理直这些存款。

寿生吓得脸都黄了，呆了半晌，方才问道：

"先把人保出来，行么？人不出来，哪里去弄钱来呢？"

"嘿！保出人来！你空手去，让你保么？"

"会长先生，总求你想想法子，做好事。师傅和你老人家向来交情也不差，总求你做做好事！"

商会长皱着眉头沉吟了一会儿，又端相着寿生半晌，然后一把拉寿生到屋角里悄悄说道：

"你师傅的事，我岂有袖手旁观之理。只是这件事现在弄僵了！老实对你说，我求过卜局长出面讲情，卜局长只要你师傅答应一件事，他是肯帮忙的；我刚才到党部里会见你的师傅，劝他答应，他也答应了，那不是事情完了么？不料党部里那个黑麻子真可恶，他硬不肯——"

"难道他不给卜局长面子？"

"就是呀！黑麻子反而噜哩噜说了许多，卜局长几乎下不得台。两个人闹翻了！这不是这件事弄得僵透？"

寿生叹了口气，没有主意；停一会儿，他又叹一口气说：

"可是师傅并没犯什么罪。"

"他们不同你讲理！谁有势，谁就有理！你去对林大娘说，放心，还没吃苦，不过要想出来，总得花点儿钱！"

商会长说着，伸两个指头一扬，就匆匆地走了。

寿生沉吟着，没有主意；两个伙计攒住他探问，他也不回答。商会长这番话，可以告诉"师母"么？又得花钱！"师母"有没有私蓄，他不知道；至于店里，他很明白，两天来卖得的现钱，被恒源提了八成去，剩下只有五十多块,济得什么事!商会长示意总得两百。知道还够不够呀!照这样下去,生意再好些也不中用。他觉得有点灰心了。

里边又在叫他了!他只好进去瞧光景再定主意。

林大娘扶住了女儿的肩头,气喘喘地问道:

"呃,刚才,呃——商会长来了,呃,说什么?"

"没有来呀!"

寿生撒一个谎。

"你不用瞒我,呃——我,呃,全知道了;呃,你的脸色吓得焦黄!阿秀看见的,呃!"

"师母放心,商会长说过不要紧。——卜局长肯帮忙——"

"什么?呃,呃——什么?卜局长肯帮忙!——呃,呃,大慈大悲的菩萨,呃,不要他帮忙!呃,呃,我知道,你的师傅,呃呃,没有命了!呃,我也不要活了!呃,只是这阿秀,呃,我放心不下!呃,呃,你同了她去!呃,你们好好的做人家!呃,呃,寿生,呃,你待阿秀好,我就放心了!呃,去呀!他们要来抢!呃——狠心的强盗!观世音菩萨怎么不显灵呀!"

寿生睁大了眼睛,不知道怎样回话。他以为"师母"疯了,但可又一点不像疯。他偷眼看他的"师妹",心里有点跳;林小姐满脸通红,低了头不作声。

"寿生哥,寿生哥,有人找你说话!"

小学徒一路跳着喊进来。寿生慌忙跑出去,总以为又是商会长什么的来了,哪里知道竟是斜对门裕昌祥的掌柜吴先生。"他来干什么?"寿生肚子里想,眼光盯住在吴先生的脸上。

吴先生问过了林先生的消息,就满脸笑容,连说"不要紧"。寿生觉得那笑脸有点异样。

"我是来找你划一点货——"

吴先生收了笑容,忽然转了口气,从袖子里摸出一张纸来。是一张横单,写着十几行,正是林先生所卖"一元货"的全部。寿生一眼瞧

见就明白了,原来是这个把戏呀!他立刻说:

"师傅不在,我不能作主。"

"你和你师母说,还不是一样!"

寿生踌躇着不能回答。他现在有点懂得林先生之所以被捕了。先是谣言林先生要想逃,其次是林先生被扣住了,而现在却是裕昌祥来挖货,这一连串的线索都明白了。寿生想来有点气,又有点怕,他很知道,要是答应了吴先生的要求,那么,林先生的生意,自己的一番心血,都完了。可是不答应呢,还有什么把戏来,他简直不敢想下去了。最后他姑且试一试说:

"那么,我去和师母说,可是,师母女人家专要做现钱交易。"

"现钱么?哈,寿生,你是说笑话罢?"

"师母是这种脾气,我也是没法。最好等明天再谈罢。刚才商会长说,卜局长肯帮忙讲情,光景师傅今晚上就可以回来了。"

寿生故意冷冷的说,就把那张横单塞还吴先生的手里。吴先生脸上的肉一跳,慌忙把横单又推回到寿生手里,一面没口应承道:

"好,好,现账就是现账。今晚上交货,就是现账。"

寿生皱着眉头再到里边,把裕昌祥来挖货的事情对林大娘说了,并且劝她:

"师母,刚才商会长来,确实说师傅好好的在那里,并没吃苦;不过总得花几个钱,才能出来。店里只有五十块。现在裕昌祥来挖货,照这单子上看,总也有一百五十块光景,还是挖给他们罢,早点救师傅出来要紧!"

林大娘听说又要花钱,眼泪直淌,那一阵呃,当真打得震天响,她只是摇手,说不出话,头靠在桌子上,把桌子捶得怪响。寿生瞧来不是路,悄悄的退出去,但在蝴蝶门边,林小姐追上来了。她的脸色像死人一样白,她的声音抖而且哑,她急口地说:

"妈是气糊涂了!总说爸爸已经被他们弄死了!你,你赶快答应裕昌祥,赶快救爸爸,寿生哥,你——"

林小姐说到这里,忽然脸一红,就飞快地跑进去了。寿生望着她的后影,呆立了半分钟光景,然后转身,下决心担负这挖货给裕昌祥的责任,至少"师妹"是和他一条心要这么办了。

夜饭已经摆在店铺里了,寿生也没有心思吃,立等着裕昌祥交过钱来,他拿一百在手里,另外身边藏了八十,就飞跑去找商会长。

半点钟后,寿生和林先生一同回来了。跑进"内宅"的时候,林大娘看见了倒吓一跳。认明是当真活的林先生时,林大娘急急爬在瓷观音前磕响头,比她打呃的声音还要响。林小姐光着眼睛站在旁边,像是要哭,又像是要笑。寿生从身旁掏出一个纸包来,放在桌子上说:

"这是多下来的八十块钱。"

林先生叹了一口气,过一会儿,方才有声没气地说道:

"让我死在那边就是了,又花钱弄出来!没有钱,大家还是死路一条!"

林大娘突然从地下跳起来,着急的想说话,可是一连串的呃把她的话塞住了。林小姐忍住了声音,抽抽咽咽地哭。林先生却还不哭,又叹一口气,哽咽着说:

"货是挖空了!店开不成,债又逼的紧——"

"师傅!"

寿生叫了一声,用手指蘸着茶,在桌子上写了一个"走"字给林先生看。

林先生摇头,眼泪扑簌簌地直淌;他看看林大娘,又看看林小姐,又叹一口气。

"师傅!只有这一条路了。店里拼凑起来,还有一百块,你带了去,过一两个月也就够了;这里的事,我和他们理直。"

寿生低声说。可是林大娘却偏偏听得了,她忽然抑住了呃,抢着叫道:

"你们也去!你,阿秀。放我一个人在这里好了,我拼老命!呃!"

忽然异常少健起来,林大娘转身跑到楼上去了。林小姐叫着"妈"

随后也追了上去。林先生望着楼梯发怔,心里感到有什么要紧的事,却又乱麻麻地总是想不起。寿生又低声说:

"师傅,你和师妹一同走罢!师妹在这里,师母是不放心的!她总说他们要来抢——"

林先生淌着眼泪点头,可是打不起主意。

寿生忍不住眼圈儿也红了,叹一口气,绕着桌子走。

忽然听得林小姐的哭声。林先生和寿生都一跳。他们赶到楼梯头时,林大娘却正从房里出来,手里捧一个皮纸包儿。看见林先生和寿生都已在楼梯头了,她就缩回房去,嘴里说"你们也来,听我的主意"。她当着林先生和寿生的跟前,指着那纸包说道:

"这是我的私房,呃,光景有两百多块。分一半你们拿去。呃!阿秀,我做主配给寿生!呃,明天阿秀和她爸爸同走。呃,我不走!寿生陪我几天再说。呃,知道我还有几天活,呃,你们就在我面前拜一拜,我也放心!呃——"

林大娘一手拉着林小姐,一手拉着寿生,就要他们"拜一拜"。

都拜了,两个人脸上飞红,都低着头。寿生偷眼看林小姐,看见她的泪痕中含着一些笑意,寿生心头卜地跳了,反倒落下两滴眼泪。

林先生松一口气,说道:

"好罢,就是这样。可是寿生,你留在这里对付他们,万事要细心!"

七

林家铺子终于倒闭了。林老板逃走的新闻传遍了全镇。债权人中间的恒源庄首先派人到林家铺子里封存底货。他们又搜寻账簿。一本也没有了。问寿生。寿生躺在床上害病。又去逼问林大娘。林大娘的回答是连珠炮似的打呃和眼泪鼻涕。

为的她到底是"林大娘",人们也没有办法。十一点钟光景,大群的债权人在林家铺子里吵闹得异常厉害。恒源庄和其他的债权人争执怎样分配底货。铺子里虽然淘空，但连"生财"合计，也足够偿还债权者七成，然而谁都只想给自己争得九成或竟至十成。商会长说得舌头都有点僵硬了，却没有结果。

来了两个警察，拿着木棍站在门口吆喝那些看热闹的闲人。

"怎么不让我进去？我有三百块钱的存款呀！我的老本！"

朱三阿太扭着瘪嘴唇和警察争论，巍颤颤地在人堆里挤。她额上的青筋就有小指头儿那么粗。她挤了一会儿，忽然看见张寡妇抱着五岁的孩子在那里哀求另一个警察放她进去。那警察斜着眼睛，假装是调弄那孩子，却偷偷地用手背在张寡妇的乳部揉摸。

"张家嫂呀——"

朱三阿太气喘喘地叫了一声，就坐在石阶沿上，用力地扭着她的瘪嘴唇。

张寡妇转过身来，找寻是谁唤她；那警察却用了亵昵的口吻叫道：

"不要性急！再过一会儿就进去！"

听得这句话的闲人都笑起来了。张寡妇装作不懂，含着一泡眼泪，无目的地又走了一步。恰好看见朱三阿太坐在石阶沿上喘气。张寡妇跌撞似的也到了朱三阿太的旁边，也坐在那石阶沿上，忽然就放声大哭。她一边哭，一边喃喃地诉说着：

"阿大的爷呀，你丢下我去了，你知道我是多么苦啊！强盗兵打杀了你，前天是三周年……绝子绝孙的林老板又倒了铺子，——我十个指头做出来的百几十块钱，丢在水里了，也没响一声！啊哟！穷人命苦，有钱人心狠——"

看见妈哭，孩子也哭了；张寡妇搂住了孩子，哭的更伤心。

朱三阿太却不哭，弩起了一对发红的已经凹陷的眼睛，发疯似的反复说着一句话：

"穷人是一条命，有钱人也是一条命；少了我的钱，我拼老命！"

此时有一个人从铺子里挤出来，正是桥头陈老七。他满脸紫青，一边挤，一边回过头去嚷骂道：

"你们这伙强盗！看你们有好报！天火烧,地火爆,总有一天现在我陈老七眼睛里呀！要吃倒账,就大家吃,分摊到一个边皮儿,也是公平,——"

陈老七正骂得起劲,一眼看见了朱三阿太和张寡妇,就叫着她们的名字说：

"三阿太,张家嫂,你们怎么坐在这里哭！货色,他们分完了！我一张嘴吵不过他们十几张嘴,这班狗强盗不讲理,硬说我们的钱不算账,——"

张寡妇听说,哭得更加苦了。先前那个警察忽然又踅过来,用木棍子拨着张寡妇的肩膀说：

"喂,哭什么？你的养家人早就死了。现在还哭哪一个！"

"狗屁！人家抢了我们的,你这东西也要来调戏女人么？"

陈老七怒冲冲地叫起来,用力将那警察推了一把。那警察睁圆了怪眼睛,扬起棍子就想要打。闲人们都大喊,骂那警察。另一个警察赶快跑来,拉开了陈老七说：

"你在这里吵,也是白吵。我们和你无怨无仇,商会里叫来守门,吃这碗饭,没办法。"

"陈老七,你到党部里去告状罢！"

人堆里有一个声音这么喊。听声音就知道是本街有名的闲汉陆和尚。

"去,去！看他们怎样说。"

许多声音乱叫了。但是那位作调人的警察却冷笑,扳着陈老七的肩膀道：

"我劝你少找点麻烦罢。到那边,中什么用！你还是等候林老板回来和他算账,他倒不好白赖。"

陈老七虎起了脸孔,弄得没有主意了。经不住那些闲人们都撺怂着"去",他就看着朱三阿太和张寡妇说道：

"去去怎样？那边是天天大叫保护穷人的呀！"

"不错。昨天他们扣住了林老板,也是说防他逃走,穷人的钱没有着落!"

又一个主张去的拉长了声音叫。于是不由自主似的,陈老七他们三个和一群闲人都向党部所在那条路去了。张寡妇一路上还是啼哭,咒骂打杀了她丈夫的强盗兵,咒骂绝子绝孙的林老板,又咒骂那个恶狗似的警察。

快到了目的地时,望见那门前排立着四个警察,都拿着棍子,远远地就吆喝道:

"滚开!不准过来!"

"我们是来告状的,林家铺子倒了,我们存在那里的钱都拿不到——"

陈老七走在最前排,也高声的说。可是从警察背后突然跳出一个黑麻子来,怒声喝打。警察们却还站着,只用嘴威吓。陈老七背后的闲人们大噪起来。黑麻子怒叫道:

"不识好歹的贱狗!我们这里管你们那些事么?再不走,就开枪了!"

他跺着脚喝那四个警察动手打。陈老七是站在最前,已经挨了几棍子。闲人们大乱。朱三阿太老迈,跌倒了。张寡妇慌忙中落掉了鞋子,给人们一冲,也跌在地下,她连滚带爬躲过了许多跳过的和踏上来的脚,站起来跑了一段路,方才觉到她的孩子没有了。看衣襟上时,有几滴血。

"啊哟!我的宝贝!我的心肝!强盗杀人了,玉皇大帝救命呀!"

她带哭带嚷的快跑,头发纷散;待到她跑过那倒闭了的林家铺面时,她已经完全疯了!

1932 年 6 月 18 日作完。

(原载 1932 年 7 月 15 日《申报月刊》第 1 卷第 2 号)

【导读】

依脉而读，洞悉结构

怎样才能读透彻一篇小说？

至少要读清楚小说的整体脉络和基本框架。脉络是作者铺设以连缀材料的线索，框架是作者安排前后事件的布局。作者依据这两个方面构筑起了小说，阅读者则要由这两个渠道进入小说内部，以洞彻小说的肌体组织，从而读明白作者要表达什么及小说的形式特点，或者说是小说的艺术性。

《林家铺子》是茅盾短篇小说的代表之作，全文三万多字，是短篇小说中的长篇巨制。头绪繁多，矛盾错综复杂，稍微扩展即可成为一部长篇，但作者把这个故事压缩在一个短篇里面，我们读了丝毫不感觉冗长凌乱，读至结尾仍感觉意犹未尽，这全仰仗于作者的精心布局，巧妙安排。

首先，我们要抓住本小说的故事主线来读。小说的主线是什么？就是林家铺子的"倒闭"。其实，这篇小说发表在《申报月刊》的创刊号上，本来的题目就是"倒闭"，由于报社老板认为在创刊号上就发"倒闭"这样的小说不吉利，才改名为《林家铺子》。实质上，这篇小说的完整题目应该是"林家铺子的倒闭"。"倒闭"就是这篇小说的中心，小说的一切情节因素全都是围绕着"倒闭"展开。

茅盾先生认为有哪些因素导致了林家铺子的"倒闭"呢？

小说开头从林小姐除了日货系列的服装再也没有合适衣服穿写起，从生活的小细节中透露出社会的大形势，日本占领东三省，各地人们掀起了抑制日货的运动，这一运动波及了处于上海边区的小镇居民的生活，林小姐就是一个典型代表。抵制日货不仅涉及林小姐的着装问题，更要命的是林小姐家的百货店也在必然的抵制之列。由此揭示出了林家铺子倒闭的一个重要因素——民族矛盾的产物。日本侵华造成了广大民族工商业者纷纷破产歇业,这是日本军国主义对中国小资产阶级的毁灭性打击。

为了摆脱抵制日货给林家铺子带来的致命打击,林老板花四百元贿赂"党部",贿赂的结果是"第二天,林先生的铺子里新换过一番布置。将近一星期不曾露脸的东洋货又都摆在最惹眼的地位了",好像这个矛盾化解了,其实恰恰相反,为捞回这四百元,林先生不惜折本抛售。可是,由于战争、经济侵略等各种原因,整个中国乡村正处于"哀鸿遍地"的境况,农民已没有任何购买力了。这四百元不仅难以捞回,进而成了沉重的负荷,这一负荷又成了压死"林家铺子"这匹小毛驴的巨石。显然,国民党反动统治欺压百姓、盘剥商家,大发国难战争财,则是林家铺子破产的又一重要因素。

林家铺子没有因为允许卖日货而翻身,致使林家铺子破亡的事件早已排起了队。年关将至,欠的账要清掉。这让林先生"觉得明天以后如果生意依然没见好,那这年关就有点难过了"。结果,朱三太带走九块,而每卖得一块钱,就要有"五分洋钱的血本亏折",商会长还要他再去到卜局长那儿烧香,上海客人坐等还钱,而钱庄又因上海战事分文不借,这一切把林老板逼向了死胡同——"他看着桥下的浑水,几乎想纵身一跳完事"。这又从另一个层面给我们揭示了林家铺子倒闭的原因——各种高利贷债主、商会组织,政府机关共同把林家铺子给挤垮了。

为什么这些债主死命逼债,原来是同行因嫉妒而造谣中伤,"他又麻又痛的心里感到这一次准是毁了"!尤其是当林老板想借"一元货"翻身时,又被恒源提取当天营业额的八成。各种债务把稍微有点生气的林家铺子恶狠狠地推向死地。催债的重要原因是同行的"恶意中伤"。同行是冤家,这句在中国广为流行的话语在林家铺子的命运里体现得尤为充分。好像同行之间的矛盾冲突不可与战争等重要因素相比,其实不然,往往在最为关键的时候,是这些同行背后的一枪,才致使"林家铺子"完全倒下的。这一民族劣根性,有着悠远的历史背景,也有当时社会道德风尚的原因。

当林家铺子在风雨中飘摇的时候,卜局长要强娶林小姐一事把林家铺子彻底打翻。以卜局长为代表的党、官、警、商业同行勾结一体,合力把林家铺子推倒了。在同行的煽风点火之下,先是扣押林先生,然后同行又来趁火打劫"划货"。强娶民女的荒唐强暴,造谣中伤的卑鄙阴险,欺凌妇女的可耻下流,这些就是当时官僚们的丑恶嘴脸。从这个角度看,林家铺子的命运与官、痞、警紧密相关,这是林家铺子倒闭的又一重要因素。

小说一层层写来,作者精心构筑了这些因素的排列布局,让人们读来,时时新人耳目,欲罢不能。

包含着这种种复杂原因的故事围绕着"林家铺子倒闭"这一核心事件连绵不断,繁衍相生,虽然是枝节繁多,但由于全都是围绕着一个核心绽开收拢,此起与彼伏相续延展,丝毫不感觉凌乱。

伴随着林家铺子倒闭这条主线作为辅线出现的还有两条,其一,林小姐的婚事;其二,林大娘的"呃"。

林小姐的婚事,从小说的开端到结局,贯穿始终。小说是从林小姐为穿衣服问题发愁写起,一方面揭示出日本侵华战争的背景,一方面写出了林先生及林太太对这个宝贝女儿的珍爱。甚至到了百般穷愁吃不上饭的地步,林先生面对着女儿用"挂在账上"的方式买来一块大绸,也只是轻轻抱怨一了句"那么性急!过了年再买岂不是好"!林先生和太太视女儿如掌上明珠,女儿的命运关乎他们的一言一行。而当林先生要拿四百块去贿赂党部官僚的时候,林小姐"却不哭了""她恍惚看见那个曾经到她学校里来演说而且饿狗似的盯住看她的什么委员,一个怪叫人讨厌的黑麻子",在林小姐内心里投下的这个暗影,正与父母对林小姐的疼爱形成了强烈的撞击,作者悄悄地铺设了一条林小姐婚事的副线。第三节里,林家铺子花四百块钱买通了关系,可以"大放盘"了,林大娘在观音面前祷告时念念不忘"保佑林小姐易长易大,明年就得个好女婿",这条线索越来越清晰。随着林家铺子急转直下的命运变化,在林先生最困难的时候,商会会长帮卜局长提亲,在林家铺子奄奄一息之际,这件事无疑是摧垮它的最后一根稻草,让林先生一家的命运急转直下,"生了个女儿长得还端正,却又要招祸"。先是林先生被两个"穿制服的"人带走,"你的爸爸已经被他们捉去了,回头就要来抢你!",林太太十分清楚这些人间魔鬼的行径,这让她这个平时不问事的妇人快速做出最后的抉择,把阿秀托付给了寿生。小说在林小姐的婚事这一风波的催促下,急骤跌宕,最后以两个人"都拜了"结束了林家铺子的命运。因此,阿秀的婚姻在整篇小说中占有重要的位置,不仅起到了穿针引线的作用,还拓展了小说的主旨内涵。

再来看林大娘的"呃"。我们首先要思考,作者为什么要不停地写林太太这个令人难过的"呃"呢?细细审察,你会发现,这个"呃"就是林家喜怒哀乐的晴雨表、家庭命运的指示针。每当矛盾冲突平缓下来,林太太的"呃"就淡然隐去;矛盾冲突紧张,林太太的"呃"也就会越来越多,越来越急。这样就形成了一个阅读导向,给读者一个暗示,使阅读在不知不觉中进入到情节的跌宕之中去。如果再细究这个"呃"的具体内涵,你会发现林太太的"呃"是一种富有有特殊语意内涵的表达方式,这个方式会省去许多笔力,又使其内涵极其丰富。

小说开篇林太太未出场,"呃"声已经出来了,"只有妈的连声打呃,间歇地飘到林小姐的耳朵",当她看到女儿只穿着短衣站在床前的时候,心里一急,那个"呃""却愈是打得多,暂时半天说不出半句话"。作为阅读者,读到这儿应该追问的是:如果能说出话来,她会说些什么呢?心疼女儿,害怕着凉;对禁用东洋货气愤;感慨现在世道混乱等等,这些复杂的内涵全包含在这一个"呃"里了。"呃"不仅包含了丰富的内容,还是林太太的特殊话语形式,成了人物形象的符号代码。

理清叙事脉络,还要弄清小说的结构模式。何谓结构?就是小说呈现给读者的基本形态。

林家铺子是整个故事的载体,承载着中国三十年代内外交困的背景下中小商业者的命运。以林家铺子的衰亡为核心组织了若干事件,这些事件是如何搭建在一篇小说里的呢？

整本小说大致写了这些事件：

1. 日军侵华，禁止出售洋货，贿赂党部。
2. 赔本打折，乡民无钱购物，三太要账。
3. 上海开战，被逼还债无措，遭人中伤。
4. 创一元货，林家铺子回暖，又遭逼婚。
5. 先生被扣，货被同行划走，小姐托身。
6. 铺子倒闭，先生小姐出走，百姓无着。

前一事件导致后一事件的发生，前后相连构成了因果关系，所有的事件在一条中心线索和两条副线的牵引下，形成了糖葫芦式的结构形态。

在每个事件的结尾，都会出现下一个事件的端倪。林家铺子刚刚用四百块钱疏通关系喘过气来，可是店里又走来了个要债的朱三太，情节转入到如何解决还债问题；一元货刚有点起色，三个债主受人挑唆再来要账，当为了解决这一纠缠找到商会会长来周旋，结果迎来了更大的逼婚折磨。

小说的结构与传统的历史演义小说、话本小说有着极大相似性，一事连着一事，事事皆有因果，因果相生，结构谨严。

作者为什么能这样来构筑故事？他有一段话是这样说的："在横的方面，如果对社会生活的各环节茫无所知，在纵的方面，如果对社会发展的方向看不清楚，那么，你就很少可能在繁复的社会现象中恰好地选取了最有代表性、典型性的，即是具有深刻的思想性的一事一物，作为短篇小说的题材。对于全面茫无所知，就不可能深入一角：这是我在短篇小说写作方面得到的一点经验教训。"这段话的意思是，茅盾先生在构建林家铺子这个短篇小说的时候，对当时整个社会纵、横社会状况非常清楚，他看透了林家铺子在民族危急、国家衰败，党棍、商霸横行，高利贷肆虐、百姓民不聊生的情况下走向灭亡的必然性。胸有全局，则可随意调兵遣将布阵。正因为这一点，茅盾先生的小说也不免带有太多的人为痕迹！

附录　阅读回望

回望一：请从《严霜下的梦》《雾》《虹》《雷雨前》等四篇文章中各找出一个象征极鲜明的句子或语段，说出其象征义。从象征手法的角度比一比，哪个例子最好，为什么？

回望二：有人说《沙滩上的脚迹》是篇极有内涵的优秀作品，而有的人说这篇文章生硬晦涩，是篇很差的文章。你有什么看法？

回望三：你觉得《秦岭之夜》这篇文章的内容与写法与《风景谈》相比有何异同？

回望四：结合《春蚕》《秋收》《残冬》三篇小说，请用最简洁的话概括多多头、荷花、四大娘、六宝等人物形象的性格特征。

回望五：老通宝临死的时候似乎想说："真想不到你是对的！"假如老通宝又活过来了，在《残冬》里他会支持多多头抢枪杀人吗？为什么？

回望六：有人说《林家铺子》里的林先生"既是恶狗，又是绵羊"，你认同吗？你的理由是什么？

回望七：你认为茅盾先生的小说与鲁迅先生的小说在表现风格上有何不同？

回望八：请学习茅盾先生的"世界文学名著讲话"的形式，写一篇"茅盾《林家铺子》讲稿"，交与同伴，让他给你作出评价。